W0328220

mare

Joanna King

Vier Schwestern

Roman

Aus dem Englischen von
Juliane Zaubitzer

mare

Die Deutsche Nationalbibliothek verzeichnet diese Publikation
in der Deutschen Nationalbibliografie;
detaillierte bibliografische Daten sind im Internet unter
http://dnb.ddb.de abrufbar.

Die Übersetzung wurde gefördert von
CREATIVE NEW ZEALAND & THE PUBLISHERS ASSOCIATION
NEW ZEALAND.

ARTS COUNCIL
NEW ZEALAND TOI AOTEAROA
creative nz

Die Originalausgabe erschien 2016 unter dem Titel
Absence bei Penguin Random House New Zealand Ltd.
Copyright © Joanna King, 2016

1. Auflage 2018
© 2018 by mareverlag, Hamburg
Satz mareverlag, Hamburg
Schrift Adobe Garamond
Druck und Bindung CPI books GmbH, Germany
ISBN 978-3-86648-268-5

FSC
www.fsc.org
MIX
Papier aus verantwortungsvollen Quellen
FSC® C083411

www.mare.de

Für meine geliebte Schwester Sandra

Es war früh am Abend. Ich verließ das kleine Ferienhaus und schlenderte durch den Ort. Die massive Holztür der Villa, deren Obergeschoss meine drei älteren Schwestern gemietet hatten, stand offen. Als ich in ihr Apartment trat, kam Ngaio vom Balkon herein. Ich hatte die flüchtige Vision, wie die steil abfallenden Hügel und das schillernde Meer von ihrer Netzhaut verdrängt und durch das schattige Zimmer und mich ersetzt wurden.

»Wo ist Rose?«, fragte sie, kaum dass sie mich begrüßt hatte.

»Sie sollte eigentlich hier sein.«

»Genau so hatte ich es mir vorgestellt«, sagte Ngaio und nahm mir die gekühlte Flasche regionalen Wein und die Antipasti ab, die ich auf dem Weg hierher beim *Alimentari* geholt hatte.

Wir wollten zusammen essen, Rose und ich, Ngaio und ihr Mann Haig und unsere älteste Schwester Jess. Seit wir uns vor einer Woche in dem winzigen italienischen Dorf Corniglia getroffen hatten, verbrachte ich nur Zeit mit den anderen, wenn auch Rose dabei war. Ganz bewusst. Ungefähr so, wie ich beim Tanzen auf die Signale meines Körpers achte, um Verletzungen zu vermeiden.

»Auf?«, fragte Ngaio, während sie mir ein Glas Wein reichte und ihres erhob.

»Auf jetzt«, sagte ich.

»Auch gut. Auf hier und jetzt«, sagte sie und wandte sich an Haig, der unter den zum Meer hin geöffneten Fenstern auf dem Sofa lag und las.

Sie zwängte sich neben seine Hüfte, wobei ihr pinkfarbener Sarong ihre Beine entblößte, und reichte ihm ein Glas.

»Erzähl«, befahl sie und tippte mit dem Finger gegen den Buchrücken.

Ihr Ton änderte nichts an seinem zufriedenen Gesichtsausdruck.

»Es ist praktisch unverständlich«, sagte er.

»Warum liest du es dann?«

Er trank einen Schluck Wein. »Es handelt von dir.«

Er platzierte sein Glas auf dem Boden und seine Hand auf ihrem nackten Knie.

»Von mir?«

»Wie alles«, meinte Haig lächelnd und las weiter.

»Unfug«, sagte sie und wölbte den Oberkörper, um sich an ihn zu schmiegen. Unter dem dünnen Stoff ihres Tops zeichneten sich ihre Brüste ab, die Masse ihres goldbraunen Haares fiel nach hinten. So verharrte sie eine halbe Minute und musterte ihn, dann schlug sie das andere Bein über seine Hand, rollte zur Seite und kam mit einem leisen Seufzer auf die Füße.

»Sag Bescheid, wenn du mich durchschaut hast«, sagte sie und trottete in die Küche, um mit Jess zu plaudern, die darauf bestanden hatte, das Abendessen allein zuzubereiten.

Ich überließ Haig sich selbst, der das Buch drehte und wendete, wahrscheinlich fasziniert von den alten weiblichen Fruchtbarkeitssymbolen darin, und schlenderte auf den Balkon mit Südblick. Die steile Küste war in satte Farben getaucht: bernsteinfarbene Erde, das goldene Laub der Weinterrassen, das harte Grün des Feigenbaumblattes, Oliven und Oleander und buschiger wilder Thymian, die Vegetation erfüllt von der Energie, die sie den ganzen Tag in sich aufgesogen hatte. Die Wellen an dem Strandstück darunter machten sich kaum die Mühe, mit den Schultern zu zucken, bevor sie in Gelassenheit verebbten. Am Horizont wirkte das weiße Segel einer

Jacht wie ein kleiner Fehler im Licht, das auf der Meeresoberfläche zitterte.

Es war Rose, die uns hierhergebracht hatte. Sie kannte Corniglia von den vielen Italienreisen mit ihrem Mann Sam. Seine Architektenkarriere hatte die beiden schon oft von Boston nach Europa geführt. Zurzeit wohnten sie in Florenz, wo Jess sie bereits eine Woche in ihrer prachtvollen Renaissancewohnung im Stadtzentrum besucht hatte. Eine Kulisse, die Jess als höchst angemessen für sich empfand, ganz abgesehen von Sams Gesellschaft, die sie genoss. Noch war er nicht da, doch mit seiner Ankunft an der Küste wurde täglich gerechnet. Vielleicht, um Sam zu einem Kurzurlaub zu drängen, hatte Rose darauf bestanden, dass wir das »touristenverseuchte« Florenz mieden und uns stattdessen im bescheidensten der fünf Dörfer von Cinque Terre trafen, auf einem Bergvorsprung, hoch über dem Meer.

Nach Tagesausflügen in die anderen Cinque-Terre-Orte Monterosso und Vernazza und nach Pisa hatten wir für die zweite Woche vage weitere Abstecher geplant: vielleicht die Küste hoch nach Genua oder, in die andere Richtung und viel näher, in die Marinestadt La Spezia. Doch je mehr Zeit ich in der grün-blau durchtränkten Luft verbrachte, in dem steinernen Nest von einem Dorf, desto weniger Lust hatte ich auf den Stress von Menschenmengen und Straßenlärm. Und doch wäre ich fast gar nicht hergekommen.

»Du musst!«, hatte Rose gesagt.

Ich begriff, dass die kritische Masse erreicht war, als sich herauskristallisierte, dass sich alle meine großen Schwestern in Italien treffen würden. Meine Weigerung mitzukommen, obwohl ich nur den kurzen Weg von London zurücklegen musste, hätte als Affront betrachtet werden können. Die Vorstellung von uns vieren an einem Ort, zudem für zwei volle Wochen, widerstrebte mir jedoch, war zu nah an dem, was vor fast achtzehn Jahren zerstört worden war. Der

Knall hatte sich lange angekündigt und war auf der Skala menschlicher Zerstörung nicht weiter bemerkenswert. Aber das Wissen über die Art allgemeiner Erfahrungen hat so wenig mit dem zu tun, was man bei eigenen Erfahrungen empfindet, wie die Theorie, dass die Erde eine Scheibe ist, mit dem tatsächlichen, sich ausdehnenden Universum.

Nicht lange nach meinem vierzehnten Geburtstag, unsere Eltern hatten einander jahrelang zerfleischt, warf Dad das Handtuch.

Er verließ uns.

Mum hatte kurz zuvor ein Glas Rotwein nach ihm geworfen. Der dramatische Fleck an der Wand wirkte wie eine willentliche Manifestation ihres blutbesudelten Traums von Liebe. Deshalb nahm ich an, dass sie ihn absichtlich verfehlt hatte. Von den zahlreichen Gefühlsausbrüchen war dies nicht einmal der extremste, doch er hatte eine ganz besondere Qualität: das Rot, die unterbrochene Mahlzeit, die fast physische Gewalt.

Seit damals, oder sogar noch länger, da Jess und Ngaio schon in ihre WGs gezogen waren, hatten wir vier Schwestern keine längere Zeit mehr miteinander verbracht. Höchstens mal einen Tag bei gelegentlichen Familienfeiern. Natürlich trafen wir uns jetzt in Italien, eine halbe Welt entfernt von Neuseeland, wo wir aufgewachsen waren, und es lagen viele Jahre und Erfahrungen dazwischen, doch die Aussicht auf das Zusammensein ließ alte Erinnerungen hochkommen: das Bild zweier Menschen – unserer Eltern –, jeder für sich in so einer gefühlsverdichteten Atmosphäre gefangen, dass sie einander als Individuen zu sehen schienen, die ich kaum wiedererkannte.

Wir Schwestern würden uns ohne die Hauptpersonen treffen, die zu Hause in Neuseeland ihr Post-Scheidungsleben lebten. Doch zu Hause ist nicht nur ein Ort und eine Zeit, es ist ein Zustand.

»Wenn du nicht kommst, fahre ich auch nicht«, hatte Rose gesagt, »und ich muss fahren. Also.«

Ich buchte eine separate Unterkunft.

Und dann die Euphorie vor einer Woche, als ich Jess und Ngaio hier wiedersah, wie die Liebe zwischen uns Kindern, bevor wir eine Vergangenheit hatten.

Jess trat durch die Doppeltüren auf den Balkon.

»Dieser Ort ist so unglaublich schön«, sagte sie und machte mit ihrem starken weißen Arm eine ausladende Geste, als würde sie etwas greifen und an sich pressen. »Ich komme bestimmt wieder.«

»Mit Mark?«, fragte ich. Ihr Mann. Er war mit dem neunjährigen Sohn zu Hause geblieben, froh, das Kind mal für sich zu haben, so hatte ich gehört, ohne mit Jess' intensiver Bemutterung konkurrieren zu müssen.

Jess warf mir einen Seitenblick zu. »Die Aussicht von deinem Balkon ist nicht ganz so spektakulär, oder? Vielleicht liegt es am Licht, weil du nach Norden schaust, die Wirkung ist eine andere.«

»Am frühen Morgen ist es atemberaubend. Neulich sah das Meer aus wie flüssiges Gold.«

»Oh, hier auch. Unvergleichlich. Du kommst bestimmt wieder her, so nah, wie du wohnst.«

»Hoffentlich. Ich verreise nicht so oft, außer auf Tournee.«

»Keine Ahnung, wie du es aushältst, dich fürs Tanzen so zu reglementieren. Ich könnte es nicht ertragen, so fremdbestimmt zu sein.«

»Das nennt man nicht Fremdbestimmung, sondern Disziplin.«

»Aber du hast nie wirklich frei, du musst trotzdem immer trainieren.«

»Das tut mir gut.«

»Mir hat jedenfalls noch nie jemand gesagt, wann ich springen soll oder wie lange, so viel ist sicher«, sagte sie. »Du weißt auch nicht, wo Rose ist, oder? Mir gegenüber hat sie nicht erwähnt, dass sie noch mal wegwollte.«

»Sie ist sicher nicht weit.«

Als Jess wieder reinging, drang von unten, wo die Bahnlinie an der Küste entlangführte, ein schrilles Pfeifen herauf. Einer der Regionalzüge glitt aus dem Tunnel durch den benachbarten Bergvorsprung, der in dem Städtchen Manarola endete. In der ungewöhnlichen Stille konnte ich hören, wie sich die Zugtüren öffneten. Gestalten traten auf den Bahnsteig hinaus. In der Dämmerung wäre es unmöglich gewesen, Rose auszumachen, aber es gab sowieso keinen Grund, warum sie unter den Neuankömmlingen sein sollte.

»Gerade ist ein Zug angekommen«, rief ich nach drinnen.

Haig ließ das Buch sinken. »Ist das von Interesse? Beobachtest du neuerdings Züge?«

»Ha, ha. Eher Schwestern«, antwortete ich und ging wieder hinein. »Da ja niemand weiß, wo Rose ist.«

»Hat sie gesagt, wo sie hinwill?«

»Mir nicht.«

»Dann hat sie es niemandem gesagt«, stellte er fest.

»Es sei denn, Sam ist endlich auf dem Weg, und sie holt ihn ab.«

»Das hätte sie uns doch erzählt. Außerdem kann der seinen Hintern auch allein bewegen. Soll sie etwa seine Koffer tragen?«

»Nein, nur seinen Ruhm. Der ist schwer genug.«

Den Kopf gegen den Arm gelehnt, um auf dem Sofa lesen zu können, lächelte er, was sein undefiniertes Kinn und die markante Nase betonte. Was sein Aussehen rettet, sind die auffällig grünen Augen und sein Körperbau – der eines Tänzers, in seinem Fall verschwendet. Er hob einen Fuß, um sich mit der rauen Ferse am anderen Schienbein zu kratzen, blätterte die Seite um und ließ das Bein mit einem Plumps aufs Sofa zurückfallen, als wollte er sich selbst beweisen, wie entspannt er war. Ngaio kam aus der Küche.

»Habt ihr über Rose gesprochen?«, fragte sie.

»Gerade ist ein Zug angekommen«, sagte ich. »Obwohl sie nichts davon erwähnt hat, dass sie irgendwohin will.«

Ich ging wieder auf den Balkon. Eine kleine Gruppe war schon halb die erste Steigung der kurvigen Straße zum Ort hinauf, langsamen Schrittes, ihre Bewegungen träge in der Luft, die erfüllt war von Feigen und Trauben und wildem Thymian und Pinien – den dunklen Pinien, die der Landschaft ihre Klarheit gaben. Warum sich beeilen, wenn einen solch unkomplizierte Freuden empfangen?

Ihr Anblick erfüllte mich mit Unmut. Ich wünschte mir Adrian an meiner Seite. Ich wünschte, dass er die Aromen atmete, den fruchtbaren Frieden aufsaugte, mit mir die antike Bruchsteinmauerkonstruktion der Weinterrassen an den Hängen bewunderte, weil ich ihn mit mir trug, er war der Gefährte meines Bewusstseins.

Die Waggontüren schlossen sich. Ruckelnd verschwand der Zug unter dem Bergvorsprung von Corniglia, duckte sich ins erdige Halbdunkel, dann wieder hinaus zum hell glitzernden Meer, die Felsküste entlang, hinein in die Dunkelheit, hinaus zum Meer durch die Tunnel, die die Dörfer der Cinque Terre verbanden. In jeder Stadt, die wir besucht hatten, derselbe Gedanke: Was wäre ihm aufgefallen, was mir, mit ihm?

Der Bahnsteig war leer. Rose war nicht unter den Ankömmlingen.

Wenn sie nicht hier war, musste ich es auch nicht sein.

Ich durchquerte das Wohnzimmer, warf ein »Bin gleich wieder da« über die Schulter und eilte nach unten. Als ich auf die Straße trat, ertönte von oben eine aufgebrachte Stimme.

»Wo willst du hin?«

Es war Ngaio. Eingerahmt vom Küchenfenster zwei Stockwerke über mir, ihr Haar ein Schleier, die Hände in die Luft geworfen, sah sie aus wie eine dieser Gestalten auf mittelalterlichen Gemälden, bestürzt vom Blick auf die Verdammten, den sie erhascht hatten. Hätte meine Schwester mich fester ans Rad gebunden, um meine Gliedmaßen brechen zu hören, mich unter schadenfrohem Gelächter in den kochenden Kessel geworfen, wenn sie gewusst hätte, was ich vorhatte? Vielleicht hätte sie meine Gefühle für Adrian für wichtiger gehalten – wie Rosa anfänglich auch – als die Frage der Moral. Ich hatte nicht die Absicht, mein Leben vor ihnen auszubreiten, um herauszufinden, ob sie oder Jess genug Verständnis für mich hatten. Und ich verstand, warum Menschen, die so lebten wie sie, mich verurteilten. Es war »falsch«, eine Beziehung mit einem Mann einzugehen, der Frau und Kind hatte. Es war falsch, weil es die Werte infrage stellte, die ihnen Sicherheit gaben. Ich bezweifelte, dass sie offen für eine Diskussion darüber waren, inwieweit es sich bei ihrer Moral um Eigeninteresse handelte. Doch es war eine Diskussion, die ich sowieso nicht gewinnen konnte, weil ich Adrian für mich wollte, so wie sie ihre Männer für sich hatten. Das war für mich der viel schmerzlichere Konflikt: dass ich mein Verhalten selbst nicht akzeptieren konnte – außer als einzige Möglichkeit, mit dem Menschen zusammen zu sein, den ich liebte.

»Gleich wieder da«, rief ich nach oben.

»Okay. Wenn du Rose suchst …«, hörte ich sie.

Ich eilte an dem Gartenrestaurant unter den Olivenbäumen vorbei, an der jetzt leeren Bank, wo sich tagtäglich sonnengegerbte alte Damen mit sehnigen Armen in geblümten Kleidern versammelten, um die Touristen zu sezieren – Rose, die verstand, worüber sie redeten, meinte, es ginge eindeutig nicht um die Weinernte –, zurück in die einzige schmale, gepflasterte Straße des Dorfes, in Richtung eines bestimmten Cafés, kurz vor dem Platz.

Der Computer am Ende des Raumes war wie erhofft frei. Als ich gegen Mittag meine Mails gecheckt hatte, war nichts von Adrian dabei gewesen. Ich hatte die Möglichkeiten, in Kontakt zu bleiben, während ich in Corniglia war, bewusst eingeschränkt, weil ich dachte, dass durch die Ablenkung der zwei Wochen mit meinen Schwestern eine Erkenntnis aus den unteren Schichten meines Bewusstseins aufsteigen würde, eine Einsicht, eine Perspektive, eine korrekte Einschätzung, die ich der verliebten Verwirrung entgegensetzen konnte. Wir konnten uns Nachrichten schreiben, und ich hatte versprochen, »gelegentlich« meine Mails zu checken, sollte es dort ein Internet-Café geben. Es war das Erste, wonach ich mich bei meiner Ankunft erkundigte. Und natürlich hatten wir uns täglich geschrieben. Nachts wachte ich mit einer Formulierung für den Duft der sonnenverwöhnten Hänge auf, beschrieb für ihn die Kinder aus dem Ort, die durch die Gasse hinter der Kirche tobten, oder die alten Männer in ihren weißen Unterhemden, die am späten Nachmittag neben der öffentlichen Anschlagtafel schwatzten. Ich versuchte, ihm einen Eindruck von dem Ort zu vermitteln, um ihn zu locken. Doch gestern hatte ich trocken und etwas bissig von unserem Ausflug am Mittwoch nach Pisa berichtet und das Fresko des Teufels im Camposanto beschrieben, sein riesiges grünes Gesicht, seine Hörner, seine schlauen Augen: die Augen eines Seelenlesers, »wissend wie ein Liebhaber«. Es war ein alberner Seitenhieb auf Adrian, weil ich so schwer ertrug, dass er London heute mit seiner Lebensgefährtin und der zehnjährigen Tochter Ruth verließ. Sie wollten zwei Wochen in Brighton bei seiner Schwester und deren Sohn Urlaub machen.

Es war eine Mail von ihm da.

In die Betreffzeile hatte er »du« geschrieben.

Es klang wie ein Vorwurf. Du, wie du bist, bist so … Tja, was?

Fordernd? So viel war sicher. Bezeichnend, irgendwie.

Adrian hatte meinen Anflug von Sarkasmus charmant umgedreht, indem er meinte, unser »Wissen umeinander« sei ein teuflisches Vergnügen. Er sei auf Google Earth durch Cinque Terre gestreift, schrieb er und gab mir für die nächsten paar Tage einen Wetterbericht für die Region, »nur Sonne«, und fügte hinzu, er sei froh, dass ich mit meinen Schwestern einigermaßen klarkam. Ich sollte nicht vergessen, dass es nur vorübergehend war. »Wie alles.« Kein Wort darüber, wie oft er in den nächsten Wochen Gelegenheit haben würde, sich zu melden.

Da war er also, der mentale Urlaub, den ich mir gewünscht hatte. Vielen Dank auch.

Achtzehn Monate waren vergangen, seit Adrian sich mir vorgestellt hatte. Ich war auf dem Plakat einer Sportkampagne für Kinder, die von der Stadtverwaltung unterstützt wurde, für die er arbeitete. Er fand heraus, wer ich war, und kam zu einer Vorstellung.

»Ich wollte Ihr Gesicht sehen«, sagte er. »In echt.«

»Nun, das haben Sie ja jetzt«, sagte ich. So etwas war mir schon früher passiert, wie den meisten in der Truppe.

Seine Schüchternheit, sein ruhiger Blick, mit dem er mein Gesicht studierte, einige Minuten seiner laienhaften, aber scharfsinnigen Bemerkungen über die Vorstellung, dann verabschiedete er sich unauffällig.

Er rief im Theater an und entschuldigte sich dafür, kaum dass ich den Anruf entgegengenommen hatte.

Kaffee.

Er sei einer spontanen Eingebung gefolgt, als er mich ansprach, sagte er, eigentlich hatte er nur vorgehabt, mich auf der Bühne anzusehen, doch dann der Tanz, die Lebendigkeit, er hatte nicht erwartet, dass es ihn so mitreißen würde. Er war bei zwei Vorstellungen gewesen, und dann wollte er Hallo sagen. Oder sogar Danke. »Muss man einen gewissen inneren Frieden finden, um sich so zu bewegen?«

Er hatte so eine Art, sich zurückzulehnen, wenn er eine Frage stellte, seinen Kopf in Erwartung der Antwort leicht zu heben.

»Muss man, ja. Es klingt wie ein Widerspruch, aber die Disziplin, die das Tanzen erfordert, wirkt befreiend. Der Rest des Lebens lässt sich nicht so leicht trainieren.«

Er lachte.

Noch mal Kaffee. Er hatte beiläufig seine Tochter und seine Lebensgefährtin erwähnt, als Gegebenheiten, nicht als Geständnis.

Wein, Telefonate, Mails.

Am Ende des fünften Treffens gingen wir zu seiner U-Bahn-Station. Sein Mund. Sein sehniger, fester Körper an meinem. Hungrig. »Bitte«, sagte er. »Nein«, sagte ich.

Ich feilschte, aber nur mit mir selbst, ob ich ihm eine Chance geben sollte.

Am Ende des sechsten Treffens gingen wir zu meiner U-Bahn-Station. Sein Mund. Seine Hände. Verlangen. »Zu dir«, sagte er. »Nein!«, sagte ich.

Immer noch ängstlich. Doch wer hat je zu echter Liebe Nein gesagt? Wer?

Das siebte Treffen, unerwartet, zwei Monate nachdem er sich mir vorgestellt hatte. Er kam ins Theater – atemberaubend schön in meinen Augen, als er vor mir stand. Feilschte auch er mit sich selbst, um seine Zukunft, unsere? Ich wollte nicht mit ihm handeln. Stattdessen hoffte ich.

Wir liefen nebeneinanderher, das achte Treffen. Er sagte: »Ich denke nur an dich.« Ich sagte: »Ja.« Inzwischen gab es in meinem Kopf keinen Gedanken mehr, der nicht auch mit ihm zu tun hatte.

Und dann ging er.

Verlegen stand er vor meiner Tür, bevor ich sie schloss, hob im Weggehen die Hand zu einer Geste des Abschieds, unpassend für einen untreuen Mann, der seine Geliebte verließ, unpassend, weil es ein unschuldiges Winken war, ein bisschen kindlich, ein Nicht-wahrhaben-Wollen, dass wir in das Leben des jeweils anderen getreten waren. Auch wenn ich sie selten aussprach, war ich für ihn die Aufforderung zu einer Entscheidung, zu einem Bruch. Wie aufmerksam ich seiner Antwort lauschte. Er hatte »so etwas« noch nie gemacht, hatte er gesagt. Also konnte ich davon ausgehen, dass noch nie jemand die Tür wieder aufgerissen und ihm vor lauter Schmerz über sein Weggehen nachgerufen hatte, und auch ich tat es nicht. Er konnte auch nichts von der Hölle der Ungewissheit ahnen, die sich in dem Augenblick auftat, in dem er fort war, vom Sturz in mein gefährlich unsicheres Selbst, das er nie so lieben würde wie die souveräne Tänzerin. Und jedes Mal die Frage, ob er wiederkommen würde. Würde er? Was lockte ihn zurück, was lockte mich? Das Verlangen. Der Reiz, sich allen Widrigkeiten zum Trotz füreinander entschieden zu haben, sich immer wieder füreinander zu entscheiden. Bei kurzen leidenschaftlichen Begegnungen in den anderen einzutauchen, voller Erwartung, doch ohne den geringsten Anspruch darauf. Seine uneingeschränkte, ungehemmte Liebe zu meinem Körper. Wie er mich danach hielt. Es kurz machte. Die Tür schloss. Die Schritte. Die Schlichtheit verhallender Schritte.

In den ersten Monaten waren wir Überlebende eines Schiffbruchs, die das Potenzial des anderen prüften, auf der winzigen Insel unserer Chancen zusammen zu sein, zu leben. Doch diese Illusion konnte keinen Bestand haben. Das Meer um uns herum waren wir selbst.

Ich las Adrians Nachricht noch mal, geringfügig getröstet von der Vorstellung, wie er die Hügel um mich herum erkundete, und loggte mich aus. Ich würde ein paar Tage verstreichen lassen, bevor ich ihm antwortete.

Ich war nicht in der Stimmung, zur Villa zurückzugehen.

Als ich den kleinen Platz überquerte, kam ich an dem Tisch vorbei, an dem Rose und ich an diesem Nachmittag ein paar schwierige Stunden zugebracht hatten, und versuchte zu verdrängen, was sie über Adrian gesagt hatte und wie sie urplötzlich jegliches Verständnis für die Beziehung verloren hatte. Ich ging weiter durch die schmale Kluft zwischen den Häusern, bis die Straße abfiel und in drei Stufen unter einem Torbogen hindurchführte, um an einer hüfthohen Steinbrüstung auf dem Felsvorsprung zu enden, hoch über der Meeresbrandung. Adrian war an seinem ersten Urlaubsabend in Brighton wahrscheinlich draußen auf dem Pier. Vielleicht richtete er den Blick aufs Meer, im Bewusstsein, dass auch ich den Wellen nah war, diesem elementaren Etwas, das eine Verbindung zwischen uns herstellte. Doch seine Frau sprach mit ihm, sagte irgendetwas Belangloses darüber, wo sie essen wollten, und im Hintergrund oder Vordergrund hörte er die Stimme seiner Tochter, die ihn auf eine Jacht am Horizont aufmerksam machen wollte, einen Vogel auf dem Geländer, einen Fisch im Wasser.

Du bist in vertrauter Gesellschaft, Adrian.

Das »Vertraute«, ein Geist oder Dämon, der dich führt.

Aber du hast die Kontrolle.

Du bringst ihre Stimmen zum Schweigen, und dann fängst du sie wieder ein, wenn du mich verlässt. Fällt ihr die Unterbrechung gar nicht auf, der Tonausfall, die tote Luft zwischen euch? Ist sie taub?

Das Vertraute. Anfangs war ich beeindruckt, dass du ihm einfach entrinnen konntest. Ich war auch beeindruckt, dass du mir entrinnen konntest. Du bist mein Vertrautes geworden.

Unter der Brüstungsmauer Corniglias hatte sich die Meeresoberfläche in ein milchiges Blassblau verwandelt und war ganz mit dem Himmel verschmolzen, sodass der Horizont verschwunden war. Ich stand am Rand der Unendlichkeit, ein paar Minuten frei von Kategorien, die einzige Andeutung einer Grenze weit im Norden, wo die lange Landzunge unter dem rosa und goldenen Leuchten fast durchsichtig wirkte. Das junge Pärchen, das in einer Mauerecke knutschte, war so mit sich selbst beschäftigt, dass es nichts davon mitbekam. Eine geschwätzige Gruppe Italiener kam vorbei und zeigte auf drei kleine Boote, jedes mit einem wackeligen Licht, die hinter der nächsten Bergspitze auftauchten und sich, parallel zur Küste, lautlos über die Weite des Meeres bewegten. Ihr Kielwasser wogte, ohne die Oberfläche zu durchbrechen, und verebbte innerhalb weniger Augenblicke. Während ich hinunterblickte, wendete das erste der Boote und kehrte um, und dann hielten alle an. Man konnte keine Menschen erkennen, nur die Boote selbst, die sich auf den sanften Wellen bewegten, und die Lichter – als wäre das ganze Meer aus klarem Öl und sie drei brennende Dochte, als Wegweiser, Erinnerung oder Trost.

Das verliebte Pärchen hatte sich voneinander gelöst und sah zu.

Ich ging weiter, zurück durch die nach Stein duftende Straßenkluft.

Der Dorfplatz war von Stimmen erfüllt. Ich verließ ihn durch einen Torbogen und nahm die flachen Stufen hinunter zu dem kleinen Häuschen, in dem ich wohnte. Ich brauchte wenigstens einen kurzen Moment für mich. Dass ich eine eigene Unterkunft hatte, war mehr wert, als ich geahnt hatte. So hatte ich die nötige Privatsphäre, um die Freude darüber auszukosten, dass sich Adrian bisher regelmäßig gemeldet hatte, und gegen die Angst anzukämpfen, dass er in seinem Familienurlaub untertauchte. Und obwohl in der Woche, die wir Schwestern zusammen verbracht hatten, zwischen uns nichts vorgefallen war, waren Rose und ich manchmal froh gewesen, uns hierher zurückziehen zu können, hatten einen Abend auf dem Balkon Wein getrunken oder Tee in meiner winzigen Küche, wenn sie zum Frühstück vorbeikam, um uns so zu entspannen, wie wir es in Gegenwart von Jess und Ngaio nicht konnten.

Ich stieß die Türen auf, deren Läden ich vorher wegen der Hitze geschlossen hatte, und trat auf den Balkon. Während es langsam Abend wurde, verblassten die alten Steinterrassen und -mauern auf dem Hang gegenüber. Eine einsame Gestalt mit einem roten Eimer, wahrscheinlich gefüllt mit frisch gepflückten Auberginen oder Paprika, durchquerte den Torbogen in einer Mauer zwischen zwei Gärten. Unten im Tal hatte sich die Dämmerung über Bambus und Obstbäume gelegt, die bis an den Bach reichten, der in die kleine Bucht auf dieser Seite des Bergvorsprungs mündete.

Ich ließ die Balkontüren offen, um die kühle Brise hereinzulassen, nahm die Trauben, die eigentlich fürs Frühstück gedacht waren, als Friedensangebot mit und schloss die Tür ab.

Bestimmt war Rose inzwischen wieder zurück – wahrscheinlich war sie sauer auf mich, weil ich nicht da war. Auf der Treppe zum Dorfplatz nahm ich drei Stufen auf einmal.

Hast du sie nicht mitgebracht?«

Das war Jess.

Sie saß am Tischende, das Zimmer im Halbdunkel, hinter ihr fiel von draußen Licht herein.

»Rose?«

»Wen sonst?«

»Ist sie nicht hier?«

»Wir dachten, du bist sie suchen gegangen«, sagte sie mit ihrer tiefen Stimme. »Wir haben gewartet.«

Neben ihrer rechten Hand stand ein Glas Campari. Sie nahm es und nippte daran. Sie hatte sich hübsch gemacht, trug ein schlichtes, ärmelloses Kleid in einem tiefen Rot und hatte das kurze, dunkle Haar zurückgekämmt. Ihre weiße Haut, das rote Kleid, das rote Getränk. Wir waren vom selben Blut, sie und ich.

»Wir haben keine Zeit fürs Abendessen abgemacht, oder?«, sagte ich leichthin. »Ich bin durch den Ort geschlendert, aber vielleicht ist sie mit jemandem ins Gespräch gekommen und auf einen Drink eingeladen worden.«

»Eingeladen! Wen kennt sie denn hier so gut?«

»Irgendjemanden. Einen Einheimischen. Sie plaudert mit allen möglichen Leuten.«

»Du stellst nur Vermutungen an«, sagte sie von oben herab. »Aber da jetzt wenigstens ein Streuner zurück ist, können wir ja was essen.«

Ich schlug vor, mit den Antipasti zu beginnen, die ich vorhin mitgebracht hatte, und wenn wir auf dem Balkon aßen, würde es nicht so aussehen, als hätten wir ohne Rose angefangen.

Ngaio tauchte wie aus dem Nichts neben der Tür zu ihrem Zimmer auf.

»Gute Idee.«

Auf der anderen Seite der Bucht waren auf den Klippenwanderwegen, die nach Manarola führten, schon die Laternen angegangen. Sie glimmerten unscharf, flüssig wie die Wellen, wie eine Steigerung der goldenen Dämmerung. Draußen im Meer entdeckte ich vier Schwimmer. Rose und ich waren an einem Abend auch noch so spät im Wasser gewesen. Vielleicht war sie ohne mich baden gegangen. Vielleicht war sie die einsame Gestalt, die ich nur mit Mühe erkennen konnte und die sich gerade auf den Rücken drehte, und unsere Unterhaltung vom Nachmittag auf dem Platz glitt von ihr ab, die Kraft des Wassers spülte die Last fort, meine Last.

»Ich glaube, du solltest einsehen«, hatte sie gesagt, »dass du dich in der Phase der Liebe befindest, die immer irgendwann kommt, egal, wie die Partnerschaft geartet ist. Die Normalität, die Realität und die Einengung. Das kannst du akzeptieren oder nicht, aber wahrscheinlich kannst du es nicht rückgängig machen.«

»Vielen Dank auch«, sagte ich verärgert.

»Das nennt man realistisch sein.«

Doch das stimmte nicht. Sie kannte ihn nicht. Sie nannte ihn beim Namen, konnte jedoch nicht sehen, hören, fühlen, was der Mensch *Adrian* für mich war.

»Stimmt nicht«, sagte ich. »Das nennt man sich mit zu wenig zufriedengeben.«

Womit ich ihre Beziehung mit Sam meinte. Obwohl er auf seine Weise großzügig und liebevoll war, zog er es absolut nicht in Betracht, irgendwelche Maßnahmen zu ergreifen, um ihr das Kind zu schenken, das sie sich bisher vergeblich wünschte. Rose hatte erzählt, wie er sich vor dem Gespräch drückte, sauer wurde und behauptete, für ein Kind wäre kein Platz in ihrem Leben.

»Das war echt fies.« Sie wusste genau, was ich gemeint hatte.

»Tut mir leid, tut mir wirklich leid. Aber was du mir sagst, ist auch ganz schön hart. Du glaubst, ich hab's vermasselt, weil ich mitgespielt habe. Dass, wenn es je die Chance auf eine richtige Beziehung gab, der Zug jetzt abgefahren ist.«

»Woher soll ich das wissen? Woher willst du das wissen, wenn du es nicht ausprobierst? Sag Adrian einfach ins Gesicht, was du willst. Sag, ich will dich ganz. Oder gar nicht.«

»Muss ich das verlangen? Ich werde ihm nicht drohen. Er sollte aus freien Stücken kommen. Das tut er aber nicht. Bisher. Sie ist zehn. Seine Tochter.«

Rose wusste das. »Ich frage mich, ob er zu Hause einen auf glückliche Familie macht«, sagte sie. »Du denkst, er ist dort unglücklich, aber du weißt es nicht, du möchtest es gern glauben. Kauf dir eine Drohne. Spionier ihm nach. Du musst dir darüber klar werden, welchen Stellenwert du in seinem Leben hast.«

»Er muss sich darüber klar werden, welchen Stellenwert *wir* in seinem Leben haben.«

»Achtzehn Monate. Vielleicht ist er einfach ein totaler Schwindler, und du willst es gar nicht herausfinden.«

»Tja, dann wäre ich wohl ein totaler Idiot.«

Ein gewelltes goldenes Blatt von der mächtigen Platane, in deren Schatten unser Tisch stand, fiel so langsam herab, als würde es an einem Faden durch die warme Luft gezogen, alle Zeit der Welt für Anmut. Doch das plötzliche Gefühl der Einsamkeit versetzte mir einen Stich. Monatelang hatte Rose mir zugestimmt, dass es nur angemessen war, Adrian und mir etwas Zeit zu geben, dass er sein Leben nicht ändern würde, bevor wir einander besser kannten.

Und jetzt diese plötzliche Kehrtwendung.

»Du musst dir klarmachen, wo du in seiner Nahrungskette stehst«, sagte sie und stieß mit dem Knie gegen den Tisch, sodass wir unsere Wassergläser auffangen mussten. »Jeder steht irgendwo in den Nahrungsketten der anderen, und vielleicht ist er schwach und gierig und nimmt einfach alles, was er kriegen kann.«

Sie war meine Zweifel leid, vielleicht langweilte ich sie sogar, doch sie wollte nicht zugeben, dass ihre Ungeduld so einen banalen Grund hatte, und griff Adrian deshalb an.

»Zeugt es von Schwäche und Gier, dass man es sich gründlich überlegt, ob man einem Kind das Zuhause nimmt?«

Ohne zu antworten, überlegte sie einen Moment. Keiner von uns würde so tun, als könne man einen Vater, der seine Familie verließ, auf ein paar Charakterfehler reduzieren. Und ich war mir sicher: Das Zuhause, das Adrian für sein Kind geschaffen hatte, unterschied sich deutlich von der Atmosphäre der fliegenden Gläser und des strafenden Schweigens, die wir »verloren« hatten. Er war alles andere als feindselig. Seine eigenen Eltern waren zusammengeblieben, »süchtig danach, sich gegenseitig das Leben zu versauen«, wie er es formuliert hatte, und von diesem Verhalten hatte er für den Rest seines Lebens genug.

»Blöde Worte, oder? Schwäche, Stärke – manchmal weiß man nicht, was was ist«, lenkte sie ein, verlangte die Rechnung und ging die Straße hinunter, ihr fließendes Kleid locker schwingend, ihre Bewegungen wie immer stakkatohaft, als würde ihr Körper nicht richtig zu ihr gehören.

Ich schrieb ihr eine SMS, dass es mir leidtat, wie unser Gespräch gelaufen war, und dass sie bitte schnell zum Abendessen kommen sollte, und wischte dann den Staub des Tages vom Plastiktisch. Haig kam nach draußen, in seiner Hand das Buch, das er auf dem Sofa gelesen hatte.

»Wir sollten einen Ausflug in die Berge machen«, sagte er. »Da oben gibt es faszinierendes Zeug, wenn ich diese beschissene Übersetzung richtig interpretiere. Es gab einen weiblichen Geheimkult oder so was. Man kann die alten Steine noch sehen.«

»Ja, ich habe es überflogen. Rose will die italienische Originalausgabe besorgen.«

»Hier steht, wo die Steine ungefähr liegen. Wahrscheinlich könnte sie uns hinführen.«

Als ich ihm das Büchlein abnahm, trat Ngaio zu uns.

»Was ist so faszinierend an diesem Buch?«, fragte sie und drückte Haig eine Salami und ein Küchenbrett in die Hand. »Mach dich bitte nützlich«, sagte sie zu ihm.

»Steinvulven«, sagte ich und betrachtete die aufgeschlagene Zeichnung. »Oben in den Bergen. Willst du sie ansehen?«

»Nicht vor dem Abendessen«, sagte sie. »Klingt nicht sehr appetitlich.«

Jess kam mit Oliven, Gläsern, Wein.

»Sie wurden verehrt. *Ihr* wurdet verehrt«, sagte Haig und beugte sich über mich, um Ngaio flüchtig auf den Mund zu küssen. »Wilde Geschichte.«

Von seinem Körper ging ein schwacher, frischer Schweißgeruch aus. Später sah ich, wie sie sich umarmten, wie sie ihre Beine um ihn schlang. Es war völlig normal, aber ich musste daran denken, wie übel mir immer geworden war, wenn unsere Eltern Zärtlichkeiten austauschten. Diese seltenen Umarmungen nach ihren heftigen Auseinandersetzungen waren mir immer wie ein Trick vorgekommen. Es ging über meinen kindlichen Verstand, dass in der Asche Nähe aufflammen konnte, während meine pyromanischen Eltern noch darüber stritten, wer das Feuer gelegt hatte.

»Der Frauenkult. Das ist mein Spezialgebiet«, sagte Jess und streckte mir die Hand entgegen, damit ich ihr das Buch gab.

»Moment, da gibt es auch Hinkelsteine«, sagte Haig. »Jede Menge phallische Präsenz da oben in den Bergen. Zum Zaubern gehören immer zwei.«

Ich hielt den Plastiktisch fest, während er die Salami schnitt, und der strenge Geruch nach Knoblauch und Fett und geräuchertem Fleisch überdeckte seinen männlichen.

Jess beugte sich vor und nahm eine Scheibe.

»Du bist nervös, weil du nicht wahrhaben willst, dass es Frauen waren, die zuerst angebetet wurden«, sagte sie zu ihm. Sie biss in die Wurst, grub ihre Zähne in das rosa Fleisch. Das Abendlicht schimmerte auf ihrem Haar, auf der speziellen Nacktheit weißer Haut. Ich konnte kleine Fleisch- und Fettstücke in ihrem feuchten, rotlippigen Mund erkennen. »Davor fürchtet ihr Kerle euch doch seit Jahrtausenden. Vor der Urgewalt. Vor uns.« Sie schlug das Buch gegen ihre üppige Brust.

»Nee, nee, schon seit Lehmhüttenzeiten nicht mehr«, sagte er. »Danach habt ihr es uns so leicht gemacht, euch zu unterdrücken, dass es fast peinlich ist.«

Jess lachte so schrill auf, dass es Ngaios und meinen Protest im Keim erstickte.

»Die Zeiten ändern sich«, sagte Jess. »Du wirst schon sehen. Aber es wird euch gefallen. Entspannt euch einfach und betet uns an. Das ist es doch, was Männer sich heimlich wünschen. Sie sind überfordert. In fünfzig Jahren wird die Gesellschaft eine vollkommen andere sein. Eure Zeit ist vorbei. Jetzt sind wir wieder dran.«

»Wieso denke ich nur, dass sich dadurch nichts verbessern wird?«, sagte ich.

»Schwer zu sagen«, meinte Jess sarkastisch. »Aber wenn Frauen nicht wollen, dass andere Frauen an die Spitze kommen, sollten sie sich mal fragen, warum. Nach all den Kämpfen, die wir geführt haben, ist das eine Dolchstoß-Einstellung.«

»Dolchstoß? Überhaupt nicht! Es ist einfach die Erkenntnis, dass Frauen genauso fehlbar sind wie Männer, genauso unheimlich«, sagte ich. »Wer kann ernsthaft glauben, dass wir irgendwie überlegene Wesen sind und die Welt verbessern werden? Das ist doch albern.«

»Bist du etwa gegen Frauenpower? Was hast du davon, dagegen zu sein, dass andere Frauen erfolgreich sind? Na los, frag dich das mal.«

»Ich bin nicht gegen Gleichberechtigung. Ich bin gegen Mystifikation. Es hat in der Geschichte schon weibliche Machthaber gegeben. Wie gut waren die, wenn es um Glück und Frieden ging? Keinen Deut besser als alle anderen.«

Haig lachte. »Verbreitet Liebe und Frieden, Mädels, Liebe und Frieden. Ich sehe es schon vor mir, wenn ich euch zwei so höre.«

»Ich behaupte ja nicht, dass wir Zauberkräfte haben«, sagte Jess mit ihrer eindringlichen Gerichtssaalstimme.

»Obwohl du es gern würdest«, sagte ich, in der Hoffnung, sie damit zu ärgern. Der Kontrollzwang, den sie ausstrahlte, löste in mir den Wunsch nach Chaos aus.

»Würde ich nicht! Ich sage nur, hörst du, dass wissenschaftlich erwiesen ist, dass Männer und Frauen unterschiedlich funktionieren. Alte matriarchalische Strukturen waren sehr, sehr stabil.«

»Und stinklangweilig«, sagte ich. »Lehmhüttenlangweilig buchstäblich.«

Sie ignorierte mich. »Und was die menschliche Gesellschaft momentan vor allem braucht, sind Stabilisatoren.«

Sie verpasste ihnen ein lang gezogenes »o«, ihren *Stabilisatoooren*, und vollführte mit ihrem schweren weißen Arm eine ausgedehnte Bewegung in Richtung des vertrockneten Rasens unter dem Balkon und zurück zu sich selbst, in einem Kreis, der die Zukunft der Menschheit umfasste, die sie sich selbst zweifellos formen sah. Sie hatte sich als Anwältin einen Namen gemacht, indem sie Datenschutz- oder Umweltfälle von öffentlichem Interesse angenommen hatte, und war eine »Persönlichkeit« geworden. Ihre Begeisterung für diese Rolle wurde nur von der für ihren Sohn übertroffen, für den allein schon die Zukunft des Planeten gerettet werden musste.

»Da hast du recht«, sagte Haig. »Was die Stabilisatoren angeht. Wo man auch hinschaut, haben wir zu wenig davon.«

»Und das ist ein Frauending?«, sagte ich. »Das glaube ich nicht. Denkt nur an die Frau, von der Rose erzählt hat, die in ihrem Video, Isabella. Sie war brillant, sie hatte Macht, viel Macht, aber sie war sicher nicht ausgleichender als andere, was auch immer das überhaupt heißt. Sie hat Kriege geführt. Es gibt kein einziges Beispiel für eine Herrscherin, die irgendwie anders war.«

»Das ist doch kein Argument. Im Italien der Renaissance musste man Kriege führen«, sagte Jess.

»Und Frauen, die heutzutage an der Macht sind, müssen das nicht? Das ist doch Wunschdenken.«

»Ich spreche …«, sagte sie, »ich spreche von schrittweiser Veränderung. Tief greifender Veränderung. Mentaler Veränderung. Während Frauen immer mehr Macht erhalten. Allgemeine Macht. Jedes Ende von Unterdrückung bringt Erleichterung. Und die Unterdrückung der Frau war enorm, *enorm*, sage ich euch, deshalb wird deren Ende offenkundig, *offenkundig* eine große Wirkung haben.«

»Nur dass Frauen auch nur Menschen sind – dieselbe Unzuverlässigkeit wie Männer, nur in anderer Verpackung.«

»Kann es sein, dass du von dir selbst redest?«, fragte sie.

Ich ließ den vergifteten Pfeil vorbeizischen.

»Die Frauen in Rose' Geschichte waren ziemlich beeindruckend«, sagte Ngaio. »Welche war es noch, die mit dem Ehemann gevögelt hat, mit Isabellas Mann?«

»Lucrezia Borgia«, sagte ich. »Ihre Schwägerin. Auch eine einflussreiche Frau.«

»Isabella war bildschön, wie eine Märchenprinzessin. Rose hat mir die Abbildung eines Gemäldes gezeigt. Aber wo sie auftauchte, herrschten Mord und Chaos.«

»Schöner Stabilisator«, sagte ich.

»Man kann nicht nach der damaligen Zeit urteilen«, sagte Jess. »Nach dem, was Rose erzählt hat, wurde sie wie ein Wanderpokal verheiratet. Jedenfalls glaube ich nicht, dass solche Aspekte wichtig sind, auch wenn Rose sich dafür interessiert. Diese Isabella ist unabhängig davon eine unglaubliche Frau gewesen, sie kannte alle bedeutenden Persönlichkeiten ihrer Zeit. Ihre Ehe und diese andere Kreatur sollten nur Fußnoten sein.«

»Im Video ist sie den anderen ebenbürtig«, sagte ich. »Rose möchte, dass sich die Frauen gegenseitig durch die leeren Räume jagen. Der Mann ist nur eine Reflexion in diesen riesigen Wandspiegeln.«

»Und was soll uns das sagen?«, fragte Jess verächtlich. Sie fand Rose' kreative Projekte im Vergleich zu Sams Brillanz trivial.

»Geschlechter und Konkurrenz«, sagte ich und erkannte sofort, dass ich Rose' Idee nicht gerecht geworden war.

»Tja, wie originell«, sagte sie. »Niemand ist je darauf gekommen, dass es da einen Zusammenhang geben könnte. Endlich hat das mal jemand erkannt.«

»Ja«, sagte ich. »Und die Wahrheit ist, dass die Menschen sich nicht ändern. Damals dasselbe, heute dasselbe; Männer, Frauen, dasselbe. Wenn es um Macht geht.«

»Was meinst du mit *dasselbe*? Ist die Welt dieselbe wie damals, als diese Frauen gelebt haben? Sie ist nicht dieselbe wie zu der Zeit, als diese Steine hier gemeißelt wurden«, sagte Jess und fuchtelte mit dem Buch herum. »Du redest oberflächlichen Quatsch. Es findet ein massiver Wandel statt, und dabei geht es um Frauen, und das wird die Welt zweifellos verändern.«

»Nur zu«, sagte Haig. »Ich hätte nichts dagegen, wenn ich dann zu sehen bekäme, wie Sam vor Rose auf die Knie geht und ihr die Sandalen küsst.«

»Na ja, um das zu bewirken, bräuchte es wohl wirklich Zauberei«, sagte Jess.

»Irgendwie habe ich das Gefühl, unser Sam wusste, dass er sich nicht den Che Guevara der Frauenbewegung ausgesucht hat«, sagte Ngaio.

Sehr witzig. Ich stimmte nicht in die allgemeine Heiterkeit ein. Wo sie Unterwürfigkeit sahen, sah ich Rose Zuflucht vor dem Sturm suchen, der in ihr selbst tobte.

»Komm schon, Pokerface«, sagte Haig zu mir, »nimm nicht alles so ernst. Rose kriegt, was sie will, sonst wäre sie nicht mit ihm zusammen.«

»Was für eine schlichte Sichtweise«, sagte Jess.

»Wenn das in den Bergen ein Fruchtbarkeitskult ist, hat sie uns vielleicht deshalb hergebracht«, sagte Ngaio.

Rose kann keine Kinder kriegen. Was für eine dämliche Pointe.

»Das ist nicht lustig«, sagte ich.

»Tut mir leid, tut mir leid.« Sie legte eine Hand über ihren Mund und nahm sie dann wieder weg, um auf etwas zu zeigen.

Der Mann aus der Erdgeschosswohnung war im Garten unter uns aufgetaucht. Er redete leidenschaftlich auf jemanden außerhalb unseres Blickfeldes ein. Ich schnappte das Wort *macchina* auf. Was auch immer mit seinem Auto passiert war, es schien, dem Takt seiner Stimme und den abgehackten Gesten nach, nichts Gutes zu sein. Er blickte auf, entdeckte uns, kam näher und sprach uns betont langsam an, wobei sein Blick zwischen unseren Gesichtern hin und her wanderte, um zu sehen, ob wir ihn verstanden.

Ich sagte: *»Macchina?«*, und erhielt zur Antwort ein *»Sí, sí«* und einen Schwall Italienisch, weit jenseits meines Sprachführer-Niveaus. Das zu mir nach oben gewandte Gesicht war von klassischer

Schönheit: volles, gelocktes Haar über einer hohen Stirn, ein sanft gerundetes Kinn, das ohne die markante Nase und den Mund fast feminin gewirkt hätte. Schön, aber für mich ohne Reiz, da es nichts von Adrians schmaler, blasser Intensität besaß, der Linie seiner fein gezogenen Lippen, dieser eigentümlichen Vertiefung der Stirn über den hohen Wangenknochen.

Ich beugte mich über die Brüstung und sagte: »*La signora parlez Italiano non a casa*«, um ihm begreiflich zu machen, dass die Person, die seine Sprache sprach, nicht zu Hause war, aber bald wiederkommen würde. Sein Interesse an mir erlosch so plötzlich wie ein ausgepustetes Streichholz.

»Ich wusste nicht, dass du Italienisch sprichst«, sagte Haig.

Ich sah ihn verblüfft an. Meine Unkenntnis resultierte, gefiltert durch ein noch unwissenderes Ohr, in komplettem Blödsinn.

»Zufällig weiß ich, dass *macchina* Auto heißt«, sagte ich. »Eine tolle Gesprächseröffnung, aber jetzt weiß ich nicht weiter.«

»Will er, dass ich ihm mit seinem Auto helfe? Ist es das?«, fragte Haig.

Ich hatte keine Ahnung, aber er war schon aus der Wohnung, bevor ich etwas sagen konnte. Ich gab dem Mann unten ein Zeichen, dass Haig unterwegs war, und er legte den Kopf auf die Seite und ging ins Haus.

»Sehnsucht nach männlicher Gesellschaft. Haig, meine ich«, sagte Jess. »Man muss sich um die langfristige Lebensfähigkeit von Männern Sorgen machen. Sie sind ein Problem, das sich verschlimmert.«

Sie und Ngaio rissen Klugscheißer-Sprüche über ihre Ehemänner in einer Zukunft zunehmender männlicher Knechtschaft. Ihre Belustigung schien über dem Licht der Abendsonne zu schweben, wobei Jess vor allem an der Schilderung Vergnügen fand, wie Mark sich bemühte, seinen Ärger zu verbergen, wenn das Gespräch zu Hause auf ihre Ansichten zum Thema Frauen kam.

»Was oft passiert«, sagte sie. »Warum nervt ihn das so? Ehrlich, die Leute und ihre Unsicherheiten. Warum setzen sie sich nicht damit auseinander? Die Hälfte, nein, neunzig Prozent der Zeit gibt er mir die Schuld daran, dass er sich so aufregt, glaube ich. Ich muss mich immer zusammenreißen, nicht laut zu lachen.«

Dann fuhr sie fort, irgendein Essen mit Freunden zu beschreiben. Statt einer Geschichte zu lauschen, die vorhersehbar war, dachte ich daran, wie Mark gewesen war, als sie ihn kennengelernt hatte. Ich dachte an die Begeisterung, die er ausstrahlte, und wie er Jess' Aufmerksamkeit auf sich zog, die Zärtlichkeiten, die Jess so noch nie von einem Mann zugelassen hatte: der sexuelle Besitzanspruch. Dads seltsam passives Gebaren erinnerte an ein Tier, das sich tot stellte. Er ließ den Mann, der sich seine absolute Lieblingstochter geschnappt hatte, gewähren. Jess hatte mit Mark – einem erfolgreichen Geschäftsmann der Chemie- und Immobilienbranche – einen Mann gewählt, der sich von unserem Vater so stark wie möglich unterschied. Mark war ein naiver Liebhaber, der sie zunächst weicher gemacht hatte, der es schaffte, dass sie Abhängigkeit zuließ. Er schien ihre innere Form nicht erfasst zu haben, nicht gespürt zu haben, dass sie trotz der Anziehung eine Frau war, die sich bewusst einen Partner aussuchte, der den Mann, der sie so geprägt hatte, nie ersetzen konnte: unseren Vater. Dass Dad seine Erstgeborene in den Mittelpunkt gerückt hatte, war eine der vielen Abwehrstrategien gegen Mum gewesen. Und von Jess auserwählt zu werden, bedeutete deshalb Unterordnung, wie Mark schnell lernte. Wenn Jess auf der Straße oder in Cafés angesprochen wurde, weil die Leute sie von ihren Medienauftritten kannten – bei denen Dad ihr als Politikredakteur einer Zeitung ein guter Ratgeber war –, sah ich, dass Mark sich abwandte, mit einem für ihn untypischen säuerlichen Gesichtsausdruck.

»Du würdest doch gar nicht wollen, dass Mark ein glühender

Feminist ist«, sagte Ngaio. »Dazu siehst du viel zu gern, wie er sich windet.«

»Ich werde nie erfahren, ob es mir gefallen würde oder nicht, so viel ist sicher«, sagte sie. »Er ist eher nicht der glühende Typ. Ich kenne ihn.«

Was für ein Selbstbewusstsein.

Die Lichter an den Klippen in Richtung Manarola schwebten in der Luft wie schimmernde Nachtblüher. Die Stille des Meeres berührte mich.

Wo bist du, Adrian?

Die herrliche Abendluft, die herrlich sinnliche Abendluft auf meiner Haut.

Deine schmalen Hüften zwischen meinen Beinen, meine Lippen an den straffen Sehnen deines Halses. Berührung, wenn spätere Berührung unmöglich ist. Nähe, wenn es dieser Grad an Nähe ist, weggenommen, kein Zugang, die Erinnerung an deine Haut, deinen Mund, der auch in Momenten des Verlangens nie mir gehört, deine Stimme, nicht mal die, deine geisterhafte Stimme, nicht mal die nach einem Tag im Büro. Süße Montage, verzweifelte Freitage, Halbzeit am Mittwoch, die Hälfte geschafft, bis du ein Zimmer betrittst, Gegenstände berührst, alltägliche Gegenstände, die du unbedacht benutzt, weil sie dir gehören. Dinge mit Geschichte, ihre und deine, Räume voll von vergangenen Stimmen, vergangenen Gesprächen mit Leuten, die gesehen haben, dass ihr euch liebt, das Zimmer, in das ihr euer Kind nach Hause bringt. Du berührst deine Tochter, deine Frau Melanie. Manchmal hast du ihren Namen gesagt, mit gedämpfter Stimme, wie jemand, der ein Geheimnis ausspricht, wie eine Gegebenheit, wie die Schwerkraft, wie den Namen einer ganzen Stadt und nicht der paar Zimmer, in denen ich wohne. Du sprichst mit mir, sitzt in meinem Sessel am Fenster mit dem Kaffee, den ich dir gemacht habe, auf dem kleinen Intarsientisch, den Rose mir geschenkt hat. Während du sprichst, bist du gleichzeitig in einem anderen Zimmer, du wechselst von einem ins andere, ohne dich zu bewegen, und in dem anderen Zimmer ist sie es, die dir zuhört, und dein Kind ruft dich, und du drehst den Kopf, und sie, Melanie, beugt sich vor und nimmt deine leere Kaffeetasse. Du sprichst, sprichst immer noch mit mir, und du birgst eine Verwirrung, die mehr ist als deine heimliche Liebe für mich, eine grundsätzliche Verwirrung über die Liebe. In der Rundung deiner Schultern und deiner Körperhaltung während der halbherzigen Unterhaltung liegt Enttäuschung, eine tiefe Enttäuschung. Obwohl du nicht merkst, was in diesem Moment in mir vorgeht, der sich über mich gesenkt hat, unvergesslich, in dem sie sich über dich beugt, um deine Kaffeetasse zu nehmen, mache ich dir keinen Vorwurf, auch nicht für deine Trägheit. Es gibt dieses andere Zimmer für dich, sie sind real, sie sind nicht nur der Schmerz, den sie mir verursachen. Solltest du sie verlassen, wirst du mir dann gegenübersitzen und fragen: Was haben wir erwartet, du von mir, ich von dir?

Ich weiß nicht mehr als du.

Was glaubst du, warum ich ein Leben in Bewegung gewählt habe? Wo kann man anhalten? Wo kann man sagen, ja, so ist Liebe. Doch während du noch immer sprichst, sehne ich mich danach, die Worte aufzuheben, für mich, für später, und nicht diese Stille, diese Stille, nachdem du fort bist, die Stille einer Einsamkeit, die ich vorher nicht kannte, eine Einsamkeit, die unheilbar ist, bis du wieder da bist, unheilbar manchmal sogar, *wenn* du da bist, eine Taubheit, aber voller Gefühl, unglücklicherweise voller Gefühl, aber unempfänglich für Trost. Es beenden. Warum tust du es nicht, Adrian? Mach Schluss mit der Trägheit, meiner und deiner. Und dann deine Augen, Hände. Alles wieder von vorn, den Wert schätzen, trotz allem, wieder so viel Glück, so kurz. Es beenden. Ich könnte es. Du könntest es. Du hast es angefangen. Du kennst die ganze Geschichte. Ich kenne nur die Hälfte, weniger als die Hälfte. Entscheide du. Beende es. Ich werde es akzeptieren. Ich werde nichts sagen. Mit Enttäuschung kenne ich mich aus.

Adrian.

Es gab eine Zeit, da sagte mir jeder durchtrainierte Muskel, jeder Knochen meines Körpers, die Intensität unserer Sehnsucht reiche mir als Gewissheit.

Haig war wieder auf dem Balkon erschienen und stellte eine Flasche Rotwein auf den Tisch.

»Netter Typ«, sagte er. »Hat mir das hier gegeben. Ich kann auch Italienisch. Irgendjemand hat seinen Wagen zerkratzt. Ich habe ihm gesagt, du warst es, Jess.«

»Sehr witzig«, sagte sie herablassend.

Jess' Sinn für Humor hält immer ein paar Meter Abstand von ihr.

Wir ergingen uns in beiläufigen Vermutungen, was der Mann wohl gewollt hatte. Höchstwahrscheinlich hatte er von uns erfahren wollen, ob wir in der Nacht etwas gehört oder gesehen hatten oder ob wir heimlich selbst einen Hass auf fahrbare Untersätze hegten. Wenn Rose zurückkam, würde sie ihren nachbarlichen Pflichten nachkommen und sich erkundigen, ob wir sein Anliegen richtig verstanden hatten.

»Aber wo bleibt Rose?«, fragte Ngaio.

Wir checkten unsere diversen Handys.

Nichts.

Das schrille Zirpen der Insekten erfüllte die beklommene Stille, die folgte.

Der Augenblick begann sich zu entblättern, bis er die Ursache meines plötzlichen Unbehagens enthüllte.

»Hast du ihr eine Nachricht geschickt?«, fragte Jess mich.

»Ja. Als ich zurückgekommen bin.«

Hinter der Villa begannen die Kirchenglocken zu läuten. Sie schlagen alle Viertelstunde, aber jetzt nahm ich es bewusst wahr.

Die Zeit blieb stehen.

Rose hatte sich nicht verspätet. Sie war verschwunden.

Aus meinem Zimmer hörte ich Rose ihr Fenster öffnen. Sie wusste, dass Mum für einige Stunden praktisch bewusstlos sein würde. Mum schlief mit Tabletten, seit sie nicht mehr mit Dad schlafen konnte. Das war seltsam. All die Jahre konnte sie neben jemandem einschlafen, mit dem sie die ganze Zeit stritt, und ohne ihn konnte sie sich nicht entspannen?

Ich schlüpfte aus dem Bett. Rose trug T-Shirt und Jeans. In der Stille hörte ich das leise Ploppen ihrer Flipflops gegen ihre nackten Fersen. Sie überquerte den Rasen. Ihr braunes Haar fiel offen über ihren Rücken. Sie sah aus wie eine ganz normale Jugendliche. Doch das Licht war gespenstisch, fiel von der Außenbeleuchtung der Nachbarterrasse seitlich und von den Straßenlaternen von oben durch die Bäume in unseren Garten. Es war fast Mitternacht. Rose erreichte die andere Seite des Rasens. Ohne sich umzusehen, ob ich sie beobachtete, verschwand sie im Gebüsch neben der Einfahrt und horchte. Es näherte sich. Das Geräusch eines Autos. Ich hörte ein unterdrücktes männliches Lachen. Eine Autotür schlug zu. Sie ließen den Motor aufheulen, als sie wegfuhren. Jetzt gab es keinen Grund mehr, vorsichtig zu sein. Sie hatten sie.

Dann kam die echte Stille. Autogeräusche, gleichmäßig, ohne die Absicht, anzuhalten, ihr tiefes Brummen so gleichgültig. In der Ferne eine Stimme, jemand rief etwas. Manchmal hörte ich eine Sirene. Manchmal schlief ich ein, doch sobald ich aufwachte, ging ich in ihr Zimmer und sah nach. Manchmal hörte ich, wie die Vögel anfingen zu singen. Tschilp, tschilp. Besser als die Laute der Menschen. Unschuldig. Noch dunkel, und sie fingen an, tschilp, tschilp, winzige Laute, und gewaltig vor dem Hintergrund der Nacht.

Ich sagte: »Du machst mir Angst.«

Rose sagte: »Halt die Klappe.«

Einmal packte ich sie, um sie aufzuhalten.

Sie schubste mich weg. Sie sagte: »Sei nicht albern.«

Ich sagte: »Ich erzähl's Dad.«

Sie sagte: »Gut. Ich bin sowieso alt genug, der soll sich verpissen.«

Sie war siebzehn.

Ich habe nie gedroht, es Mum zu erzählen. Rose wusste, das würde ich nicht tun. Hey, Mum, der Ausdruck in deinen Augen hat Rose demoralisiert, de-moralisiert, um genau zu sein. Jeden Abend, wenn ich Mum ins Schlafzimmer gehen hörte, dachte ich: Wie fühlt es sich wohl an, Tabletten zu nehmen, weil man den Menschen, nach dem es einen eigentlich verlangt, nicht haben kann? Und sich allein schlafen zu legen.

Ich sagte: »Dad hat sich schon verpisst, falls es dir nicht aufgefallen ist. Ich ruf die Polizei und sag, du bist verschwunden. Dann stecken sie dich mit den Junkies in die Zelle.«

Rose sagte: »Versuch's doch.«

Ihr Hals, die blauen Flecken, Bisse auf ihrer perfekten Mädchenhaut. Ich sagte: »Das sieht so eklig aus.«

Sie sagte: »Na und?«

Ich kannte die Jungs im Auto. Einer war von der Schule geflogen, weil er geklaut hatte. Einem war von seinem Vater die Nase gebrochen worden.

Sie kam zurück.

Ich saß auf dem Badewannenrand, während sie ins Waschbecken kotzte, die Wangen blau, ihr Atem nach Alkohol stinkend, ihr Körper schlaff vor Erschöpfung.

Bravo, Rose, du hast es mal wieder überlebt, geliebt zu werden.

Als die Morgenübelkeit begann, erzählte sie Mum, sie habe Grippe. Nach drei Tagen Grippe ohne Temperatur, als Mum darauf bestand, mit ihr zum Arzt zu gehen, »erholte« sich Rose und kam wieder mit mir in die Schule. Sie stieg von ihrem Rad und kotzte an den Straßenrand, und das Erbrochene spritzte ans Vorderrad.

Immerhin setzte das ihren nächtlichen Ausflügen ein Ende. Jetzt konnte ich dabei zusehen, wie sie vor meinen Augen starb, statt dabei, wie sie von der Straße gekratzt und bei heulender Sirene in einen Krankenwagen geladen wurde. Ich dachte, vielleicht macht es sie so krank, weil sie zu jung ist. Nicht dass sie tatsächlich zu jung war, viele Mädchen kriegten mit siebzehn Babys, aber Rose war zu jung. Sie konnte kaum essen. Schlief die ganze Zeit.

Rose sagte: »Ich weiß nicht, von wem es ist.« Sie sagte, sie benutzten Kondome, aber einmal hatte einer von ihnen es eilig, und sie war so betrunken gewesen, dass sie sich nicht erinnerte, welcher es gewesen war. Ich dachte, wenn sie ein gesundes Kind bekommt, warum ist es dann so, warum bringt es sie fast um? Von wem es auch ist, es frisst sie von innen auf. Rose erzählte Mum, sie habe seltsame Magenbeschwerden. Sie ging zum Arzt. Sie traf ihre Entscheidung. Es gab eine Wartezeit von zehn Tagen. Eines Abends, nach einem nicht gegessenen Essen, legte Mum den Arm um Rose und fragte sie: »Was ist los?« Und Rose stand auf und fluchte und lief aus dem Zimmer, wie eine missglückte Imitation der schlechten Laune, die mit Dad verschwunden war, als glaubte sie, eine Rolle ausfüllen zu müssen. Ich sah die Panik in Mums Gesicht, die glaubte, auch Rose könnte sie plötzlich verlassen. Dass Mum nicht auf die Wahrheit kam, überraschte mich nicht, denn die äußeren Tatsachen passten überhaupt nicht zu der Rose, die sie kannte.

Mum befragte mich.

Ich zuckte die Schultern. »Sie ist nur launisch«, sagte ich mit abweisender Stimme, denn auch für mich war es ein Kampf, Mums Besorgnis zu widerstehen, aber wir mussten sie von dieser zusätzlichen Katastrophe fernhalten. Sonst hätte sie sich sofort und auf ewig die Schuld daran gegeben.

»Erzähl es Dad«, sagte Rose zu mir. »Und dass er es Mum nicht erzählen darf.«

Das würde er nicht, auch er würde Angst haben. Das wusste ich.

Es war ein kurzes Gespräch in einem Coffeeshop, so kurz, dass ich nicht sicher war, ob er mich verstanden hatte.

Deshalb sagte ich: »Sie ist nicht sicher, wer der Vater ist.«

In seinen Augen flackerte etwas auf, als wäre ein unerwartet stark geladenes Molekül von einem Nervenende aufs andere gesprungen und der Rest seines Gehirns dadurch kurzzeitig lahmgelegt.

»Tja, dann ist sie wohl kaum in der Lage, die Entscheidung mit ihm zu besprechen«, sagte er, und obwohl er mir gegenübersaß, war er nicht mehr da. Er wendete den Trick an, den er im Umgang mit Mum gelernt hatte, oder er hatte ihn schon vorher draufgehabt, woher sollte ich das wissen. Eltern einzuschätzen ist schwierig, weil man nie weiß, wie viel sie einander angetan haben. Und ich dachte, mitten im ersten sehr ernsten Gespräch meines Lebens allein mit meinem Vater, dass die Nichtanwesenheit, die er praktizierte, wenn er seine Signalanlage ausschaltete – er nahm einen immer noch wahr, das spürte man, doch er sendete nichts, absolut nichts aus –, ich dachte vage, dass vielleicht Mum vor all den Jahren, wenn er da schon so gewesen war, es als Ruhe fehlinterpretiert haben mochte, oder sogar Liebe, oder Sicherheit, und erst später, wenn er auf diese Weise abwesend getan hatte, hatte sie das volle Ausmaß der Grausamkeit begriffen. Und die finale Grausamkeit, bis zum Schluss seine Entscheidung geheim zu halten, sie zu verlassen.

Er machte für Rose einen Termin in einer Privatklinik und überwies das Geld für den Eingriff ungefragt auf mein Konto.

Er wollte keine direkte Verbindung zur Klinik.

Ich ging zur Bank und hob das Geld bar ab. Auch ich wollte keine Beweise.

»Das ist eine Menge«, sagte die Bankangestellte.

»Ein Geschenk. Mein Vater.« Als beiläufigen Bonus genoss ich die erwachsene Mischung aus Traurigkeit und Abscheu, die ich empfand, als ich es sagte.

»Du hast aber einen netten Vater.«

Dad sagte, er würde Rose zur Klinik fahren und dort warten.

Sie sagte: »Nein.«

Dad sagte, könne er Rose bitte zur Klinik fahren und dort warten.

Sie sagte: »Verpiss dich.«

Rose fuhr allein zur Klinik. Nachdem sie so getan hatte, als würde sie mit mir in die Schule gehen, musste sie zwei Stunden bis zu dem Termin überbrücken, doch sie ließ nicht zu, dass ich mit ihr wartete. Sie sagte, ich müsse »ganz normal« zur Schule gehen. Normal.

Ich schaute durchs Klassenzimmerfenster, und es kam mir vor, als wären jene Stunden eine Erweiterung der nächtlichen Sirenen und Schreie, und ich hatte große Angst, dass sie diesmal tatsächlich nicht wiederkommen würde.

Ich fand sie. Das Zimmer hatte blaue Wände. Draußen wogte ein Baum im Wind, und sein Schatten bewegte sich an der Wand wie ein lebendiges Wesen. Rose war ganz weiß. Die Bettdecke war weiß. Der Hals und die Wangen der Frau im anderen Bett, ihr Gesicht abgewandt, damit wir sie nicht wiedererkennen würden, waren weiß. Es war, als hätte dieser Ort irgendeine unglaubliche Macht, Menschen in Jungfrauen zurückzuverwandeln.

Rose und ich verließen das Klinikgelände. Ein Teil von mir stand am Tor, als wir es auf dem Weg zur Bushaltestelle passierten, und stellte fest, dass wir getrennt gekommen waren, aber zusammen gingen, und dass man riesige Löcher in uns gestanzt hatte. Wir sprachen nicht. Ich erinnere mich, dass Autos vorbeifuhren, dass der Bus kam und dass die Motorengeräusche gedämpft klangen, weil sie die Stille um Rose und mich nicht durchdringen konnten.

Danach standen wir uns etwa zwei Jahre lang sehr nah, als würden wir einander vor jeder weiteren Störung von außen beschützen. Wir hatten genug durchgemacht.

Dann lagen wir auf dem Rücken im Garten. Ich war verliebt, feuchte-Küsse-, Händchen-halten-, bitte-lass-die-Hose-an-verliebt. Ich hatte Angst.

Ich sagte: »Willst du mitkommen?«

»Nein«, sagte sie.

Das Nein richtete sich gegen sie selbst. Sie sagte es noch viele Male.

Sie machte einen Abschluss in Kunstgeschichte. Sie begann ein weiteres Studium. Dad unterstützte sie finanziell, mehr als uns andere, Hauptsache, sie erweckte den Anschein, in irgendeinem Bereich ihres Lebens erfolgreich zu sein. Und diese Abhängigkeit von ihm bewies doch, nicht wahr, dass, egal, welche Schwierigkeiten seine »schüchterne« dritte Tochter hatte, das Fehlen eines liebenden Vaters sicher nicht der Grund dafür war.

Sie brauchte andere Männer, nicht ihn. Sie zögerten. Es gab diverse Versuche. Doch sie hatte Angst vor der eigenen Körperlichkeit, und das spürten sie.

Und dann Sam, ein Gastdozent, ein in Österreich geborener Amerikaner, der Rose allein dadurch, dass er siebzehn Jahre älter war, den Status relativer Unschuld verlieh, und schon dafür liebte sie ihn. Ich teilte ihre Bewunderung für Sam aus purer Erleichterung. Jahre später sehe ich Parallelen zwischen Sam und den jungen Männern im Auto, die sie rücksichtslos aussaugten, auch wenn Sam mich für so einen Vergleich umbringen würde. Er verlangt, dass Rose sein Leben physisch, psychologisch und professionell managt, und damit er all den Menschen, die er zu mögen vorgibt, während sie eigentlich nur seiner Karriere dienen, in der Öffentlichkeit weiter in den Arsch kriechen kann, verwahrt Rose in aller Heimlichkeit seinen Groll und seine Verachtung.

Vor einem Jahr war sie bei einem Psychotherapeuten, weil ihr bewusst wurde, dass die Wahrscheinlichkeit, ein Kind zu bekommen, mit Anfang dreißig immer geringer wurde, und sie fürchtete, dass in Wahrheit das Trauma der Abtreibung eine Schwangerschaft verhinderte. Er riet ihr, mit Sam über die Entscheidung zu sprechen, die sie als Jugendliche getroffen hatte, wenn ihr danach war, und sagte, dass eine neunjährige Ehe ein gelüftetes Geheimnis aushalten sollte. Er warnte sie jedoch auch, dass man nicht vorhersagen konnte, ob die Chancen einer Schwangerschaft dadurch stiegen.

Stattdessen sprach sie damals viel mit mir, über die Erinnerung an den Tag der Abtreibung. Über den Hass, den sie von den anderen Frauen im Wartezimmer gespürt zu haben meinte, die möglicherweise aus medizinischen Gründen gezwungen waren, ihr Kind abzutreiben, und annahmen, dass diese junge Frau aus freien Stücken dort war. Über das komplizierte Leben, dass sie erwartet hätte, wenn sie an einen der beiden Vaterschaftskandidaten gefesselt gewesen wäre. Über die Vorstellung, dass jemand anders durch die Welt spazieren und sein ganz eigenes Leben mit eigenen Gedanken leben würde, wenn sie damals nicht diese Entscheidung getroffen hätte. Jemand, den sie geliebt hätte, unabhängig von seiner Entstehung.

Über die Erkenntnis, dass es vielleicht ihre einzige Chance gewesen war, ein Kind zu bekommen.

»Manchmal habe ich das Gefühl, als sei es eher ein Tod gewesen als ein Leben, das nicht stattgefunden hat«, sagte sie, »der Tod von jemandem, der ein Teil von mir war und den ich nie kennen werde.«

Dad erwähnte die Abtreibung ihr gegenüber nie, und Mum und Jess und Ngaio wissen bis heute nichts davon.

Und sie hat nie mit Sam darüber gesprochen.

Wir haben Urlaub«, sagte Haig. »Rose weiß, dass es keinen Grund zur Eile gibt.«

»Wenn wir anfangen, uns Sorgen zu machen, wird sie nicht kommen«, sagte Ngaio. »Das ist eines dieser Gesetze des Universums.«

»Sie will vermisst werden.« Jess. »An einem Abend, als ich in Florenz war, kam sie auch zu spät. Sam ist ausgeflippt.«

»Wahrscheinlich hat sie ihr Handy verloren, oder es gibt eine andere plausible Erklärung«, sagte Haig. »In den Zügen sind überall Taschendiebe. Sie hat uns sogar vor ihnen gewarnt.«

»Und selbst denkt sie nicht dran!«, sagte Jess.

Ich ging hinein und schlüpfte in meine Sandalen.

»Wo willst du nun schon wieder hin?«, fragte Ngaio, die gerade hereinkam.

»Ich dreh nur rasch noch eine Runde.«

»Du warst doch eben schon im Dorf!« Das war Jess, von draußen.

»Ich gehe in die andere Richtung.«

»Zum Bahnhof? Sie kennt den Weg, sollte man meinen.«

Ich wollte noch weiter gehen als bis zum Bahnhof. Ich wollte zum Strand.

»Das ist doch absurd«, sagte Ngaio ungeduldig.

»Wenn ich jetzt nicht gehe, ist es zu spät.«

»Wofür?«

»Um mich zu vergewissern, dass nichts passiert ist, also, falls sie an den Strand gegangen ist.«

»Am Strand wären doch auch andere Leute!«

»Ja. Aber falls sie die Letzte war.«

»Du kannst um diese Uhrzeit nicht mehr da runtergehen. Die ganzen Stufen runter und so.«

»Das meine ich ja. Wenn sie sich verletzt hat, wenn sie sich den Knöchel verstaucht hat. Dann müsste sie hochkrabbeln. Einmal waren wir so spät noch dort unten.«

Ich war an der Tür.

»Das ist doch verrückt. Haig, geh mit ihr.«

Er stöhnte.

»Hä? Soll ich?«

»Nein«, sagte ich.

»Doch«, sagte Ngaio.

Ich blieb am Fuß der Treppe vor der Haustür stehen.

»Du musst nicht mitkommen.«

Er teilte meine Sorge um Rose nicht. Keiner von ihnen tat das. Wären Jess oder Ngaio ohne Erklärung so lange fortgeblieben, hätten sie wesentlich besorgter reagiert.

»Na, komm schon, du wildes Mädchen«, sagte er und trat aus dem Haus in den Abend.

Wir gingen den Hang hinunter zur ersten Kurve. Um uns herum, unter den Weinreben am Straßenrand, vertieften sich die Schatten, und die Blätter schimmerten, als würden sie schweben, schwerelos. Über uns flossen die Hügel in den diesigen Himmel. Es konnte alle möglichen Erklärungen dafür geben, dass Rose noch nicht aufgetaucht war: Sie war spontan in ein Nachbardorf gefahren und hatte unerwartet Freunde getroffen; oder Sam hatte sie kurz vor seiner Ankunft bei uns gebeten, etwas für ihn zu erledigen. Doch all diese Erklärungen hatten nicht genug Gewicht, um meine Sorge aufzuwiegen.

»Kein so schlechter Abend, um auszugehen«, sagte Haig.

»Schlecht? Nein.«

»Dieser Ort hat etwas Mystisches«, sagte er. »An einem Abend wie diesem kann man es in der Luft spüren, fast eine Art Magie. Die aufs Gemüt schlägt. Man kann sich vorstellen, dass die Leute sich gehen lassen. Ich wüsste ja zu gern, worin dieser Kult bestand, der um die Steine, darüber steht in dem Buch nichts.«

»Vielleicht weiß es niemand.«

»Man braucht nicht viel Fantasie, oder? Steinvulven. Es war ein Fruchtbarkeitskult. Da muss es doch irgendein Sexritual gegeben haben.«

»Nicht unbedingt.«

»Ach, komm! Natürlich. Wahrscheinlich jeder mit jedem. Dafür gab es gute Gründe. Falls es unfruchtbare Männer gab, hatte so wenigstens jede Frau die Chance auf ein Baby. Überleben der Gruppe.«

»Da hast du ja anscheinend schon eine Weile drüber nachgedacht.«

»Ist ja auch interessant«, sagte er. »Heutzutage wären die wenigsten offen für solche Einflüsse. Wir sperren uns förmlich dagegen, uns von der rauen Natur so berauschen zu lassen.«

Wir erreichten die erste Straßenecke. Haig überquerte die Straße zur Außenkurve und blieb unter drei kleinen Zypressen stehen, eine natürliche Eleganz in seiner Körperhaltung, die langen Gliedmaßen, ein Fuß vor dem anderen, aufrecht.

Ich trat zu ihm. Wir blickten über die Bucht. Am Bahndamm, weit unten zwischen den Felsvorsprüngen von Manarola und Corniglia, waren die Flutlichter angegangen, und der Bahnhof und die Gleise hoben sich im verblassenden Abend unnatürlich ab, so als würden sie eigentlich gar nicht hierhergehören. Die kastenartige Form des Gebäudes und die leeren Bahnsteige unter den dicken Kabeln wirkten wie eine Bühne, die jeden Moment von Schauspielern betreten würde, das beständige Wellenrauschen unter dem Bahndamm wie hörbar gemachte Unausweichlichkeit.

»Falls Rose da unten festsitzt, sieht sie die Flut kommen«, sagte Haig.

»Netter Gedanke«, erwiderte ich scharf und ging weiter. Er holte mich ein und lief neben mir her. Die Straße führte jetzt unter der Felswand entlang, und die grimmige Beleuchtung unter uns verschwand aus unserem Blickfeld. In unregelmäßigen Abständen warfen Laternen schwache Lichtkegel, in denen sich das Zirpen der abendlichen Insekten zu kleinen sichtbaren Wolken verdichtete. Haig blieb abrupt stehen. Er hatte noch etwas anderes gehört, ein »Ahoi!«, das zu uns hinunterdrang.

»Das waren sicher sie«, sagte er, trat ein paar Schritte zurück an den äußersten Straßenrand und warf einen Arm in die Luft, um in Richtung der Villa oben auf der Klippe zu winken.

»Meinst du, Rose ist aufgetaucht?«, fragte ich.

Er legte die Hände an den Mund und rief ihren Namen. Doch wir hörten ganz deutlich ein lang gezogenes »Nein«, das Jess und Ngaio offenbar im Chor schrien. Offenbar hatten sie nur gerufen, weil sie uns auf der Straße entdeckt hatten.

Haig ließ die Hände sinken und wippte auf den Fersen. Sein Mund stand leicht offen, und er blickte nach oben, von wo Ngaio ihn gerufen hatte. Sein Bewusstsein schien zu ihr hinaufzuklettern, von Anfang an ein Muster zwischen den beiden. Für mehr als ein Jahr nach ihrer ersten Begegnung hatte er sich, während sie ihn ignorierte, beharrlich überall dort platziert, wo er auf sie treffen mochte, sie schließlich sogar, als ihr Auto eine Panne hatte, zwei Stunden zum Ferienhaus der Eltern ihres damaligen Freundes Jeremy gefahren. Das war die Hilfe, die sie in jenem Augenblick brauchte, und deshalb war Haig für sie da, obwohl er sie im Bett des Mannes ablieferte, den er zu ersetzen hoffte.

Acht Monate danach heiratete sie Haig.

»Liebe«, sagten sie auf der Hochzeit, Ngaio in einem gigantischen weißen Kleid mit Dad, der sie zum Altar führte – als wäre sie nicht jahrelang wunderbar ohne seine Hilfe ausgekommen –, während die Leute beim Empfang über Jeremy tuschelten, der so geknickt war, dass er nach Amerika ging. Vier Jahre und eine zweieinhalbjährige Tochter später wandte Ngaio sich plötzlich gegen Haig, der Blick leer und eine Stimme wie Säure, und stand schließlich nicht einmal mehr auf. Niemand darf diese Phase ihrer Ehe erwähnen. Haig zermalmt jede Anspielung darauf, noch bevor Ngaio es kann, obwohl er sich vorbildlich verhalten hat. Er ließ sich von der Schule, an der er unterrichtet, beurlauben und kümmerte sich um sie und Milly, bis es ihr besser ging, und später ermutigte er sie, nur noch halbtags als Musiklehrerin zu arbeiten. Ihr den Stress zu ersparen, bedeutete ihm mehr als der Verdienstausfall. Was auch immer zwischen ihnen vorgefallen war, und ich fragte mich das oft, er war entschlossen, es auszumerzen. Schon vor der Hochzeit hatte er bewiesen, dass er die Lösung war, wenn sie ein Problem hatte. Egal ob Autopanne oder Nervenzusammenbruch, es gab kein Problem, das die Heirat mit ihm nicht löste. Die Angelegenheit war wie eine technische Störung; es gab keinen Anlass, darüber zu reden.

Neben mir, ins Halbdunkel starrend, sah ich ihn angestrengt lauschen, auf irgendeine Nachricht warten, irgendeine Erklärung, die sie ihm nicht gab, ständig auf der Hut vor Spannungen.

»Be-eeeeeeilt euch!« Die Aufforderung stürzte auf uns herab, hackte nach uns. Jess' Stimme, unverkennbar.

Ich hörte, wie er leicht die Luft einsog, und wir gingen schleunigst weiter, um die nächste Ecke und den letzten Abschnitt des Hangs hinunter.

Wir hatten die kleine Tanne auf halbem Wege erreicht, als Haig beiläufig begann, über Rose zu schimpfen. Wie rücksichtslos von ihr, sie hätte Bescheid sagen sollen, wenn sie irgendwohin wollte, sie hätte uns sagen sollen, wenn Sam unterwegs war. Seine Fürsorge war für andere Menschen reserviert.

»Du sagst Rose dann, wie blöd sie ist, wenn wir sie verletzt finden.«

Ich musste ihn ertragen. Ich wusste, dass ich seine Hilfe brauchen würde, sollte Rose tatsächlich verletzt sein, um sie die vielen Stufen hochzubekommen und die Straße zum Haus.

»Hä? Friss mich nicht gleich!«

»Was auch immer sie getan hat, sie hat es ganz sicher nicht aus Rücksichtslosigkeit getan.«

»Okay, okay. Ihr Schwestern. Manchmal vergesse ich, dass ihr alle perfekt seid. Vier verschiedene Arten von Perfektion, das überfordert mein kleines Männerhirn.«

Wir gingen zügig, doch ich beschleunigte das Tempo noch, als wir in den Schein der Laternen am Bahndamm traten. Die Bucht verschwand aus unserem Blickfeld, und der gegenüberliegende Hang verlor sich im Schatten. Das künstliche Licht schien die hereinbrechende Dunkelheit zu beschleunigen, und ich hatte das Gefühl, dass Rose mir immer mehr entglitt.

Wieder dachte ich an die anderen Dörfer, die vielen hübschen Orte, Rose, die in einem Café etwas trank, unter Urlaubern, und die Zeit vergaß. Rose, die sich eine Auszeit nahm – von mir.

Das Geräusch der Wellen wurde immer lauter, während wir bergab gingen.

Sie hatte über die Einsamkeit gesprochen, die die enorme Präsenz des Meeres ermöglichte. Das war es, was sie suchte, keine Menschenmassen, keine anderen Leute. Gleich würde ich sie finden, mit verstauchtem Knöchel am Strand, den Blick auf die lange, lange Metalltreppe gerichtet, die Gedanken beim mühsamen Aufstieg zur Straße, in der Hoffnung, dass ich nach ihr suchen würde.

Wir gingen am Bahnhof vorbei.

Hinter dem Gebäude führten die ersten Stufen zum Strand durch einen mannsbreiten Betontunnel. Haig drehte sich zu mir um.

Im künstlichen Licht war sein Blick zu fixiert, sein Mund dunkel. Die Normalität seiner Stimme war eine Erleichterung.

»Ich gehe vor«, sagte er. »Nur um im Weg zu sein. Nicht, weil es für dich sicherer ist, falls du stolperst.«

Ich murmelte meinen Dank. Er trat schon in den schwarzen Tunnelschlitz. Wir kamen im umzäunten Bereich unter den Bahngleisen heraus. Die Luft war erfüllt vom Rauschen und Schmatzen des Meeres am Ende einer tiefen Rinne, in der sich das Regenwasser aus den Bergen sammelte. Es klang wie eine Bestie, die ihr gieriges Maul aufgerissen hatte.

Ich eilte an Haig vorbei über eine kleine Brücke zu dem Pfad auf halber Höhe des Bahndamms. Der schmale Weg führte um die Klippen herum nach Manarola. Rose hatte mir von einer Amerikanerin erzählt, die vor zwei Jahren auf diesem Abschnitt ums Leben gekommen war, sie war ausgerutscht. Niemand wusste, warum, denn jede Saison benutzten Hunderte von Menschen diesen Pfad, und plötzlich galt es nur wegen dieser Frau als gefährlich. Oder es war Selbstmord, das hatte man nicht herausgefunden.

Die Anwohner waren verärgert gewesen, erzählte Rose mir, und hatten wenig Mitgefühl gezeigt, der Weg von der Spurensicherung gesperrt, eine Unbekannte, die ihren Alltag durch eine verdächtige Tat durcheinanderbrachte.

Wir eilten durch langes Gras und Oleander über den ramponierten Zementweg. Holzpfosten begrenzten das Stück festgetretener Erde, wo die metallenen Stufen im Boden befestigt waren. Ein warmer Wind vom Meer bewegte das Laub hinter mir, als ich die obere Plattform betrat. Die Dunkelheit war inzwischen so weit fortgeschritten, dass man unmöglich sehen konnte, ob sich zwölf Meter tiefer eine gebeugte oder liegende Gestalt befand. Hastig, weil ich befürchtete, Haig könnte sagen, wir wären weit genug gegangen, begann ich die Stufen hinabzusteigen.

Das Metall vibrierte, als er mir folgte.

Ich erreichte den Fuß der Treppe und wandte mich in Richtung einer Felsgruppe.

Haig schlug die entgegengesetzte Richtung ein. Ich hörte ihn Rose' Namen rufen, und als ich mich umdrehte, sah ich, dass er mit seitlich ausgestreckten Armen über die Steine balancierte. Er rief erneut, und es klang wie der Ruf eines Tieres, erhört vom sanften Aufruhr des Meeres.

Er näherte sich dem Stück, wo laut Rose die Frau abgestürzt war.

Sie hätte keine Chance gehabt, wenn sie bei steigender Flut auf die Felsen fiel.

Rose wäre wahrscheinlich eher in die Richtung gegangen, die ich einschlug. Dort hatten wir jedes Mal unser Lager aufgeschlagen, wenn wir hier waren, zwischen den Felsen, wegen des Schattens.

Die Steine, schon bei Tage heikel, waren in der Dämmerung glitschig und gefährlich. Ich ging zum Meer, an den Saum, wo die Wellen kleinere Kiesel anspülten. Die bewegten sich zwar, aber gleichmäßig. Die Brise zupfte an mir. Das Wasser spannte sich glitzernd in den Armen der Bucht, und seine enorme Energie strömte Richtung Land.

Ich passierte eine Felsgruppe nach der anderen. Dann wurde der Strand schmaler, dunkler, die Lichter oben wurden von der gewaltigen Mauer des Bahndamms, der über mir aufragte, abgeschnitten. Direkt vor mir ragte eine riesige Steinplatte auf, der letzte Felsen, bevor das Meer an die Mauer schlug. Ich blickte dahinter.

Nichts.

Dunkelheit.

Rose war nicht hier.

Am anderen Ende der Bucht, hoch oben, klammerten sich die verstreuten Lichter Corniglias an die Klippen. Auch dort war sie nicht. Nach all den Jahren hatte Rose sich erneut fortgeschlichen. Sie wartete nicht darauf, von mir gerettet zu werden, würde nicht plötzlich in der Dunkelheit auftauchen, erleichtert, dass ich das richtige Gespür gehabt hatte, nach ihr zu suchen.

Ich wandte mich ab. Das Meer stöhnte. Die Wellenkaskaden umspülten meine Füße mit kleinen Kieselsteinen, die wie Würfel im ausgefransten weißen Schaum kullerten.

Die Abwesenheit alles Sterblichen. Die absolute Gleichgültigkeit.

Ich machte mich auf den mühsamen Rückweg zu der Stelle, wo Haig und ich uns getrennt hatten, wobei ich erneut in die dichteren Schatten am Fuße jedes Felsens spähte, nur für den Fall. Auch er hatte seine Suche aufgegeben und ging am Wassersaum zurück in meine Richtung.

Als wir einander erreichten, zog er sein T-Shirt über den Kopf und warf es auf die Steine. Ich wich verblüfft vor ihm zurück.

»Na los«, sagte er und knöpfte seine Shorts auf, »das können wir uns doch nicht entgehen lassen. Zieh deine Sachen aus.«

»Wo ist Rose? Bist du weit genug gegangen?« Ich schrie, um meine Verwirrung zu überspielen, und gestikulierte in Richtung der Klippen.

»Sie ist doch nicht blöd! Wer würde so weit laufen, wenn niemand in der Nähe ist? Bestimmt ist sie inzwischen zu Hause. Mach kein Theater.«

Er war schon bis zu den Knien drin.

»Na los!«, rief er. Sein kräftiger Körper wirkte zart wie eine Pflanze, als er ins tosende Wasser watete.

Ich machte einen Schritt vor. Die Wellen umwogten meine Schienbeine.

Haig hob den Arm, um das Gleichgewicht zu halten, und

schwankte hin und her, während er immer weiter rausging. Der Meeresboden war unter den Wellen fast so uneben wie der Strand. Eine größere Welle schwoll an, ihr schaumiger Kamm glitzerte, und er wappnete sich, bevor sie ihn verschlang. Er verschwand, verflüchtigte sich in die dichte Luft und das nächtliche Reich des Meeres. Dann schien er sich aus dem schwarzen gefährlichen Wasser zu erheben, hechtete vor und verschwand unter der Oberfläche.

Die Bucht schnappte zu und lockerte den Biss, als er im weißen Orchester der Bahnhofsbeleuchtung wieder in den Wellen auftauchte. Ich meinte, ihn rufen zu hören, bevor er sich umdrehte und erneut verschwand.

Ich zog mein Kleid aus und warf es auf die trockenen Steine. Als ich in die Hocke ging, glitt das Wasser um meine Schenkel und schlug an meine Schultern. Es war nicht dasselbe Meer wie bei Tag. Es fühlte sich fremd an, aber zärtlich, wie es an meinen Gliedmaßen zog.

Haig entfernte sich noch immer vom Ufer, und so sprang auch ich in die Wellen.

Ich drehte mich auf den Rücken. Durch die nassen Wimpern konnte ich im lilafarbenen Himmel die Sterne über mir sehen, kaum sichtbare, winzige Nadelstiche. Den Kopf zurückgeneigt, die Ohren unter Wasser, kein Geräusch außer den in der Ferne gedämpft brechenden Wellen, der Pulsschlag des Tieres namens Meer, das mich trug. Von tief unten, unter der Bucht, drang Stille zu mir. Ich konnte spüren, wie sie aus einem Ozean des Schweigens weit, weit entfernt heraufstieg. Ich schloss die Augen, außer Kraft gesetzt. Ich konnte Adrian und Rose am Ufer zurücklassen. Sie mochten mich suchen und keine Spur von mir finden, aber es wäre egal, weil ich in die Stille sank und ich sie in mir trug. Ich suchte sie nicht länger. Ich besaß sie, wie man Gestalten besitzt, die in Träumen auftauchen, und die Bewegung meiner Gliedmaßen wäre nur die

Strömung des Wassers, das Meer, das mich unter den Sternen neu ordnete.

Ich kreischte vor Schreck, als ein starker Körper unter mir auftauchte und ich zur Seite geschleudert wurde.

Ich schlug wild um mich, um mich über Wasser zu halten.

Haig. »Deine Zeit ist um«, rief er.

Ich spritzte ihm Wasser ins Gesicht und tauchte von ihm weg. Er kam mir nach. Sein Lachen hüpfte über die Wellen. Ich spürte seinen kühlen Griff an meinem Bein und strampelte mich frei. Er stürzte sich durch eine Wasserwand auf mich. Ich entschlüpfte ihm, doch er packte mich erneut und hakte seinen Arm unter mein Kinn wie ein Rettungsschwimmer und schleppte mich zurück zum Strand.

Vergeblich zappelte ich in seinem Griff, gab dann auf und ließ mich ziehen.

Als wir uns dem Ufer näherten, ließ er mich frei und tauchte vorweg, bis er sich drei Meter vor mir aufrichtete. Ich watete zu ihm, und er nahm meine Hand, sodass wir einander in den Wellen, die gegen unsere Beine schlugen, stützen konnten.

Am Strand wandte er sich ab, zog seine Boxershorts aus, wrang sie aus und zog sie wieder an.

»Ich gucke nicht«, sagte er.

»Ich bleibe einfach nass.«

»Ooooch, mach das nicht.«

»Ganz schön frech. Es ist sowieso so warm. Übrigens war es nicht nötig, mich zu retten.«

Ich hockte auf einem flachen Stein, die Arme um die Knie geschlungen, die Fußsohlen an die Reste der Hitze des Tages gepresst.

»Da bin ich mir nicht so sicher«, sagte er. »Ein Mädchen, so ganz allein.«

Er hockte sich neben mich.

Ich erwiderte seinen Blick. Die Wellen vor uns brachen und sammelten sich wieder. Ich zog die Arme fester um meine Knie.

»Warum eigentlich?«, fragte er. »Warum bist du allein hier?«

»*Mädchen* trifft es wohl nicht mehr ganz«, erwiderte ich. »Ich habe es auf den attraktiven Typen aus dem Erdgeschoss abgesehen.«

Ich sagte es, um jemanden zwischen ihn und mich zu stellen.

»Ha!«, sagte er. »So ist das also. Kannst du nichts Besseres finden?«

»Besser als was?«

»Na ja, suchst du nur unverbindliche Befriedigung?«

Ich spürte seine Hand auf meinem Rücken.

Mit einer einzigen Armbewegung stieß ich ihn weg.

Er packte mein Handgelenk.

Das Meer. Die Dunkelheit, der warme, salzige Wind.

Er zog mein Handgelenk so nach unten, dass ich mich zu ihm neigte, und fasste mich an den Schultern. Ich fühlte seinen Atem an meinem Gesicht. Ich presste meine Hände gegen seine Brust, um ihn auf Abstand zu halten. Dann schnappte ich mir mein Kleid, zerrte es über meine nasse Haut und zog meine Sandalen an. Um vom Meer zur Treppe zu gelangen, musste man über Steine klettern. Mein Körper war von der Frische des Wassers erfüllt. Unsicheren Schrittes lief ich los. Er war neben mir.

»Halt dich an mir fest«, befahl er, und ich hielt seinen Arm, seine Haut warm nach der Kälte des Wassers.

Das Meeresrauschen folgte uns.

Die Nacht umhüllte uns.

Wir waren fast an der Treppe angelangt. Wir traten in den totalen Schatten am Fuße des Bahndamms. Seine Hand streifte meinen Schenkel. Er war nicht Haig. Er war pures Verlangen. Ich wandte ihm das Gesicht zu, so wie er mir seines. Hinter ihm, als wäre es kein vertrauter Ort, sah ich hoch oben die Lichter des Dorfes. Dann sah ich, wie Haig durch die Finsternis nach oben blickte, auf der Suche nach Ngaio. Ich wandte mich ab. Ich spürte den Tremor seines Atems. Ich packte das Treppengeländer.

Wir näherten uns der Villa. Mein Gesicht war heiß, mein Rücken nass von Meerwasser und Schweiß, weil wir uns so beeilt hatten, die Metalltreppe vom Strand, den Weg am Bahndamm und die zweite Treppe, Haig hinter mir, »zu deiner Sicherheit«, sagte er mit matter, rauer Stimme, falls ich ausrutschte. Ein Zug war eingefahren, während wir bergauf stiegen. Wir waren die Straße zum Dorf gerannt, vorbei an einigen Passagieren.

»Hoffentlich«, hatte ich gesagt und meinte, dass Rose vor uns da war.

»Natürlich«, hatte er verächtlich gesagt. Wir waren den Berg hochgelaufen, in der Hoffnung, dass sie inzwischen zu Hause war.

Haig stieß die Haustür auf.

Ich trat aus der aromatischen Nacht und eilte die Treppe hoch.

Er blieb dicht hinter mir.

Ich betrat die Wohnung. Das Licht war grell. Der Geruch von Essen, nah, feucht.

Das Schaben der Plastikstühle auf dem Balkon.

Ngaio kam nach drinnen, ihr ernster Blick fragte nach Rose.

»Und?«, sagte sie.

Ich zog einen Stuhl unter dem Tisch hervor und setzte mich. Meine Glieder zitterten von dem eiligen Marsch.

»Nein«, sagte Haig hinter mir rasch. »Leider nicht.«

Ich schnappte mir mein Handy. Ich hatte es auf dem Tisch liegen lassen.

Keine Nachricht von Rose.

Haig erzählte von dem verlassenen Weg, dem verlassenen Strand, keine Menschenseele, nicht auch nur die Spur davon. Wir hatten den Abschnitt in Richtung Manarola abgesucht, wir hatten den Abschnitt in Richtung Corniglia abgesucht.

Ngaio unterbrach ihn. »Was hast du gemacht?«

Er hob den rechten Ellbogen und zeigte ihr eine Schnittwunde. »Ich bin ramponiert«, sagte er. »Ein bisschen.«

»Du bist nass!« Sie legte die Arme um ihn, ihre Hände im Bund seiner Shorts.

»Stimmt«, sagte er und hob seine Arme, als erwartete er, sie würde ihn durchsuchen.

Filz ihn, dachte ich. Filz sein Gehirn. Na los.

Jess stand in der Balkontür. Sie beobachtete mich.

»Das Wasser war«, sagte er ruhig, »unwiderstehlich. Wir sind nur kurz reingesprungen.«

Er ließ die Arme sinken. Er stand vor Ngaio wie ein Kind und zeigte ihr seine Wunde.

»Das Meerwasser hat es gesäubert«, sagte er.

Er war nicht im Meer gewesen, um es zu säubern. Er hatte sich geschnitten, als er sein Gleichgewicht verlor, nachdem ich ihn weggeschubst hatte.

»Das ist doch verrückt! Im Dunkeln schwimmen gehen!«, sagte Ngaio. »Was hast du dir dabei gedacht? Du hättest dir auch den Kopf stoßen können, nicht den Arm. Hast du dich an einem Stein verletzt? Im Wasser?«

»Alles halb so wild«, sagte er heiter.

»Du warst auch schwimmen?«, sagte Jess.

»Offensichtlich.« Mein Haar war feucht, ebenso mein Kleid.

»Habt ihr Rose gesucht?«, fragte sie. »Im Wasser?«

»Wir sind den Strand auf und ab gelaufen.«

»Zu verlockend, was? Schön, dass ihr so schnell zurückgekommen seid.«

»Wo ist sie?«, fragte ich.

Ich rief Rose an.

Nichts. Nur die Mailbox.

Ngaio ließ Haig seinen Ellbogen öffnen und schließen.

»Ich gehe kurz duschen«, sagte er. Er wandte sich an mich. »Oder willst du zuerst?«

Sein Ton war ungeduldig.

Ich schüttelte den Kopf.

»Du hast weniger als fünf Minuten«, rief Jess ihm nach, als er das Zimmer verließ. »Das Risotto ist gleich fertig, und dann muss ich es servieren. Sonst verdirbt es.«

»Wir können doch nicht einfach davon ausgehen, dass es Rose gut geht«, sagte ich wütend.

»Hör zu, es gibt keinen Grund zur Panik«, sagte sie. »Weshalb ihr an diesem schönen Abend auch schwimmen gegangen seid.«

»Das war seine Idee.«

»Schön. Es war seine Idee. Ich hoffe, du hast es genossen.«

Ich hörte, wie sich die Badezimmertür schloss. Haig würde sein T-Shirt mit genau derselben Bewegung ausziehen wie am Strand, den Kopf leicht geneigt, während er es die Arme hinunterschüttelte. Ngaio lief an mir vorbei, während sie Haig zurief, dass sie ihm frische Sachen bringen würde, dann ging sie in ihr gemeinsames Zimmer und gab eine Vorstellung ihrer alltäglichen Intimität.

»Das habe ich. Ja«, sagte ich zu Jess. »Ich habe es genossen.«

»Gut. Und es wird eine Erklärung dafür geben, wo Rose ist, wie es immer eine Erklärung für alles Ungewöhnliche gibt. Fast alles Ungewöhnliche. Und das Einzige, was sie beunruhigen würde, ist, dass wir anfangen, uns Sorgen zu machen.«

Sorgen. Bei ihr klang es wie ein Peitschenhieb.

Ngaio kam mit Klamotten für Haig aus ihrem Zimmer und warf eines ihrer Kleider und Unterwäsche auf einen Stuhl neben mir. »Hier, zieh das an.«

»Nein, danke.« Ich nahm die Sachen und warf sie zurück.

»Was ist los?«

»Warum machst du dir keine Sorgen?«

»Hab ich doch gerade gesagt«, meinte Jess und ignorierte, dass ich mit Ngaio gesprochen hatte. »Rose wird irgendetwas Besonderes zu essen besorgen, eine lokale Spezialität, eine Überraschung.« Jess kam näher, den Blick unverwandt auf mich gerichtet. »Ihre Tasche und ihr Handy wurden geklaut. Sie musste zur Polizei. Sie ist auf dem Weg hierher.«

»Ist sie das?«, sagte ich und wich zurück. »Sie ist nicht hier. Das ist alles, was wir wissen. Und keiner von uns hat eine Ahnung, warum.«

»Lass das, mach nicht so ein Drama«, sagte sie. »Ihr zuliebe und dir zuliebe. Das hilft doch niemandem.«

Ich spürte den festen Griff ihrer Hand um meinen Unterarm. Sie schüttelte ihn flüchtig. Ich zog meinen Arm weg. Jess wollte eine Vergangenheit in mir packen, die ihr nicht passte. Sie fasste erneut nach mir, aber ich wich ihrem Griff aus.

»Wir essen jetzt«, sagte sie. »Rose wird wiederkommen. Sie wird sagen, danke, dass ihr so vernünftig wart, euch nicht den Abend verderben zu lassen.«

Ich lief auf den Balkon.

Lasst euch den Abend nicht verderben. Eure Schwester ist verschwunden, wartet nicht mit dem Essen.

Mein Blick überflog die Straße, auf der ich eben gekommen war, auf der Suche nach einer einsamen Gestalt.

Nichts.

Weiter unten verschoben sich die weißen Reflexionen des Bahnhofs auf dem spiegelglatten Meer. Mein Blick suchte den Schatten des Ufers ab. Der Strand war von der Klippenwand nicht mehr zu unterscheiden.

Die Anziehungskraft des anderen Geschlechts, das stetige, verwirrende Rauschen der Wellen. Jetzt hörte ich es schwach, das Meer, zärtlich und harmlos. Verwirrend, für mich, nach Wochen und Wochen ohne Adrian. Hebst du so deine Arme, Adrian, um dich durchsuchen zu lassen? So widerstandslos? Tut er nicht. Es ist anders, er und ich sind es. Wie kannst du das, was zwischen ihm und mir ist, mit so einem törichten Augenblick vergleichen?

Tust du es, Adrian, so schnell?

Eine flüchtige Brise fuhr in die Blätter des Zitronenbaums neben dem Balkon und zog weiter.

Ich schob meine Hand zwischen die Blätter, schüttelte sie. Der harte Blattrand, die Adern versiegelt. Die Bestürzung in mir, unversiegelt.

Durch Rose, durch Rose' Abwesenheit.

Ich ging wieder hinein und rief Sam an. Seine Nummer war besetzt.

Ich überlegte zu gehen, zurück zu mir, doch Rose würde hierherkommen oder könnte sich zuerst bei einer der anderen melden statt bei mir.

Jess und Ngaio kamen aus der Küche, mit Tellern, Gläsern, und Jess redete laut: »Wenn Rose überfallen wurde, ist das ganze Brimborium mit der Polizei, mit Papieren, Dokumenten vorprogrammiert. Wenn die ganze Tasche geklaut wurde, mit Handy und allem, wäre das eine Katastrophe! Sie würde Sam anrufen. Von der Polizei aus.«

Die beiden gingen wieder hinaus, während sie sich weiter unterhielten, kein unsinniges Gespräch, aber nutzlos für mich, denn es war nur Wunschdenken, es gab keine Anhaltspunkte. Weder wussten sie etwas, noch kannte Jess sich mit den Abläufen bei der italienischen Polizei aus.

Haig kam ins Zimmer. Wir erstarrten beide. Es war das erste Mal seit dem Strand, dass wir einander bei Licht in die Augen sahen. Sein feuchtes braunes Haar war zurückgekämmt. Sein Blick war verächtlich.

»Ich … Wir könnten«, sagte er. Er starrte mich an, und ich starrte zurück. Er kam einen Schritt näher. Wir standen etwa einen Meter voneinander entfernt.

»Rose geht es gut«, sagte er sanft, und seine Gesichtszüge wurden weicher.

Sein veränderter Tonfall überraschte mich. Er hatte mich gelesen, und ich war nicht sicher, was er gesehen hatte.

»Ach ja?«, sagte ich säuerlich. »Wieso sind sich da alle so sicher?«

Ohne ein Wort ging er in sein Schlafzimmer.

Ich ging zurück auf den Balkon. Ich hörte eine Tür schlagen.

Ngaio tauchte neben mir auf.

»Bad ist frei. Willst du vor dem Essen duschen?«

»Ich habe keinen Hunger.«

»Wenn sie bei der Polizei ist, wird es ewig dauern«, sagte sie. Ngaio sprach in demselben sanften Tonfall wie Haig. Ein Tonfall, der meine Ängste abtat.

»Wird es nicht. Sie spricht die Sprache.«

»Wer weiß, mit wie vielen blöden Touristen die jeden Tag zu tun haben? Vielleicht musste sie warten, bevor sich überhaupt jemand um sie gekümmert hat?«

Das Licht aus dem Wohnzimmer umrahmte das längliche Oval ihres Gesichts, die außergewöhnliche Zartheit ihrer Nase und ihre vollen Lippen. Sie schenkte mir ein gezwungenes Lächeln. Für einen qualvollen Herzschlag dachte ich, Haig hat es ihr erzählt, er hat den Vorfall am Strand erwähnt und es so dargestellt, als wäre der Annäherungsversuch von mir ausgegangen, nicht von ihm. Der Verdacht erlosch so schnell, wie er in mir aufgeflackert war. Das würde er nicht riskieren. Er war nicht boshaft.

»Wir müssen einfach warten«, sagte sie milde und wandte sich zum Garten.

Sie begann mit den Händen auf das Balkongeländer zu trommeln, tippelte mit den Fingern der rechten Hand, während sie mit der linken einen gleichmäßigen Rhythmus schlug.

»Milly hat mir heute am Telefon so eine lustige kleine Melodie vorgesungen, und ich kriege sie nicht mehr aus dem Kopf. Ich kann ihre Stimme hören, wenn ich sie spiele.«

Sie trommelte weiter.

»Wolltet ihr sie nicht mitbringen?«, fragte ich.

»Ich schon. Er nicht. Er macht sich Sorgen wegen der Schule.«

»Oder er wollte dich für sich haben.«

Sie lachte sinnlich.

»Es ist schön, mit ihm zu reisen«, sagte sie. »Er lässt sich schnell für Orte begeistern. Im Gegensatz zu mir. Ich frage mich ständig: Betrachte ich das aus dem richtigen Blickwinkel? Was müsste ich darüber wissen? Manchmal denke ich, es wäre am besten, so zu sein wie Rose, den Kopf voller Fakten, oder gar nichts zu wissen und nur zu denken, das Gebäude beeindruckt mich, das ist ein interessantes Gesicht in dem Gemälde, es gefällt mir einfach, und ich muss nicht wissen, warum. Ich bin wie Milly – sie hat versucht, mir das Lied vorzusingen, hatte aber den halben Text vergessen, das Dummerchen.«

Während sie sprach, hatte ich Autoscheinwerfer hoch oben auf dem Bergkamm bei Manarola beobachtet, die abwechselnd schwächer wurden und aufleuchteten, während das Auto der Gipfelstraße folgte, und zu schweben schienen, wenn sie direkt auf mich gerichtet waren.

»Sie vermisst dich bestimmt.«

»Wahrscheinlich nicht so sehr, wie ich sie vermisse. Haigs Eltern verwöhnen sie. Ich würde gern mal mit ihr herkommen. Es ist so einfach hier. Gefällt mir besser als Rom und Siena. Es ist schön da, aber hier habe ich das Gefühl, der Reise ebenbürtig zu sein.«

Es war sehr unwahrscheinlich, dass Rose mit dem Auto zurückkommen würde, doch ich versuchte, die Scheinwerfer durch die Kraft meiner Gedanken weiter in unsere Richtung zu steuern. Ich hatte keine Ahnung, an welcher Stelle das Fahrzeug die gewundene Abfahrt nach Corniglia nehmen musste und ob man den Straßenabschnitt von der Villa aus überhaupt sehen konnte.

Ich sah Rose auf dem Rücksitz, aufrecht und steif. Die Anspannung in ihrem schmalen Körper zwang sie, bei jeder Bewegung des Autos zu schwanken, ohne dass sie es merkte, so konzentriert war sie auf Mum und Dad auf den Vordersitzen, die sich einander zu- und voneinander abwandten, während sie sich bei hoher Geschwindigkeit unterhielten, an Klippenrändern entlang, neben einem Abgrund, und auf einen Unfall zuschlingerten, der ihre eigene Zerstörung bedeuten konnte. Diesmal knapp vermieden, aber dann gleich noch mal, die Kurve, während Rose' Blick von einem Hinterkopf zum anderen huschte, ohne die Landschaft, die draußen vorbeizog, wahrzunehmen. Erstaunt, dass später einer von ihnen eine Bemerkung über die Gegend machte, durch die sie gefahren waren, während sie nur auf die enorme Landschaft im Innern des Autos fixiert war, die Dad bei der Ankunft mit Türenknallen verließ. Und während er die Tür zuknallte und für die nächsten Tage dichtmachte, kletterte sie vom Rücksitz auf den festen Boden der Einfahrt und lief über den Rasen ins Haus, in die Zimmer, in denen bis jetzt alle überlebt hatten. Wieder zu Hause.

»Dann musst du das irgendwann tun, mit ihr herkommen«, sagte ich.

»Ja. Vielleicht.« Ngaios Hände hatten aufgehört, ihr Lied zu trommeln. »Manchmal glaube ich, sie vermisst mich überhaupt nicht«, sagte sie.

»Natürlich tut sie das.«

»Ich höre doch, wie fröhlich ihre Stimme klingt.«

Die Autoscheinwerfer setzten ihre Reise vor der schwarzen Bergmasse fort.

»Du würdest ja auch nicht wollen, dass sie traurig ist.«

»Sie ist eine sehr unabhängige kleine Person. Sie hat sich in den Kopf gesetzt, Himmelsforscherin zu werden.«

»Interessant.«

»Findest du? Mich macht das kirre. Alles da oben.«

Ngaio ließ den Kopf zurücksinken. Ihr Hals wirkte zu schlank für das Gewicht ihres Schädels und die dichten, langen Haare.

»Die Entfernungen sind so trostlos«, sagte sie. »Kein bisschen Humor bei der ganzen verdammten Sache, nur kalter, unendlicher Raum. Das müsste Milly doch nervös machen. Sie wird sich einsam fühlen, wenn sie ihr Gehirn da rausschickt, einsam im Herzen.«

»Wenn man es als Wissenschaftler betrachtet, findet man es vermutlich faszinierend, so weit sehen zu können.«

»Man sieht die Sterne gar nicht richtig«, sagte sie. »Die Atmosphäre ist so diesig. Nicht wie zu Hause. Ich kann mir nicht vorstellen, dass der Himmel zu Hause so nah aussieht, die Sterne so schwach.«

»Das gehört zu den Dingen, die ich vermisse«, sagte ich, »unsere Megawatt-Sterne.«

»Wie nett von dir, dass du auch etwas vermisst«, sagte sie angesäuert.

»Erinnerst du dich, wo die Hauptstraße hierher abbiegt? War das auf den Karten mit den Bergwanderwegen eingezeichnet?«, fragte ich.

»Keine Ahnung. Mir reichen die Küstenwege. Von da oben muss man eine tolle Aussicht haben, aber die Mühe spar ich mir.«

»Da war eben ein Auto, das in unsere Richtung kam. Es ist verschwunden. Aber wahrscheinlich kommt Rose eh nicht von dort.«

»Natürlich nicht! Woher soll sie plötzlich ein Auto haben?«

»Falls sie sich mit Sam getroffen hat. Irgendeine Verabredung, von der wir nichts wissen«, sagte ich.

»Das hätte sie uns doch gesagt. Hör auf, dir den Kopf zu zerbrechen. Sie kommt schon noch. Es bringt doch nichts, hysterisch zu werden. Das ist eine typische Angewohnheit von Mum.«

Sie ging wieder nach drinnen.

»Risotto in zweieinhalb Sekunden«, rief Jess.

Die Scheinwerfer waren nicht wiederaufgetaucht. Der Strand am Fuß des Berges war inzwischen verschwunden. Nur der obere Rand des Bahndamms war noch zu sehen. Niemand suchte darunter oder hockte zwischen Frust und Verlangen in der Dämmerung auf einem warmen Felsen und gab sich der Fantasie hin, dass Gefühle folgenlos bleiben könnten.

Ngaio steckte den Kopf aus dem erleuchteten Zimmer hinter mir.

»Sie hat sich solche Mühe gegeben. Komm essen, bitte.«

Im Bad riss ich das Fenster auf. Die Luft dampfte von Haigs Dusche, ein dezenter Geruch seiner Nacktheit war zurückgeblieben.

Ich beugte mich über das Waschbecken und spritzte mir Wasser ins Gesicht. Es gab kein Handtuch, von dem ich sicher sein konnte, dass er es nicht benutzt hatte, deshalb wischte ich die Feuchtigkeit mit den Fingern ab. Aus dem holzgerahmten Spiegel über dem Waschbecken blickte mir das Gesicht meiner Mutter entgegen, ihr spitzes Kinn, die hohen Wangenknochen und die kurze Nase. Durch das Meerwasser stand mein Haar vom Kopf ab, und mein Baumwollkleid war zerknittert. Ich leckte an einem Arm. Salz. Erneut spülte ich Gesicht, Hals und Arme ab. Dann nahm ich eine von Ngaios Haarspangen von der Leiste unter dem Spiegel und versuchte, meine krausen Locken zurückzustecken, doch das Haar ließ sich nicht bändigen, also nahm ich die Spange wieder raus und legte sie zurück.

»Du siehst schlimm aus, wie immer«, sagte ich zu meinem Spiegelbild, »und Rose ist verschwunden.«

Ich hörte, wie mein Name gerufen wurde, in einem Tonfall, der nicht gerade geduldig klang.

»Letztes Mal ist sie wiedergekommen«, sagte ich leise.

Sie wird durchs Badezimmerfenster klettern, und ich werde neben ihr stehen, wenn sie sich am Waschbecken die Seele aus dem Leib kotzt.

Ständig trat meine Mutter auf Landminen der Erinnerung. Seit dem Tag, als Dad uns verließ, lebte sie rückwärtsgewandt. Die Sommer am Strand in der Bucht, ein einfacher, ruhiger Ort, der auch uns zur Ruhe brachte – das war Glück, oder? Dort, wo das Land in steiniges Ufer überging, die krümelige Erde unter einer Haut aus Gras und verirrte Wurzeln, die in die Luft ragten, und Dad, der uns die Strukturen erklärte; niemand konnte behaupten, das sei kein Glück gewesen. Dad mit den Einheimischen draußen in den Wellen, wo er sein Stück des Netzes festhielt, sein hektisches Lachen über das Gewicht des Flunderfangs, mit dem er an Land watete, zu uns, zum Glück, oder etwa nicht? Im dritten Jahr am Strand verkündete er, er müsse vier Tage früher abreisen, eine politische Krise, über die er berichten musste, *musste*, ja, musste er wirklich, er würde zurückkommen, um uns abzuholen. Durch die Bäume ging er davon. So viel Glück, aber nicht genug, nie genug. Meine Mutter hatte ihm nachgerufen, durch die Bäume. *Sie* war nicht mal Krise genug. Einen Tag später packte sie die Sachen und bat einen Nachbarn, uns abzuholen und zurück in die Stadt zu bringen. »Total unnötig!«, sagte er. »Total bescheuert!«

Wir fuhren nie wieder in die Bucht.

Versagen, so viel Versagen, während Mum die Plätzchen noch leckerer würzte, den Baum noch schöner schmückte. Das Weihnachten, als Ngaio sich das Schlüsselbein brach und der Grund für ihr Gejammer erst am nächsten Tag entdeckt wurde. Unglaublich, egal, wie viel zu tun war, unglaublich, wie man dieses schöne Kind so vernachlässigen konnte.

»Ich habe es vernachlässigt?« Sie.

»Sie ist zu dir gekommen!« Er.

So viel Versagen.

Er wollte sie von Anfang an verlassen.

Als sie rückwärts mit dem Auto aus der Einfahrt raste, bevor auch nur eine von uns sich angeschnallt hatte, und mit einem anderen Auto zusammenstieß, leichte Gehirnerschütterung für Rose, aufgeplatzte Lippe für mich, erinnerten wir uns daran? Oh ja, wir erinnerten uns. Er war nach Hause gekommen, und sie hatte es ihm erzählt, und irgendein Satz fiel, der bewirkte, dass sie aus dem Haus stürmte, sich in das ramponierte Auto setzte, das Rückwärtsmanöver allein wiederholte und davonfuhr. Als sie spät am nächsten Tag zurückkehrte, warf sie ihre Tasche auf den Stuhl neben der Tür, und er, der gerade in der Küche für uns Essen kochte, hatte *was* gesagt? Nichts. In den folgenden Tagen hatte sie alle Bekannten angerufen, nahe und weniger nahe, um, so diskret wie möglich, zu fragen, ob er irgendjemanden von ihnen kontaktiert hatte, um herauszufinden, wo sie die Nacht über gewesen war. Nein, niemanden.

Er hatte sie von Anfang an verlassen wollen.

»Er hat gewartet, bis ihr gerade alt genug wart«, sagte sie zu mir, und es schwang Bitterkeit mit, weil auch ich ihn nicht länger hatte halten können als nötig.

Sie alterte um Jahre. Rose und ich konnten dabei zusehen. In den ersten sechs Monaten, nachdem Dad fort war, dachte ich oft, sie würde am nächsten Tag sterben.

In den frühen Morgenstunden, wenn die Wirkung der Schlaftabletten nachließ, war sie immer in Bewegung, im Haus, im Garten.

Ich dachte, sie wird in Rose' Zimmer gehen und es leer vorfinden. Das wird sie wirklich aufwecken.

Landminen der Erinnerung, doch sie wollte das Haus nicht aufgeben, obwohl es mir vorkam wie die Hautfalten, die sich bei fettleibigen Menschen bilden, wenn sie endlich abnehmen, überschüssige Falten, in denen wir versanken. Jess kam. Sie hatte ihr Jurastudium noch nicht abgeschlossen, war aber schon zur Vorsitzenden Richterin am Obersten Gerichtshof des Lebens berufen worden: Expertin für Scheidung und Eigentumsrecht, in diesem Fall also für Dads Rechte.

Doch Mum ließ sich nicht umstimmen.

»Du kannst es dir nicht leisten, ihn auszuzahlen«, sagte Jess. »Und das müsstest du.«

Mum – die an der Küchentür stand und ohne einen einzigen Schluchzer weinte, als wäre ihr Gesicht im Regen nass geworden, wobei die Sintflut aus der persönlichen Wolke über ihr noch Monate anhielt – schwieg. Welchen Schätzwert hat Kummer?

»Wir müssen warten, bis sie wieder halbwegs normal ist«, sagte Jess, doch wir sollten Dad nicht erzählen, wie weit ihr Zustand von »halbwegs normal« entfernt war: das nächtliche Umherirren, die erschreckende Vergesslichkeit und das erschreckende Erinnerungsvermögen, das Weinen, die hektische Betriebsamkeit in Haus und Garten und die Aussetzer, in denen sie kaum das Wesentlichste zustande bekam, die Tatsache, dass die Galerie, die sie führte, großzügig über ihre Abwesenheiten hinwegsah, es aber eventuell nicht ewig tun würde.

»Später wird sie euch dafür dankbar sein«, sagte Jess. »Ihr sorgt dafür, dass er seinen Respekt für sie bewahrt.«

Und so bewahrten wir den Respekt unseres Vaters für unsere Mutter, was verwirrend war, denn dadurch litt mein Respekt für ihn. Und Respekt an sich veränderte seine Bedeutung und wurde zu dieser Sache, die ich empfand, als ich mich über den dünnen, leeren Geschlossene-Augen-Körper meiner Schwester unter der weißen

Decke beugte und ihr sagte, die Krankenschwester meinte, sie könne jetzt aufstehen. Sie schwang ihre weißen Füße auf den Boden, und wir zogen die Plastikvorhänge um das Bett, und sie zog sich so unbeholfen an wie eine Zweijährige eine neue Puppe, nur dass es ihr eigener siebzehnjähriger Körper war, den sie anzuziehen versuchte, und sie lehnte meine Hilfe ab und ging neben mir aus dem Krankenhaus, eine junge Frau, die einfach ihr Leben weiterlebt, als wäre es – tja – normal. Und Respekt wurde die Sache, die ich empfand, als ich sah, wie Bewusstsein in den Blick meiner Mutter trat, wenn sie aus einem Paradies des Vergessens zurückreiste und in die Gesichter ihrer beiden Töchter knallte, die sich dort, wo sie eingeschlafen war, über sie beugten, auf einem Liegestuhl auf der Terrasse, die Wange in der Hand, die Augenlider reglos, traumlos, Haar und Haut und Kleider feucht vom Tau. Rose war im Morgengrauen zurückgekommen und hatte sie gefunden. Sie hatte mich geholt, weil sie fürchtete, dass Mum den Alkohol an ihr riechen würde. In jenem Moment war ihr Verlust unverdorben, ohne die Heuchelei des Hinnehmens, ohne den Versuch, den Schmerz zu kontrollieren, indem man sich selbst verletzte, und wenn alle Ausflüchte abgeschüttelt waren, so wie Mum mich abschüttelte, nachdem ich ihr aus dem Liegestuhl geholfen hatte, konnte ich ihre Gefühle respektieren. Sie richtete sich auf und strich ihre Bluse glatt und schritt mit steifen Schritten davon, allein.

Mum wurde wieder jünger, wenn auch nie so jung, wie sie nach der normalen Zeitrechnung war.

Rose zog aus, ich zog aus. Mum erklärte sich bereit, das Haus zu verkaufen, und nahm sich ein kleineres mit größerem Garten und einen Freund, Leonard, dessen Bemühungen, es ihr recht zu machen, sie als eine Form von Schwäche betrachtete.

Dad ließ sich erneut scheiden.

»Ich kann es nicht fassen!«, sagte sie und stand vom Tisch auf, die Mahlzeit, die wir gerade beendet hatten, fad im Vergleich zu der köstlichen Unterhaltung, die vor ihr lag. »Und das einem Mann wie ihm! So ein umgänglicher Mensch!«

Rose und Jess waren auch da, und ausnahmsweise waren wir Schwestern vereint im heißblütigen Herfallen über einen gemeinsamen Feind. Nach einem Jahr hatte Linda Dad verlassen und war zu ihrem vorherigen Liebhaber zurückgekehrt, der sie weder heiraten noch sich zu ihr bekennen wollte, und Dad war gedemütigt. Unser Vater! So benutzt!

»Sie war von Anfang an durchgeknallt, dieses Weib, hat man gleich gesehen«, sagte Rose, obwohl für sie in jenen zornigen Jahren vor Sam so ziemlich jede Form von Liebe »durchgeknallt« war.

Mum schwang auf dem Absatz herum, ihre Gesten unkontrolliert.

»Der erholt sich schon wieder, macht euch keine Sorgen«, sagte sie, ihre Stimme wie ein Nebelhorn. »Er kann sein Herz schneller entleeren als ich einen Mülleimer. Oder nicht? Ist er schon drüber weg? Ihr habt gar nichts erzählt.«

»Es geht ihm gut«, sagte Jess, und sie lachte. »Dad ist aus Gummi. Er hat schon eine Neue.«

»Tatsächlich?«, fragte ich.

Jess sah mich mit Drachenaugen an. »Ja, tatsächlich!«

Sie hatte gemerkt, dass Mum immer noch hoffte.

Worauf?

Hast du eine unheilbare Krankheit, du wankelmütige Frau? In jenem Augenblick hätte ich sie am liebsten auf den Liegestuhl im Morgengrauen zurückgeschickt und dort gelassen, bis sie völlig durchgefroren war.

Sie setzte sich wieder, sie schenkte sich noch Wein ein, meine Mutter, unter ihren Töchtern, meine Mutter, meine Mythenstifterin. In sich zurückgezogen. Plötzlich still. Sie sah uns an, und sie sah durch uns hindurch, und ich dachte, sie sieht eine andere junge Frau, nämlich sich selbst, als sie ihn geheiratet hatte und ein weniger kaputtes Leben möglich schien.

»Das kann nichts Ernstes sein«, sagte sie zu Jess. »Jemand Neues, so schnell.«

Leonard, der direkt nach dem Mittagessen nach draußen gegangen war, um im Garten zu arbeiten, aus Rücksicht auf unsere Privatsphäre und eine Vergangenheit, die er nicht teilte, kam an die Küchentür, um zu fragen, ob es nicht Zeit für einen Kaffee sei, und Mum reagierte mit ungewöhnlicher Sanftmut. Er war der Falsche, doch für einen Moment hatte sie ihm vergeben.

Sie konnte die Jahre des Zwists mit Dad doch nicht vergessen haben, das war einfach unmöglich, doch hier saß sie mit uns, und die kleinste Hoffnung auf eine Fortsetzung versetzte sie in Verzückung. In ihr lebte er ewig weiter, dieser Zwist, wie eine Art Liebe, denn die ist doch angeblich unsterblich. Dad besaß ein mentales Bild von ihr, das er niemals zeigte. Es musste sich irgendwann irgendwo geformt haben, das Bild von ihr, das ihm gefiel – denn warum wäre er sonst je mit ihr zusammen gewesen –, doch er verbarg es. Hätte sie nur die Gelegenheit bekommen, sie hätte versucht, es ihm zu entreißen, um es ihm unter die Nase zu reiben. Es war die Erinnerung an dieses Bild, die sie milde stimmte, als sie mit uns zusammensaß, sodass sie auf uns abwesend und ein wenig seltsam wirkte. Obwohl »die Familie« ihre ständige Parole gewesen war, obwohl eine intakte Familie ihr Traum gewesen war, so wie andere Menschen davon träumten, zum Mond zu fliegen, waren wir letztlich irrelevant für den ursprünglichen Kampf, mit ihm, um sich selbst.

Dad saß mir gegenüber in einem Café in der Nähe seines Büros, wo er sich gern mittags traf, und aß ein Sandwich.

»Wird Linda versuchen, dein Eigentum abzustauben?«, fragte ich.

»Das ist eine ziemlich abgebrühte Formulierung für jemanden deines Alters.«

Ich war achtzehn. Er bedachte mich mit einem kühlen Blick, wie ein Junge, der beschlossen hat, nicht mehr mit dir zu tanzen.

»Jess meinte, sie könnte es versuchen.«

»Das Mädchen wird es weit bringen!« Er lachte. »Zu mir hat sie gesagt, ich wäre relativ sicher, nach der Gesetzeslage.«

»Glaubst du, das war von Anfang an ihr Plan, also Lindas? Zu dem anderen zurückzugehen?«

»Nein.« Er nahm einen Riesenbissen von seinem Sandwich.

Er verschluckte sich nicht. Aber er aß, als würde ihm der Belag nicht mehr schmecken.

Es war nicht so, dass er kritischen Diskussionen aus dem Weg ging. Er liebte sie. Wir hätten den ganzen Nachmittag streiten können, über alles, von der Arktis bis zur Antarktis, und dann war er fast greifbar, sah auf seine Uhr, bestellte noch einen Kaffee. Woran lag es dann? Er führte diese Diskussionen mit jedem, ich hatte ihn dabei beobachtet. Doch ich war seine Tochter. Erzähl mir andere Dinge. Erzähl mir von dir.

Linda war eine Gelegenheit.

»Tja, was hast du dann falsch gemacht?«, sagte ich.

»Wessen Unterhaltung ist das hier?«, fragte er.

Er meinte Mum, nehme ich an.

»Meine.«

»Linda ist gestört.«

»Du vermutlich auch.«

Er legte das Sandwich ab. Er würde in meiner Gegenwart nichts mehr essen. Während ich ihn beobachtete, entfernte er sich von mir, sensorische Abschottung in vollem Gange.

»Gestört ist vielleicht nicht der richtige Begriff«, sagte er. »Sie war mit sich selbst nicht im Reinen.«

»Ach. Nicht mit dir?«

Sein Blick verharrte in meinem. Diese Fragen, sie waren für ihn kein Problem.

»Du warst nur Zuschauer«, sagte ich.

»Du willst, dass ich sie kritisiere«, sagte er. »Dass ich sage, sie war ein schlechter Mensch.«

»Mich kümmert nicht, was du über sie sagst.«

»Ich glaube doch.«

»Warum sollte es?«

»Weil sie nicht deine Mutter ist.«

Du kleine, eifersüchtige Tochter, sag einfach, was du willst.

»Das ist also mein Problem, ja? Dass du eine Frau geheiratet hast, die nicht Mum ist.«

Er machte eine Kopfbewegung, kein Nicken, eine seitliche Bewegung, wegwerfend. Ich war so leicht zu durchschauen. Hier ging es nur um mich, all das hatte nichts mit ihm zu tun.

»Mum hättest du wahrscheinlich auch nicht heiraten sollen.«

Es kümmerte ihn nicht, dass er dieses Bild von meiner Mutter besaß, das sie haben wollte. Ihm war nicht einmal bewusst, dass er es besaß.

»Tut mir leid«, sagte er. »Deine Mutter und ich, wir hätten viel früher aufgeben sollen.«

»Du meinst, vor Rose und mir, oder nur vor mir?«

»Oh, verflucht noch mal!« Er wich zurück, als hätte ich ihn geschubst. Unerwartete Aufhebung sensorischer Abschottung. »So habe ich das nicht gemeint.«

»Was ist mit Ngaio?«, sagte ich. »Jess hast du immer gewollt, aber was ist mit Ngaio? Ihr hättet vor Ngaio aufgeben können, aber sie ist so schön, da macht es nichts, dass ihr sie bekommen habt.«

Jess sagte: »Wag es nicht, jemals wieder so mit ihm zu reden. Du hast ihn fast umgebracht.«

Dad musste es ihr erzählt haben. Ich musste meine Genugtuung darüber verbergen, dass meine Unterhaltung mit ihm so eine Reaktion hervorgerufen hatte. Ich sagte: »Fahr zur Hölle.« Madame Richterin, was wusste sie schon davon, was wen umbrachte?

Er schrieb mir. An jenem Tag habe er sich für all die Jahre der Spannungen entschuldigen wollen. Er habe sich unbeholfen ausgedrückt. Es tue ihm leid. Vielleicht würde ich ihn besser verstehen, wenn ich älter wäre. Die Sache sei die, man müsse genau das tun, was man wolle, weil es am ehrlichsten sei. Das sei der beste Ratschlag, den er mir geben könne. Man könne nicht wissen, welchen Effekt man auf andere habe, man wisse nur, was man selbst im jeweiligen Moment brauche, und sich daran festzuhalten sei der beste Weg, die Widersprüche des Lebens zu lösen. Selbst wenn Menschen bizarre Dinge taten, so entspräche das eben ihren Bedürfnissen, mehr könne man nicht sagen. Ich sei sein »bezauberndes Mädchen«, genau wie Rose. Ich könne nicht ahnen, was ich ihm bedeute. Würde ich erst einmal selbst mit den Widersprüchen des Lebens konfrontiert, würde ich die Machtlosigkeit des menschlichen Herzens erkennen, sich selbst zu verleugnen. So traurig das manchmal auch sei, sei es doch am besten, die menschlichen Grenzen zu kennen.

Ich bewahrte den Brief auf, obwohl mir übel wurde von diesem Kram über Machtlosigkeit. Ich sah ihn vor mir, wie er sich im Meer mit dem Gewicht des Netzes vorwärtskämpfte, und er war stark, er würde das Ufer erreichen und durch die Bäume davongehen.

Etwa ein Jahr nachdem ich Adrian kennengelernt hatte, fiel mir der Brief wieder ein, und als ich ihn erneut las, weinte ich, weil darin stand, dass Adrian tat, was er tun wollte, indem er mich zurückwies, und ich packte den Brief wieder weg, weil ich es nicht glauben wollte. Doch ich zerriss ihn nicht.

Jess saß am Kopfende des Tisches, die Schüssel mit Risotto vor sich, Ngaio und Haig zu ihren Seiten. Sie hatte uns abkommandiert, diese Scharade der Normalität aufzuführen. Es war widersinnig, doch niemandem fiel etwas Besseres ein. Auch mir nicht.

Ich setzte mich neben Ngaio. Rose würde durch die Tür vom Treppenhaus zu meiner Linken hereinkommen.

»Wir sollten etwas für Rose beiseitestellen«, sagte ich.

Ich wäre die Erste, die sie hören würde.

»Habe ich«, sagte Jess. Sie bemerkte, sie habe die Konsistenz des Risottos genau richtig hinbekommen, während sie jedem von uns einen Teller reichte. Es sei nicht der Reis, den sie gewohnt sei, normalerweise müsse man die Sorte genau kennen, um es so gut hinzubekommen.

Vielleicht konnte sie auch das Geheimnis der Mächte durchdringen, die Rose von uns fernhielten, und sie zwingen, sie direkt nach dem Essen wieder in unsere Mitte zu spucken.

»Lasst uns Sam gleich noch mal anrufen«, sagte Ngaio.

Ich sagte, ich hätte es eben gerade versucht, als sie und Jess in der Küche waren. Seine Nummer war besetzt.

»Wahrscheinlich haben wir ihn gleichzeitig angerufen«, sagte Jess. »Das ist doch albern. Wir müssen uns koordinieren.« Sie ist die vollkommene Ordnung, und ich bin das Chaos, und das zu erkennen nennt sich Koordination.

Ich kippte meinen Wein runter.

»Rose wird sich zuerst bei ihm melden, so viel ist sicher«, sagte sie. »Vielleicht hat er einfach vergessen, uns Bescheid zu sagen.«

»Sehr aufmerksam von ihm«, sagte ich.

»Was erwartest du? Er wird ihr bei dem, was sie aufhält, behilflich sein und sich um uns keine Gedanken machen. Jedenfalls habe ich ihm eine SMS geschickt. Du auch?«

Ich schüttelte den Kopf.

»Was macht er abends, wenn Rose nicht da ist?«, fragte Haig. »Arbeitet er da auch? Was macht ein Genie, wenn es mal Pause hat?«

»Geht auf Partys, wo er sich bewundern lässt«, sagte ich.

»Du meinst, er begibt sich unter Menschen, die er für sein Projekt braucht«, sagte Jess. »Was zum Job gehört. Man erwartet von ihm, dass er dafür Werbung macht. Deshalb wollten sie ihn haben, sein Glanz färbt ab. Ich habe die Modellentwürfe gesehen. Wundervoll. Wahrscheinlich räumt er mit dem Gebäude einen der großen Preise ab.«

»Hat er noch keine?«, fragte Haig.

»Keinen«, sagte ich.

»Ein paar!«, sagte Jess.

»Zweitklassige«, sagte ich. Heute Abend hätte ich ihm selbst die aberkannt. Er hätte hier sein sollen. Er hätte sofort bereitstehen sollen, um uns dabei zu helfen, mit Rose' Verschwinden umzugehen. Sie hätte uns gar nicht erst verlassen, wenn er hier wäre.

»Wen kümmert's?«, fragte Ngaio. »Also ist er heute Abend wahrscheinlich aus?«

»Ja«, sagte ich. Rose hat es manchmal satt.

»Und wie erreichen wir ihn, wenn er sich irgendwo rumtreibt? Vielleicht dauert es Stunden, bevor er die Nachricht sieht.«

»Was hast du ihm denn geschrieben?«, fragte ich Jess. »Hast du ihm gesagt, dass Rose verschwunden ist?«

»Was hätte es für einen Sinn, ihn so zu beunruhigen? Ich werde den armen Mann nicht in helle Aufregung versetzen. Sie könnte jeden Moment zur Tür hereinkommen. Warum machst du seine Arbeit überhaupt so runter? Er bewundert dich.«

»Er will es anderen recht machen, ich nicht.«

Sie lachte aus vollem Hals. »Aber er bekommt diese tollen Aufträge wie in Florenz.«

»Er ist vernetzt, er kriecht den Leuten in den Hintern.« Während ich sprach, schickte ich Rose eine SMS: *Wo bist du?!!!!*

»Ach, du bist ja nur eifersüchtig«, sagte sie. »Er ist ein faszinierender Mensch. Es gehört zu seinem Talent, dass er seinen Willen bekommt. Dir würde es nichts ausmachen, selbst so berühmt zu sein.«

»Wenn ich es verdient hätte.«

»Er sollte nicht berühmt sein, weil du nicht findest, dass er es verdient hat? Wie bescheiden von dir.«

»Ja, ich bin sehr bescheiden. Hab ich irgendwo gelernt. Können wir diesen Mist jetzt lassen? Er ignoriert uns, darum geht es. Er muss doch inzwischen gesehen haben, dass wir beide ihn angerufen haben. Wenn Rose' Tasche geklaut wurde und sie von der Polizeiwache anruft, kann er nicht wissen, dass sie es ist, und wird den Anruf ebenfalls ignorieren. Wir müssen selbst etwas unternehmen.«

»Da könntest du recht haben«, sagte Ngaio. »Ruf Sam noch mal an«, sagte sie zu Jess. »Wir müssen ihm ein bisschen Dampf machen.«

»Er wird sagen, dass Rose sich gemeldet hat, es gab einen unbedeutenden Vorfall und er hatte noch keine Zeit, uns anzurufen.«

Zu meiner Erleichterung meldete er sich.

Jess zog kokett den Kopf ein, als er ihren Gruß enthusiastisch erwiderte.

»Aber hör mal, Sam, wir haben uns gerade gefragt, ob du in den letzten Stunden mit Rose gesprochen hast. Wir sind nicht ganz sicher, wo sie ist.«

Das bebende Lächeln um ihre Lippen erstarb bei seiner knappen Antwort.

»Nein, seit Stunden. Bei dir auch nicht?«, fragte Jess und stand auf, während sie sprach. Sie presste eine Hand auf den Tisch und starrte sie an.

»Nein!«, sagte sie, worauf er hastig etwas erwiderte und das Gespräch beendete.

»Er ist bei anderen Leuten«, sagte sie nüchtern. »Er bricht jetzt auf und ruft mich zurück. Er wirkte …«, sie blickte über den Tisch, ohne jemanden von uns anzusehen, »bestürzt.«

»Das ist nicht gerade überraschend, immerhin hat er gerade erfahren, dass wir nicht wissen, wo seine Frau ist«, sagte Haig. »Hoffen wir, dass er sich gleich meldet. Er weiß sicher besser, was zu tun ist, schließlich ist er schon eine Weile hier.«

Ich schob meinen Teller weg, das süße Aroma von Reis und Fisch ekelerregend intensiv.

»Du hast kaum etwas gegessen«, sagte Jess gereizt.

»Ich kann auch nicht mehr«, sagte Ngaio, »mein Magen ist wie zugeschnürt.« Sie drehte sich zu mir, und ich spürte, wie ihre Hand warm über meinen Arm strich. »Ich bin froh, dass ihr vorhin am Strand nachgesehen habt. Sonst hätte ich jetzt auch Angst, dass sie da unten sein könnte.«

»Da ist es jetzt stockfinster«, sagte ich hastig und schob in Gedanken eine andere Hand weg, die mich anfasste, am Rand der Brandung.

»Da ist noch die andere Bucht bei dir in der Nähe«, sagte sie. »Wenn sie hier etwas allein unternimmt, dann am ehesten schwimmen gehen.«

»Irgendjemand hätte gesehen, wenn ihr dort etwas zugestoßen wäre«, sagte ich. »Da ist das Haus im Tal, von dem aus man die Bucht überblickt, und noch andere weiter oben.«

»Lasst uns nicht noch mehr Katastrophenschauplätze heraufbeschwören«, sagte Jess. »Rose wäre entsetzt, wenn sie wüsste, was wir uns hier für sie ausmalen.«

»Ich male mir gar nichts aus«, sagte Ngaio. »Ich bin nur verwirrt. Wenn man von zu Hause weg ist, hat man das Gefühl, alles sei sicherer. Das ist mir aufgefallen, als wir angekommen sind, sogar in Rom. Man weiß von den Taschendieben und so weiter, aber Morde, schreckliche Dinge – zu Hause denkt man, das hätte ich sein können, aber hier denkt man das nicht. Alles fühlt sich weniger schlimm an. Aber was ist mit der furchtbaren Geschichte über die Amerikanerin, die hier ums Leben gekommen ist? Rose würde diesen Weg doch nicht nehmen, oder? Sie hätte keinen Grund.«

»Ich habe den Strand darunter abgesucht«, sagte Haig. »Gründlich.«

Indem er ihren Namen rief, seine Stimme verschluckt vom Rauschen der Wellen.

»Du meinst, bevor ihr der Verlockung eines nächtlichen Bades nachgegeben habt«, sagte Jess sarkastisch.

»Ja, blöd, das war meine Schuld«, sagte er und sah mich direkt an. »Tut mir leid.«

Er nahm die Weinflasche und zeigte damit auf mich. Ich hielt mein Weinglas hin. Die Entschuldigung galt nicht dem Bad, wie mir sehr wohl bewusst war, sondern seinem Benehmen am Strand. Diese heimliche Kommunikation außer Reichweite von Ngaio oder Jess schien sich aufzublähen, schien Haig und mich für einen kurzen Moment zu umhüllen. Sein Blick ging zwischen meinem Gesicht und meinem Glas, das er füllte, hin und her, und zu meiner Überraschung bemerkte ich sein Verlangen. Während er mir eingoss, sagte er, es sei tatsächlich vernünftig gewesen, den Strand abzusuchen, eine Sorge weniger. Er nahm die Flasche weg, wobei sein Blick sich nur langsam von meinem löste, während er Ngaio fragte, ob sie noch Wein wolle, und ich empfand Dankbarkeit ihm gegenüber, nicht weil er gesagt hatte, dass es seine Idee gewesen war, schwimmen zu gehen, sondern dafür, dass er mich als Frau wahrgenommen hatte und nicht nur als Ersatz für Ngaio, die neben mir saß, und mir kam in den Sinn, dass man diese Dankbarkeit leicht mit Anziehung verwechseln konnte.

»Ach, jetzt kommt das Geständnis«, sagte Jess und nahm sich noch Risotto. »Jedenfalls wäre Rose nicht dort langgegangen, das weiß ich. Und diese Frau, die zu Schaden gekommen ist, Rose meinte, sie hat es vielleicht gewollt. Wie schrullig, extra hierherzukommen, um sich das Leben zu nehmen.«

Sie begann, winzige Happen von ihrer Gabel zu lecken, wobei sie die Gabel immer wieder ein Stück aus dem Mund zog, um den Genuss ihres Meisterwerks zu verlängern.

»Niemand weiß, ob sie wirklich vorhatte, sich umzubringen«, sagte ich ungeduldig. »Vielleicht war sie nicht verschroben, sondern nur verzweifelt.«

»Verzweifelt«, sagte Jess. »Jeder ist mal verzweifelt. Die Frage ist nur, ob man alle anderen mit hineinziehen muss.«

Ich protestierte gegen Jess' Geringschätzung. Es stand uns nicht zu, diese Frau zu verurteilen. Das Einzige, was wir wussten, war, dass sie gestorben war, wir kannten kein einziges Detail aus ihrem Leben.

Haig unterbrach mich energisch. »Sparen wir unsere Kraft für Rose. Wir wissen nicht, ob sie nicht wiederkommen *will* oder nicht wiederkommen *kann*. Vielleicht ist sie spontan in einen der anderen Orte gefahren und verspätet sich nur. Oder sie ist irgendwo anders.«

»Wovon redest du?«, fragte Ngaio. »Wir sind doch zusammen hier, sie würde nicht einfach weggehen. Dazu gibt es doch gar keinen Anlass.«

»Oder es gibt einen, und wir wissen nichts davon«, sagte er.

»Es ist Rose, auf die wir warten, keine geheimnisvolle Fremde!«, sagte Ngaio. »Welchen geheimen, verrückten Grund sollte sie haben? Wenn sie wegwollte, würde sie es uns sagen.«

»Ich denke nur laut«, sagte er. »Es könnte etwas ganz Unbedeutendes sein, jemand aus der Gegend, der sie zu einem Spaziergang eingeladen hat. Vergiss nicht, sie kennt die Leute hier viel besser.«

»Sie hätte eine Nachricht hinterlassen. Sie würde uns anrufen.«

»Wer weiß?«, sagte er. »Tatsache ist, sie hat beides nicht getan. Sie hat mal darüber gesprochen, einen dieser Bergwanderwege bis zum Gipfel zu laufen. Das hat sie wohl noch nie gemacht.«

»Du glaubst, sie ist mit irgendeinem Idioten, den sie zufällig getroffen hat, in die Berge gegangen?«

»Dann wäre derjenige ebenfalls verschwunden«, sagte Jess kühl. »Was gut wäre. Dann wüssten die Einheimischen Bescheid.«

Ich schob meinen Stuhl zurück. »Ich gehe ins Dorf. Ich will wissen, wen wir kontaktieren sollen, wenn sie nicht bald auftaucht. Wir wissen ja nicht einmal, wo die nächste Polizeiwache ist.«

»Egal, mit wem wir im Dorf reden wollen, er wird später auch noch dort sein«, sagte Jess scharf. »Die Leute sind hier bis Mitternacht auf, bis ein Uhr morgens.«

»Der Mann vom Café spricht Englisch, er wird wissen, wo die Wache ist. In Corniglia gibt es keine, da bin ich sicher. Die hätten wir gesehen.«

»Wir wollen doch nicht wirklich die Behörden einschalten«, sagte Jess. »Stellt euch vor, der Mann vom Café ist übertrieben hilfsbereit, was wahrscheinlich ist, denn er ist reizend, und ruft direkt die Polizei, und zwei Minuten später taucht Rose wieder auf, und wir müssen erklären, dass sie zu spät zum Essen gekommen ist. Wir sind in Italien. Hier ist Zeit relativ. Die werden uns für bekloppt halten.«

»Mir ist scheißegal, was die von uns halten.«

»Ich sage euch, wenn wir Alarm schlagen, wird das hier zu einer ganz anderen Nummer. Zur Polizei zu gehen, steht nur Sam zu.«

Ngaio streckte die Hand aus und wollte mich zurückhalten. »Bitte, geh nicht.«

Ich ging am Tisch vorbei auf den Balkon. Jess' Einwände waren nicht ganz unberechtigt, sosehr es mir auch widerstrebte, das zuzugeben. Wenn wir die Polizei benachrichtigten, würde es sich anfühlen, als würde Rose uns gänzlich entgleiten – Menschen, die wir noch nie zuvor gesehen hatten, würden uns die neuesten Erkenntnisse zu ihrem Verbleib überbringen. Und Jess hatte auch recht, dass Sam entscheiden musste, ob wir die Behörden einschalteten, wir mussten ihn vorher fragen.

Draußen auf dem Meer, jenseits des Bergvorsprungs von Manarola, fuhr ein Schiff gen Horizont. Es sah aus, als wäre es aus dem lilafarbenen Himmel hinuntergeweht und nicht aus einem irdischen Hafen, so strahlend war es erleuchtet: Sicher schlenderten phosphoreszierende Menschen über das Deck und führten in der Sommernacht funkelnde Gespräche. Doch dieser Eindruck war nichts weiter als das Gegenstück zu mir, die ich im Schatten von Rose' Abwesenheit wartete. Es war genauso gut möglich, dass dort jemand stand, die Hand an der Reling, den Blick auf die Küste gerichtet, zur nachtumwobenen Landschaft, die die Lichter der kleinen Dörfer hielt. Jemand, der den Monolog eines blöden Ehemannes, einer herrschsüchtigen Freundin, eines penetranten Kabinennachbarn über sich ergehen ließ und sich fragte, warum sie sich darauf eingelassen hatte, mitten auf dem Meer dieser Gesellschaft ausgeliefert zu sein. Vielleicht stellte sie sich vor, am sicheren Ufer, wenn sie nur dorthin könnte, auf gesunden Menschenverstand zu treffen, doch mochte sie auch befürchten, dass die Menschen auf der anderen Seite des Wassers über Personen sprachen, die von Klippen stürzten, ob nun versehentlich oder nicht. Und diese Furcht sorgte dafür, dass ihre Füße auf dem Deck kleben blieben, ihre Hand unbeweglich an der Reling, ihr Ohr der Stimme lauschte, die sie nicht hören wollte, weil sie ihren eigenen inneren Monolog übertönte, der ihr auch keinen Trost bot.

Als ich wieder hineinging, hörte ich Haig, der die Nachrichtenseiten auf seinem Smartphone vorlas und Berichte über Unfälle in dieser Gegend suchte, irgendeinen Vorfall, der den öffentlichen Verkehr behinderte und Rose in einem der Nachbarorte festhielt. Doch dann hätte sie angerufen, widersprach Ngaio. Sie wurde beklaut, sag ich euch, beklaut, sagte Jess. Außerdem würden die Nachrichten nicht über so eine Bagatelle berichten.

»Worüber habt ihr euch im Café unterhalten, du und Rose?«, fragte sie mich schroff, als ich an den Tisch zurückkehrte. »Ich bin da vorbeigekommen. Ich habe euch gesehen.«

»Nichts Besonderes.«

»Hat sie nichts darüber gesagt, was sie vorhatte, wo sie möglicherweise hinwollte?«

»Überhaupt nichts.«

»Ihr wart ganz schön lange dort. Versuch, dich zu erinnern. Sie muss doch irgendetwas gesagt, irgendeinen Hinweis gegeben haben.«

»Sie hat von den Dreharbeiten in Mantua erzählt.«

Das hatte sie, obwohl wir viel mehr über Adrian und mich gesprochen hatten.

»Gibt es hier in der Nähe irgendetwas, das in Verbindung zu dem Mantua-Zirkus steht?«, fragte Ngaio. »Ich weiß, das ist weit weg, aber vielleicht gibt es irgendeine Geschichte, etwas, das sie für ihr Video recherchieren will?«

»Davon hat sie jedenfalls nichts gesagt. Wir haben über ihre Ideen gesprochen, das ist alles, welche Emotionen die Figur der Lucrezia verkörpern soll, wie man das durch Bewegungen ausdrücken könnte, wie man zeigen könnte, wie sehr Isabella unter den Affären ihres Mannes gelitten hat.«

»Umso schlimmer für sie, eifersüchtig auf jemanden zu sein, der ihr unterlegen war«, sagte Jess.

»Nein! Es spielt keine Rolle, wer es war«, sagte Ngaio. »Das Benehmen ihres Mannes ging ihr nah, weil sie ihn geliebt hat, das ist es, was rüberkommen muss.«

»Vielleicht«, sagte ich.

»Was soll das denn heißen?«, fragte Jess.

»Rose hat einen ganz anderen Ansatz. Ihr geht es darum, wie Frauen andere Menschen an sich binden. Sexuell, aber auch darüber hinaus, eine Art grundlegende weibliche Kraft, um die die beiden gekämpft haben. Die Frauen haben versucht, sich gegenseitig ihre Macht zu demonstrieren, und der Mann war dafür nur das Mittel zum Zweck. Deshalb zeigt sie die Frauen in den Räumen und den Ehemann nur in den Spiegeln, das habe ich euch ja vorhin schon erzählt.«

»Diese Isabella war wahnsinnig intellektuell«, sagte Jess. »Hat Rose selbst gesagt. Ich kann nicht begreifen, warum sie sie darauf reduzieren will. Selbst wenn sie den Mann nur als Spiegelbild zeigt. Für mich klingt es so, als würde sich trotzdem alles um ihn drehen. Er war nicht mal Isabellas Socken wert. Er hätte sie bewundern sollen.«

»So ein Idiot kann er gar nicht gewesen sein, wenn zwei Frauen hinter ihm her waren«, sagte Haig. »Offenbar gab es da etwas, worin er sehr gut war.«

Er grinste.

»Behalt deine schmutzigen Fantasien bitte für dich«, sagte Ngaio mit aufgesetzter Strenge, und ich sah keinen der beiden an. »Ich finde die Vorstellung, dass Frauen auf diese Weise konkurrieren, interessant, nicht um Dinge, an die man normalerweise denkt, wie

Geld oder Status, sondern darum, andere Menschen emotional zu vereinnahmen. Es erinnert mich an diese Steine in den Bergen. Die Menschen spüren eine Art Geheimnis in dem, was zwischen ihnen passiert, irgendwelche Mächte, die wir nicht verstehen.«

»Ach, bitte, es gibt keine Geheimnisse, die ein bisschen rationales Denken nicht zerstören könnte«, sagte Jess. »Isabella hätte sich in ihr Arbeitszimmer einschließen und einen weiteren brillanten Brief an eine weitere brillante Person schreiben sollen, während die anderen beiden sich dämlich vögeln. Noch dämlicher. Jedenfalls bringt uns das nicht weiter. Hat Rose sonst nichts erwähnt? Nichts darüber, wo sie hingegangen sein könnte?«

»Nicht mal, dass sie überhaupt irgendwohin wollte.«

Ngaio hatte angefangen, das Geschirr zu stapeln, um den Tisch abzuräumen. Das Telefon klingelte. Sie setzte sich sofort wieder hin, wobei sie den Henkel des leeren Wasserkrugs weiter umklammert hielt und das Licht auf ihren goldenen Arm und die Haarsträhnen über ihrer Schulter fiel.

Es war Sam.

Jess begann erneut zu erklären, dass Rose nicht bei uns war.

Sam unterbrach sie.

»Stunden«, sagte Jess. »Niemand von uns hat Rose in den letzten Stunden gesehen oder von ihr gehört.«

Wir konnten das schleppende Auf und Ab von Sams Stimme hören, das Ringen zwischen Fassade und Emotion.

Ngaio ließ den Krug los und die ausgebreitete Hand ganz langsam sinken. Sie starrte Jess an, und Haig fixierte sie mit seinem Blick.

»Ja, natürlich«, sagte Jess gerade. »Wir haben im Dorf und am Strand nach ihr gesucht, aber sie hat auch nichts davon gesagt, dass sie noch irgendwohin wollte.«

Nach einer hastigen Verabschiedung legte Sam auf.

»Er hat noch nicht mit ihr gesprochen, er versucht noch mal, sie zu erreichen. Er ruft zurück.«

»Du hast ihn nicht nach Unfällen in der Umgebung gefragt«, sagte Haig.

»Er hätte uns gesagt, wenn er etwas wüsste. Er hat seit gestern nichts von ihr gehört. Sie hat ihm eine Nachricht geschickt, um ihn daran zu erinnern, irgendein Dokument abzuschicken.«

Ngaio hob die Hand, als wollte sie jemanden schlagen. »Warum hat er nicht mit ihr gesprochen? Er hat es überhaupt nicht richtig versucht. Warum weiß er nichts? Weil er lieber ausgeht und sich amüsiert, deshalb. Er war auf einer Party, als du ihn das erste Mal angerufen hast. Wenn er Rosie betrügt, bring ich ihn um. Wahrscheinlich ist sie abgehauen, weil sie sauer auf ihn ist. Er ist nicht hier, und er wird auch nicht kommen. Man könnte meinen, wir wären Aussätzige und nicht ihre Familie.«

»Ich weiß nicht, ob es eine Party war. Es war laut«, sagte Jess. »Er könnte auch mit Kollegen aus gewesen sein. Das ist kein Verbrechen. Seid vernünftig. Er kann nicht aus Florenz weg, wenn dort wichtige Dinge entschieden werden. Außerdem hätte Rose uns davon erzählt. Wenn es Probleme mit Sam gäbe, würde sie uns sofort davon erzählen, wir sind ihre Schwestern.«

»Würde sie nicht«, sagte ich. »Sie würde sich nichts anmerken lassen, solange wir hier zusammen sind.«

»Du hast recht«, sagte Ngaio zu mir. »Er muss sie verärgert haben. Er ist so selbstverliebt, wer weiß, wozu er fähig ist.«

»Eure Fantasie geht mit euch durch«, sagte Haig schroff. »Regt euch ab. Vielleicht hat es gar nichts mit Sam zu tun.«

»Aber es ist die wahrscheinlichste Erklärung«, sagte Ngaio. »Auch dafür, warum er nicht hier ist. Er vergnügt sich mit einem seiner Groupies. Und er ist verdammt unhöflich. Er glaubt, Rose sitzt hier fest, weil sie sich um uns kümmern muss. Wie bequem für ihn.«

»Red nicht so. Er klang wirklich beunruhigt«, sagte Jess. »Sam war noch nie unzuverlässig. Ich glaube nicht, dass sie je an ihm gezweifelt hat. Alle anderen Erklärungen sind hundert Mal wahrscheinlicher als diese.«

Ich nahm den Wasserkrug und ging in die Küche.

Die Straße unter dem Fenster war jetzt hell erleuchtet, ihre Konturen deutlich, ihr Zweck klar. Doch sie war leer. Auf der anderen Seite, hinter einem Feld, saßen zwei Männer mittleren Alters nebeneinander auf der Terrasse eines Hauses zwischen Gartenlaternen und plauderten. Einen von ihnen erkannte ich wieder. Ich war ihm in der Post hinter der Dorfschule begegnet, wo ich ein paarmal gewesen war, um die Karten an Mum abzuschicken. Aus dem anderen Zimmer hörte ich das Gemurmel von Jess und Ngaio und Haig. Einer der Männer gegenüber lachte schallend, wobei er sich auf den braunen Schenkel unter seinen Shorts schlug und jetzt mit der erhobenen Hand gestikulierte, eine seltsame Bewegung, bei der die Finger in der Luft zappelten, als würde er sie mit einer unsichtbaren Substanz besprenkeln. Der andere wirkte verblüfft, bis sich eine langsame Erkenntnis über sein Gesicht legte und Heiterkeit auch seinen Mund spaltete und ihn in seinem Stuhl zurückwarf. Ich hatte das Gefühl, als würden sie über uns lachen, obwohl sie es gar nicht wussten, obwohl sie nichts über uns wussten. Sie konnten an diesem warmen, herrlichen Abend unbeschwert draußen in der duftenden Luft sitzen und sich Witze erzählen, während wir, durch alles, was je zwischen uns vorgefallen war, an einem Tisch festgenagelt waren. Die zwei Männer verspotteten uns, unschuldig.

Während ich sie beobachtete, in dem Frieden und der Schönheit der Nacht, bekam Rose' Verschwinden einen Beigeschmack von Brutalität, die Brutalität der Willkür, auf die Ngaio angespielt hatte, gegen die wir nicht einmal an einem Ort wie diesem immun waren. Doch jenseits dieser zufälligen Vorkommnisse gab es meine persönliche Unterhaltung mit Rose, die ich den anderen nicht offenbaren konnte, ohne mich selbst zu offenbaren, der harsche Ton ihrer Worte über Adrian. Im Nachhinein erstaunte es mich, dass ich ihr nicht heftiger widersprochen hatte. Normalerweise redete Rose nicht so, nannte niemanden einen totalen Schwindler oder glaubte, man sei Teil einer Nahrungskette. Ich hatte den dumpfen Verdacht, dass sie mir nur deshalb so eine Abreibung verpasst hatte, um mich zu überzeugen, dass jetzt ein guter Zeitpunkt war, mich innerlich von Adrian zu lösen. Doch klangen mir ihre Worte anders im Ohr. Ich hatte viele Monate damit verbracht, Rose all die Gründe darzulegen, warum ein Mann seine Lebensgefährtin verlassen konnte. Wenn etwas dran war an dem, was Ngaio vermutete, und Rose sich Sorgen machte, dass Sam sich zu einer anderen Frau hingezogen fühlte, dann hatte sie mich bestraft. In den zehn Jahren ihrer Ehe hatte sie, soweit ich wusste, nie an Sams Loyalität gezweifelt. Sie wusste, dass es Frauen gab, die ihn anbaggerten. Natürlich tun sie das, er ist berühmt. Sie machte sogar Witze darüber, wie sehr er es genoss. Soweit ich es mitbekam, ließ er sie gern abblitzen, um zu beweisen, wie unerreichbar er war, es befriedigte seine kolossale Eitelkeit, treu zu sein, und ihm reichten ihre unverblümten Angebote als Schmeichelei, da brauchte er nicht noch die Energie aufzuwenden, sie anzunehmen.

Und Rose schien Sams Nichterscheinen in Corniglia nicht übel zu nehmen. Wenn es am Nachmittag, nachdem wir uns getrennt hatten, ein Telefonat mit Sam gegeben hatte, das sie zwang, sich Ängste einzugestehen, die sie verdrängt hatte, war es schon möglich, dass sie allein irgendwohin gefahren war, um ihren Kummer zu verbergen und ihre Fassung wiederzufinden. Das wäre typisch für sie. Sam hatte ihren Kinderwunsch nicht respektiert, hatte ihr als Mutter eine Absage erteilt, und jetzt vielleicht auch als Frau. Doch ursprünglich war sie es selbst gewesen, die sich als Mutter eine Absage erteilt hatte. Vielleicht sah sie Sam nur als Werkzeug der Vergeltung. Die Schuld trug sie allein. Und deshalb fürchtete ich, dass sich in dieser lauen Sommernacht, unter dem Trauma der Vergangenheit, ihr Wunsch, sich selbst zu bestrafen, durchsetzte.

Ich wollte gerade vom Fenster weggehen, um den Wasserkrug aufzufüllen, als ich hörte, wie sich Schritte der Küche näherten. An ihrem Gewicht erkannte ich, dass es Haigs waren.

»Ich soll Kaffee machen«, sagte er. »Willst du auch einen?«

»Ja, bitte.«

Er stand neben mir, auf der anderen Seite des Doppelfensters.

»Wäre schön, wenn sie jetzt da unten auftauchen würde, nicht?«, sagte er und blickte auf die Straße hinunter.

Das bedurfte kaum einer Antwort.

»Glaubst du, Sam ist das Problem?«, fragte er.

Seine Schulter war dicht an meinem Kopf. Er hob den anderen Arm und stützte ihn an den Fensterrahmen.

Ein flüchtiger Blick verriet mir die Anspannung in Schultern und Hals, die seine zu betonte Lässigkeit unterminierte. Zweifellos war er ebenso bestürzt über die Anziehung zwischen uns wie ich. Er war, wie alle Schwäger, seit dem ersten Moment unseres Kennenlernens kastriert gewesen, und jetzt fühlte sich seine Präsenz unergründlich an. Das hier war Ngaios »braver« Ehemann, und er und ich konnten nichts miteinander anfangen. Tatsächlich war diese Wahrnehmung seiner Gegenwart ein Verlust. Früher hätte ich ihn in einer Nacht wie dieser vielleicht gebeten, mich kurz in den Arm zu nehmen, schlicht zum Trost.

»Wir alle sind ein Problem«, sagte ich. »Sam mag der Grund dafür sein, dass Rose eine Krise hat, aber eigentlich haben wir ein Problem mit uns selbst, oder?«

»Zu tiefsinnig für mich«, sagte er. »Die beiden scheinen sich zu amüsieren.«

Er meinte die Männer gegenüber. Wir konnten sie lachen hören. Derjenige, der zuerst meine Aufmerksamkeit erregt hatte, saß, die Hände auf den Knien, der Bauch pulsierend, als wäre er an eine Art Lachstromkreis angeschlossen.

»Am liebsten würde ich sie erschießen«, sagte ich.

»Hey!«, sagte Haig und wich ein Stück zurück. »Ich bin sicher, das meinst du nicht so.«

Ich füllte den Wasserkrug und ließ ihn stehen, während er irgendetwas über den Herdplatten-Espresso vor sich hin murmelte.

»Du kannst uns alles erzählen, weißt du«, sagte Ngaio, als ich mich neben sie setzte. »Wir würden es nicht verraten, wenn sie dir vertrauliche Dinge über Sam erzählt hat.«

»Hat sie nicht. Wenn sie mir vertrauliche Dinge erzählt hätte, würde ich nicht mit euch darüber sprechen, aber ich kann euch sagen, dass sie nichts dergleichen getan hat.«

»Ich hoffe fast, dass er der Grund ist«, sagte sie. »Besser als ein schrecklicher Unfall oder ein Überfall.«

»Kommt drauf an, wie sie damit fertigwird, wenn es wirklich um Sam geht, was ich absolut bezweifle«, sagte Jess. »Sie könnte zu einem radioaktiven Niederschlagsgebiet werden, so wie Mum damals.«

»Du begreifst immer noch nicht, wie sie sich gefühlt hat, oder?«, sagte ich. Ihre Oberflächlichkeit nagte an meinen Nerven wie Säure. Rose inmitten von Landminen, Rose verstoßen im Morgengrauen. »Nach all den Jahren kannst du ihr immer noch nicht zugestehen, dass sie einfach nur gelitten hat.«

»Gelitten! Sie hat dafür gesorgt, dass alle anderen auch gelitten haben, darum geht's.«

»Es geht darum, dass Dad sie ebenso gut von einer Klippe hätte stoßen können, so plötzlich, wie er weg war. Glaubst du denn, das tut nicht weh?«

»Dann tat es eben weh. Und sie wollte allen leidtun. Sie hatte jahrelang Zeit, sich an den Gedanken zu gewöhnen, dass sie zusammen eine Katastrophe waren.«

»Sich an den Gedanken gewöhnen? Obwohl er jeden Tag, jede Nacht da war? Und sie erst hinterher begriffen hat, dass er sie die ganze Zeit schon verlassen wollte und es fertiggebracht hat, das zu verheimlichen?«

»Was? Findest du, er hätte mit ihr beim Frühstück darüber plaudern sollen, dass er die Scheidung will? Nach ihrer Vorgeschichte emotionaler – wie soll man das nennen? All das habt ihr verdrängt. Dich und Rose haben sie geschützt, ihr wart zu jung, um es zu verstehen. Ngaio und ich haben alles mitgekriegt. *Alles.* Jahrelang. Und sie wollte allen leidtun, weil sie nicht bekommen hat, was sie wollte, und zwar für den Rest ihres Lebens mit ihm weiter streiten. Oder ihm ein schlechtes Gewissen machen, weil er sie verlassen hat. Was sie ja getan hat.«

»Seid still. Seid verdammt noch mal still!«, rief Ngaio. »Alle beide.«

Ich füllte die Wassergläser. Meine Hand zitterte.

»Was ist denn mit euch los?«, fragte Haig, der hereinkam, den Zucker auf den Tisch stellte und uns stirnrunzelnd ansah. »Hier klingt es wie im Hühnerstall.«

»Ach, nichts«, sagte Ngaio. »Die beiden haben nur beschlossen, sich wegen Mum und Dad gegenseitig fertigzumachen.«

»Was soll das?«, fragte er. »Ausgerechnet jetzt. Kaffee ist gleich fertig.«

Ich wandte mich an Ngaio. »Weißt du, ob Rose mit Mum gesprochen hat?« Meine Stimme verhielt sich wie ein Presslufthammer unter einer unsicheren Hand.

Vielleicht hatte sie Mum von ihren Problemen mit Sam erzählt. Sie hätte es sofort verstanden.

»Sie hat ihr vor ein paar Tagen eine SMS geschrieben«, sagte Ngaio, ihr Tonfall feindselig. »Nur hi, uns geht es gut, glaube ich. Warum?«

»Ich rufe Mum nachher an.«

»Wozu?«

»Um sie zu fragen, ob Rose sich bei ihr gemeldet hat.«

»Bist du verrückt?«, sagte Ngaio. »Wir sind mit Rose hier und rufen extra Mum an, um sie zu fragen, ob sie sich gemeldet hat? Dann weiß Mum doch sofort, dass etwas nicht stimmt. Die dreht durch. Wenn irgendetwas mit Milly wäre und ich wäre nicht da, würde ich auch ausrasten.«

»Ich will doch nur mit ihr plaudern und hören, ob sie etwas erzählt«, sagte ich.

»Das kann ich mir schon genau vorstellen«, sagte Jess. »Mum würde den Braten in nicht mal zwei Sekunden riechen.«

»Niemand wird Mum anrufen!«, sagte Ngaio.

Haig stand neben ihr. Er legte eine Hand an ihren Nacken, eine Beschützergeste.

Zu viel jetzt, die Verwirrung, das alte Gefühl, das wieder hochkam, dass man sich wie ein Tier irgendwo verkriechen möchte, wo einen nichts erreichen kann.

Jess erklärte Haig, dass sie einen der ersten beiden Kaffees wolle, da die Espressokanne in der Küche nur zwei auf einmal mache, aber er brauche ihn nicht gleich reinzubringen, da sie ihn gern etwas abkühlen lasse, das sei besser für den Magen, ob er sich also bitte merken könne, welcher kälter sei, wenn er ihn bringe. Dann wandte sie sich an mich.

In einem Tonfall, der geeignet war, eine hohe Gefängnisstrafe für einen Angeklagten zu fordern, sagte sie: »Eins möchte ich noch klarstellen«, offensichtlich hatte sie gründlich darüber nachgedacht, während sie ihr Plädoyer für den Kaffee gehalten hatte, »und das ist

Folgendes: Es ist absolut nicht in Ordnung, in einem Atemzug von Dad und Menschen, die von Klippen gestoßen werden, zu sprechen. Das kann ich nicht hinnehmen.«

»Und ich möchte nur klarstellen«, sagte ich, »dass ihm völlig egal war, was er ihr angetan hat, er hat ihren Gefühlen nie Beachtung geschenkt, und der Plan, sie so zu verlassen, wie er es getan hat, war eine Sauerei, das steht ja wohl fest.«

Ngaio stand auf und verließ das Zimmer, und Haig folgte ihr.

»Hör auf«, sagte Jess. »Das kann man ja nicht ertragen. Glaubst du, es bringt was, wenn du so redest? Jedenfalls hilft es uns nicht, Rose zu finden.«

»Ist sie verschwunden? Darauf wäre ich nie gekommen. Danke für das köstliche Essen.«

»Was willst du eigentlich von mir? Die Hauptsache ist im Augenblick – wenn wir mal über all die unmöglichen Dinge, die du gesagt hast, hinwegsehen –, die Hauptsache ist, dass du Mum nicht anrufst. Ich verbiete es dir.«

»Kannst du dich eigentlich selbst hören? Wenn ich sie anrufen will, ruf ich sie an.«

Auch wenn ich gar nicht mehr die Absicht hatte, sie anzurufen. Ich wusste, dass die anderen recht hatten und es unfair wäre, sie zu beunruhigen.

»Willst du noch mehr Ärger, als wir sowieso schon haben? Frag dich doch mal, warum du das tust. Statt nur ihre unnötigen Dramen nachzuahmen«, sagte Jess.

»Nachahmen! Wovon zum Teufel redest du? Du behandelst sie wie eine Kriminelle, nur weil sie ein Herz hat.«

»Ich behandle meine Mutter nicht wie eine Kriminelle! Fakt ist, dass sie die Letzte ist, die Rose braucht, wenn sie Probleme mit Sam hat.«

»Warum? Weil sie zu blöd war, zu begreifen, was Sache war?«

Ich schrie, weil ich nicht anders konnte. »Du manipulierst andere nur. Du kriegst so viel Liebe, wie es dir gerade passt, solange es dir passt, und dann verziehst du dich. Und drehst es so, dass der andere denkt, er sei schuld, dass es nicht funktioniert hat. Genau das hat er mit ihr auch gemacht.«

Haig näherte sich dem Tisch. Mir war egal, dass er das alles mitbekam. Es erregte mich sogar.

»Sie ist destruktiv. Das scheinst du nicht zu begreifen«, sagte Jess. Ihre sonst blasse Haut war gerötet.

»Wer war destruktiv? *Er* ist doch abgehauen.«

Haig hatte den Tisch erreicht.

Er nahm einen Stuhl und knallte ihn mit Wucht auf den Boden, sodass die Erschütterung seine Arme beben ließ.

»Ngaio, zu eurer Information, sitzt in der Küche und heult. Würde es euch also etwas ausmachen«, er sah von einer zur anderen, »euch wie Erwachsene zu benehmen?«

Mit gebieterischer Kopfbewegung drehte Jess sich zu ihm um.

»Entschuldige bitte.«

Er sah zu mir, und ich erwiderte den Blick. Ich sagte kein Wort. Haig. Du Held, du.

Ngaio kam mit einer Tasse Kaffee und einer Scheibe Brot und Gorgonzola herein. Sie knallte den Teller vor mir auf den Tisch.

»Iss. Du hast nichts im Magen außer Wein.«

Ihre Augen waren glasig vom Weinen.

»Gorgonzola mit Kaffee?« Meine Stimme zitterte vor Anstrengung, normal zu klingen.

»Iss.« Sie setzte sich wieder neben mich.

»Vielleicht hätten wir alle gern etwas davon, meinst du nicht?«, sagte Jess und stand auf.

Haig und Ngaio fingen an, sich über Käse zu unterhalten, Gorgonzola, Stracchino.

Jess kam mit Krümeln auf den Lippen und einem Käseteller in der Hand zurück, und das Gespräch kam auf Brot, den Genuss, es jeden Tag frisch in Corniglia zu kaufen, statt der Supermarktlaibe in Plastikfolie, den Einfluss dicht bebauter Gemeinden auf die Brotkultur, Einvernehmen und nochmals Einvernehmen über den Umgang mit Brot und Käse, weil die Oberfläche durch nichtssagende Beschwichtigungen geglättet werden musste, um aus der Feindseligkeit herauszufinden, zurück zum Gefühl der problembelasteten Zusammengehörigkeit.

Ich überlegte erneut, in mein Ferienhaus zurückzugehen und darauf zu warten, dass Rose sich meldete. Wenn sie verzweifelt war, würde sie vielleicht dort nach mir suchen, um mit mir allein zu reden. Doch es war wahrscheinlicher, dass sie hierherkommen würde. Sie wusste ja, dass ich hier war. Und Sam wollte Jess zurückrufen.

Ich musste bei Brot und Käse ausharren, während die alten Bilder von Mum und Dad in mir zu verblassen begannen. Die dunkle Energie, die sie zu so übergroßen Proportionen aufgeblasen hatte, als Jess und ich uns angeschrien hatten, verflüchtigte sich. Es war nicht einfach so, dass Jess auf Dads Seite war, weil er sie immer bevorzugt hatte, oder dass ich als Reaktion auf Mums Seite war, weil ich am Ende mit ihr übrig geblieben war. Ich hatte das Gefühl, die Energie, die in uns explodierte, war mehr als eine alberne Wiederholung der Zankereien unserer Eltern, sie war etwas, das wir tief in unserem Innern teilten, obwohl wir so gegensätzlich wirkten. Doch Jess erkannte die Dunkelheit in sich nicht.

Mein Handy vibrierte auf dem Tisch neben mir.

Ich griff danach.

»Das ist sie!« Meine Worte klangen erstickt.

Es war eine SMS.

Ngaio schrie auf, eine Art verzücktes Krähen.

»Siehst du!«, sagte Jess.

Ich las sie vor.

Verspäte mich. Tut Mir leid.

Ganz kurz Stille, dann sagte Haig: »Das ist alles?«

»Das ist alles.«

Ich rief Rose sofort an. In der Stille konnten die anderen das Freizeichen am anderen Ende hören. Sie nahm nicht ab.

»Wenigstens ein Lebenszeichen«, sagte Haig triumphierend. »Dann meldet sie sich sicher bald noch mal.«

Ngaio schnappte sich mein Handy und las die Nachricht erneut vor, mit überlauter Stimme, als könnte Lautstärke Kürze kompensieren.

»Wahrscheinlich wird sie in zwei Minuten zur Tür reinkommen«, sagte sie. »Sam muss sie erreicht haben, er wird ihr gesagt haben, dass wir uns Sorgen machen. Ehrlich! Mir egal, warum sie uns so einen Schrecken eingejagt hat, solange sie gleich durch diese Tür kommt.«

Ich hatte das Gefühl, als würden sich tausend aufgescheuchte Wildvögel langsam wieder herabsenken, angezogen von der herrlichen Nacht. Der Staub, den sie aufgewirbelt hatten, würde sich legen.

Erneut öffnete ich ihre Nachricht, las sie ein zweites Mal, antwortete: *Wo bist du? Was ist passiert? Ich komme.*

Die anderen kramten ihre ursprünglichen Mutmaßungen angesichts ihrer Verspätung hervor, packten ihre Weisheiten von vorhin genussvoll aus wie Geschenke, die sie unerklärlicherweise zweimal erhalten hatten, den Raub ihrer Tasche, ein Transportproblem, sie war in einen Unfall verwickelt, sie war selbst nicht verletzt, aber die Polizei hatte sie festgehalten, damit sie eine Aussage machte, sie hatte in dem Durcheinander ihr Handy verloren, sie hatte es wiedergefunden. Und meinen Anruf hatte sie nicht beantwortet, weil ihr Akku leer war oder weil es zu kompliziert war, zu erklären, was sie aufgehalten hatte. Oder sie war im Zug und hatte keinen Empfang. Und Sam war einfach unausstehlich wie immer, was plötzlich akzeptabel schien, sogar mir.

»Ich habe euch doch gesagt, dass Rose nicht die geringsten Bedenken hatte, Sam allein in Florenz zu lassen«, sagte Jess. »Sie hat sich auf uns gefreut. Aber ich wünschte, sie hätte irgendetwas darüber gesagt, was sie aufhält. Nur ein oder zwei Worte.«

»Genau genommen hat sie nicht gesagt, dass sie auf dem Weg ist«, sagte Haig.

Ngaio entgegnete, sie sei nicht nur auf dem Weg, sie habe sogar schon angefangen, sich zu entschuldigen, bevor sie überhaupt hier sei – typisch Rose.

»Ach ja, Rose, das Herzchen. Die Version gefällt euch«, sagte Haig. »Ich weiß nicht, ob sie nicht doch eine sadistische Seite hat, wie ihr alle.«

Er lachte befreit, die plötzliche Entspannung der Situation ließ ihn offenbar unvorsichtig werden.

»Sadistisch! Was soll das denn heißen?«, fragte Ngaio.

»Na ja, ihr muss doch bewusst gewesen sein, dass wir uns wahnsinnige Sorgen machen. Sie hat es absichtlich getan, um uns einen Schreck einzujagen. Wahrscheinlich hat sie den Laden hier ein wenig aufgemotzt, bevor wir gekommen sind«, sagte er und sah sich suchend um, offenbar bemüht, von seinem Kommentar über uns abzulenken. »Wir werden mit versteckten Kameras aufgenommen, wir sind in ihrem nächsten Video.«

»Das wird es sein«, sagte Jess. »Sie wollte hören, wie sie uns das Herz bricht. Die kleine Egomanin, das hätte ich ihr gar nicht zugetraut. So eine Nummer abzuziehen. Dafür wird sie büßen.«

»Du hast über Sam gelästert«, sagte Ngaio an mich gewandt.

»Und wie. Er ist zweitklassig«, sagte Haig. »Das ist alles auf Band.«

»Und was noch schlimmer ist, ich habe es so gemeint«, sagte ich und stand vom Tisch auf.

»Ich habe nichts gesagt, was ich nicht offen vor den beiden aussprechen würde«, hörte ich Jess sagen, als ich an ihr vorbeiging.

Auf dem Balkon atmete ich tief durch. Das Rascheln der Blätter lag in der Luft, der scharfe letzte Geruch des vertrocknenden Rasens unter mir, das frische Salzaroma, und vor meinen Augen nahm die Normalität wieder Gestalt an, wie ein verpixeltes Bild, das sich in seine unverschlüsselte Version auflöst. Doch ich konnte mich nicht entspannen, bevor Rose gesund und unversehrt vor mir stand. Nur sie konnte uns an diesen Ort zurückbringen, das Dorf namens Corniglia, wo sie eines Abends so spät zum Essen kam, dass Jess und ich alte Geschichten ausgruben und mein Schwager kurzzeitig den Verstand verlor, genau wie ich, und Sam war kein Schürzenjäger, sondern einfach er selbst. Keine Lust, uns zu sehen, bis ihm einfiel, dass er in unserer Familie gebauchpinselt wurde, was unweigerlich passieren würde, wenn er auftauchte, morgen wahrscheinlich, nach dem Drama dieses Abends. Und so kehrten wir zurück zum Prognostizierbaren, zur nicht gänzlich unlogischen Weiterführung dessen, was wir waren. Doch das fühlte sich auch seltsam an, als steuerten wir auf eine Kollision zu, ein Ereignis, eine Erkenntnis, auf die ich, obwohl ich fürchterliche Angst davor hatte, nicht verzichten wollte, eine katastrophale Enthüllung.

Darüber, wer wir selbst waren, unter unserer Haut.

Immer dieses Schattenspiel zwischen uns, das Gefühl eines Wettkampfs, der niemals entschieden wurde.

Wenigstens hatte Rose' Nachricht mich beruhigt, dass sie nicht wegen unserer Auseinandersetzung am Nachmittag verschwunden war. Bei mir hatte sie sich gemeldet, nicht bei den anderen. Ich befand mich wieder in der vagen, verschwommenen Bangigkeit, die mein Leben ist.

»Haig köpft die Flasche, die der Typ von unten ihm geschenkt hat, sieht nach was Besonderem aus. Ein Glas darfst du«, rief Ngaio mir zu.

»Wow, danke«, sagte ich und ging wieder hinein. Ich hatte keine Lust, vorzuschlagen, mit der Party zu warten, bis Rose kam, aber es nervte mich, dass sie ihre Sorge um sie schon ad acta gelegt hatten. Sie wollten sich so schnell wie möglich wieder amüsieren. Sobald Rose zurück war und ich gehört hatte, was passiert war, würde ich mich verabschieden. Neben der enormen Erleichterung, dass es ihr gut ging, war ich enttäuscht, wie wenig ernst die anderen ihr Verschwinden noch nahmen, nachdem es niemand mehr von ihnen verlangte.

Rose hatte sowieso die Angewohnheit, sich aus allem rauszunehmen, um den anderen so viel Raum zu gewähren, wie sie brauchten oder zu brauchen glaubten, und eine konfliktfreie Zone um sich herum zu schaffen. Ich fand, die Menschen, die sie liebten, hätten ihre Einladung, sie zu übersehen, nicht einfach so annehmen sollen. Es lag an ihrer Tendenz, eher zu beschwichtigen, als zu provozieren, dass mir ihre Bemerkungen über Adrian an diesem Nachmittag so ungewöhnlich vorgekommen waren, und deshalb wollte mir die Vorstellung, dass ihre Abwesenheit an diesem Abend irgendwie mit Sam zu tun hatte, nicht aus dem Kopf. Welchen anderen Grund konnte es geben, dass sie plötzlich so bittere Ansichten über die Liebe entwickelt hatte?

Ich behielt die Zeit im Blick, während die Minuten verstrichen, seit wir zuletzt von ihr gehört hatten, und musste ihre Ausgangsposition in Gedanken nach und nach verlagern, von der Bergstraße, auf der sie schnell zu uns gelangt wäre, auf den Bahnsteig in Vernazza, wo sie und ich gestern Eis gegessen hatten, als das Leben nur durchschnittlich unnormal gewesen war und wo sie ein hübsches Kleid gekauft hatte, das sie sich angehalten hatte und wieder zurückgehängt, erneut genommen und hochgehalten, und sich geweigert, es im Laden anzuprobieren. Doch noch immer tauchte sie nicht auf, und ich musste annehmen, dass sie aus noch weiterer Ferne zu uns stieß, aus Monterosso, wohin sie Anfang der Woche mit uns gefahren war, um uns die kleine alte Kapelle in einer Seitengasse zu zeigen, wo die Frauen für die Rückkehr ihrer Männer gebetet hatten, die auf See waren. Ich sah noch vor mir, wie sie an die Decke zeigte, zu dem Modell eines Schiffs, das in einem Netz hing, hörte noch ihre Stimme, gedämpft aus Respekt vor der Atmosphäre eines Ortes, der sich anfühlte wie durch menschliche Sehnsüchte geweiht, egal, was man von höheren Mächten hielt.

Erneut warf ich einen Blick auf ihre Nachricht.

Sie war weder außergewöhnlich noch ein Hilferuf.

Sie klang ziemlich salopp, wenn man bedachte, wie spät sie dran war.

»Menschen verschwinden einfach«, sagte Haig. »Man hört von diesen Fällen. Jugendliche, deren Gesichter dann überall an Ladenfenstern hängen, diese alte Frau, die auf einem Flughafen verschwunden ist.«

»Hör auf!«, sagte Ngaio. »Ich will mir gar nicht vorstellen, was diese Familien durchmachen, wenn so etwas wirklich passiert.«

Mein Handy unterbrach uns.

»Ja! Das ist sie.« Ich las: *Verspäte mich. Tut Mir leid Bald.*

Ngaio drückte sich an meine Schulter, um mitzulesen. Ihr Haar kitzelte meinen nackten Arm.

Sie nahm mir das Telefon aus der Hand, las noch einmal laut.

»Bald!«, sagte sie.

»Bald was?«, sagte Haig.

»Bald reicht doch«, sagte Jess. »Es war ein langer, langer Abend.«

Ich nahm mein Handy wieder an mich. Ich starrte auf die Nachricht. *Tut Mir leid Bald.* Dieselbe falsche Großschreibung. Sam ist kleinlich, was das angeht, deshalb schreibt Rose meist korrekt. Sie muss in Eile gewesen sein, aufgeregt.

Ich drückte auf Rückruf. Ich konnte meinen Puls im Handgelenk spüren. Ngaios Atem ging im Rhythmus zum Freizeichen.

Keine Antwort, wie zuvor.

Die Euphorie, die ihre erste Nachricht ausgelöst hatte, war inzwischen gedämpft.

»Sie hat sich zweimal gemeldet«, sagte Haig. »Das ist die Hauptsache. Ruft den alten Spaßvogel in Florenz an und bedankt euch.«

»Wofür?«, sagte ich. »Er hat rumgetrödelt. Er hätte uns Bescheid sagen sollen, was los ist.«

Jess rief Sam an.

Nichts. Nur die Mailbox.

»Kann ich dein Handy mal kurz sehen?«, fragte Haig.

Ich gab es ihm.

Er sah auf seine Uhr.

»Die Nachricht ist über zwei Stunden alt«, sagte er. »Die erste, die wir bekommen haben, wurde kurz vor fünf abgeschickt.«

Er schob mir das Telefon über den Tisch zurück.

»Bist du sicher?«, fragte Jess leise.

»Sie hat eine italienische Vorwahl, ich nehme an, deine ist englisch.« Er sah mich an. »Selbst wenn man die Zeitverschiebung berücksichtigt, muss sie die schon vor Stunden abgeschickt haben. Wahrscheinlich gibt es eine Störung zwischen den Servern. Die wird gerade behoben worden sein.«

Ngaio stöhnte auf.

Ich stand vom Tisch auf. Meine Gedanken stießen gegen die Decke, und als ich von oben herabsah, waren wir verändert, wirkten matt im Vergleich zu Rose' Abwesenheit.

»Jemand anders schickt die Nachrichten«, sagte Ngaio im Flüsterton. »Als Nächstes werden sie Geld verlangen.«

»Ich glaube nicht, dass wir von so etwas ausgehen sollten«, sagte Jess, ihre Stimme kühl, förmlich. »Aber wir sollten ein paar Dinge klären. Wann wir sie zuletzt gesehen haben. Was genau sie über ihre Absichten gesagt hat.«

Ich setzte mich auf die Sofalehne neben der Balkontür.

»Nein. Das klingt furchtbar«, sagte Ngaio.

»Nicht furchtbar«, sagte Haig. »Nur vernünftig.«

»Los jetzt«, sagte Jess. »Wir müssen rausfinden, was wir wissen und was nicht. Du hast sie als Letzte gesehen?«

Ich.

»Ich glaube, wir waren bis halb drei im Café. Habt ihr sie danach nicht mehr gesehen? Ist sie nicht hierher zurückgekommen?«

»Um die Zeit waren wir in der Bucht bei dir drüben. Als wir zurückkamen, war sie nicht hier. Das muss kurz vor fünf gewesen sein.«

Es waren also fast acht Stunden vergangen, seit wir uns getrennt hatten und irgendjemand wusste, wo sie sich aufhielt.

Haig wandte sich an mich. »Hat sie wirklich gar nichts darüber gesagt, was sie heute Nachmittag vorhatte?«

Ich schüttelte den Kopf. Ich hatte angenommen, dass sie hierher zurückwollte, um Zeit mit den anderen zu verbringen, etwas unkompliziertere Gesellschaft nach unserem schwierigen Gespräch. Sie wusste, dass ich mir ein gründliches Training verordnet hatte – ich war tagelang faul gewesen.

»Sie hatte vor, herzukommen. Von anderen Plänen hat sie nichts erzählt«, sagte Ngaio.

»Es ist trotzdem noch alles offen«, sagte Haig beruhigend. »Wenn sie die Nachricht schon früher abgeschickt hat, heißt das nur, dass sie uns eher Bescheid gesagt hat, dass wir uns keine Sorgen machen sollen, nicht dass etwas Schlimmeres passiert ist.«

»Bald!«, sagte Ngaio. »Was soll das dann heißen? Sie wusste

schon vor Stunden, dass sie sich verspäten würde. Was hält sie so lange auf? Woher sollen wir wissen, ob sie es ist, die die Nachrichten schickt?«

»Wer sollte sie sonst schicken?«, fragte er. »Außer ihr hätte niemand einen Grund dazu.«

»Rose aber auch nicht«, sagte Ngaio. »Warum sollte sie erst so was schreiben und dann nicht auftauchen?«

»Hat sie aber«, sagte Jess. »Fakt ist: Sie denkt, sie hat sich gemeldet. Zwei Mal. Vielleicht ist auch wegen der Zeitcodes irgendwas durcheinandergeraten.«

»Die werden automatisch generiert«, sagte Haig. »Also ist das ziemlich unwahrscheinlich. Aber nichts ist unmöglich.«

Sie überlegten, zum Dorfplatz zu gehen, um in Erfahrung zu bringen, wann der letzte Zug ankam. Das würde uns eine Frist setzen. Wenn Rose nicht kurz danach auftauchte, war nicht damit zu rechnen, dass sie heute Nacht noch zurückkam.

»Ich bleibe hier«, sagte ich. »Einer von uns sollte hier sein. Nur für den Fall.«

»Wartet«, sagte Jess. Sie war schon halb aufgestanden und setzte sich wieder hin. »Ich will noch was wissen. Ihr Pass. Ob er in ihrem Zimmer ist.«

»Sie wird ihn bei sich haben«, sagte Haig. »Ich habe meinen auch dabei.«

»Nein, sie nicht. Ihrer wurde ihr vor ein paar Jahren in Venedig geklaut«, sagte ich. »Seitdem hat sie ihn nur dabei, wenn sie ihn wirklich braucht.«

»Ich weiß«, sagte Jess.

»Aber was würde uns das sagen?«, fragte Ngaio. »Wenn er weg ist.«

»Das wäre immerhin ein Hinweis, ob sie ihn dabeihat oder nicht.«, sagte Jess. »Würdest du bitte nachsehen?«

Das war an mich gerichtet. Ich stand Rose am nächsten, also sollte ich ihre Sachen durchsuchen.

»Willst du damit andeuten, sie könnte so weit weggefahren sein, dass sie ihn braucht? Das kann doch nicht sein«, sagte ich.

»Wenn er nicht da ist, können wir jedenfalls davon ausgehen, dass sie weg*wollte*.«

»Ich fühl mich so komisch«, sagte Ngaio. »Als wäre ich gar nicht richtig hier.«

Ich ging zu Rose' Zimmer und öffnete die Tür. Obwohl die hölzernen Fensterläden offen standen, lag das Zimmer im Dunkeln, weil der Mond noch nicht aufgegangen war. Ich machte Licht. Die weiße Tagesdecke auf dem Doppelbett war ordentlich hochgezogen. Auf der Ablage links neben dem Bett lag ein Buch, ein Band mit italienischer Renaissancedichtung. Sie hatte überlegt, sie in ihr Video einzuflechten.

Ihr kleiner Koffer lag auf dem Boden neben den verspiegelten Schrankschiebetüren an der gegenüberliegenden Wand. Ich kniete mich hin und öffnete die Reißverschlusstasche an der Außenseite des Koffers, in der man Tickets oder andere Dokumente verwahren konnte. Ich begann, gegen Rose zu ermitteln. Der Gedanke erstaunte mich. Sie war eine Verdächtige geworden. Doch in welcher Sache?

In der Beuteltasche befanden sich gefaltete Zettel, sonst nichts. Ich öffnete den Koffer. Ein leichter Pulli lag darin. Die Innentaschen waren leer. Ich stand auf, und als ich mich dem Schrank näherte, ging sie an mir vorbei, um mir dabei zu helfen, die verspiegelte Fläche zur Seite zu schieben, und ich fühlte mich zurückversetzt zu der halben Stunde, die wir gemeinsam in diesem Zimmer verbracht hatten. Das war direkt nach meiner Ankunft gewesen, das einzige Mal, dass ich länger als ein paar Minuten hier drin gewesen war. Sie hatte sich über die Spiegel beschwert. »Dürre alte Schachtel«, hatte sie gesagt, als sie sich fast nackt darin betrachtete, und sich auf den Bauch geklatscht. In Wahrheit hat sie einen wohlproportionierten Körper, dieselbe feinporige, zarte Haut wie Mum und ein apartes Gesicht, wenn auch nicht schön. Sie hatte sich auf den Rand des Bettes gesetzt, auf dessen anderer Seite ich mich ausgestreckt hatte, und sich notdürftig die Haare trocken gerubbelt – dichtes braunes Haar, das sie vor ein paar Jahren kurz geschnitten hatte. Die anderen waren draußen auf dem Balkon und begeisterten sich lautstark für die Aussicht, wir konnten ihre aufgeregten Stimmen durch das geschlossene Fenster hören, und ich konzentrierte mich auf die Gefühle, die mich überwältigt hatten, als ich die beiden wiedersah, als wäre die Vergangenheit – Jess' Herrschsucht, Ngaios Sprunghaftigkeit – in jenen ersten gemeinsamen Minuten nichts, wäre niemals wahr gewesen. Die Offenheit füreinander, bei der ersten Umarmung, im unmittelbaren Klang ihrer Stimmen, das war die tiefere Realität, die wir seit unserer Kindheit teilten. Erst später war es zu den unbegreiflichen Missverständnissen gekommen, die wir jetzt vielleicht einfach vergessen konnten.

»Ach, du fantasierst dir was zurecht«, hatte sie gesagt und ihren Kamm mit einer scharfen Bewegung aus dem Handgelenk aufs Bett geschleudert, um Unterwäsche aus dem Schrank zu holen, der weiche Sack ihrer Brust schwer an ihrem dünnen Körper. »Nicht dass ich etwas gegen Fantasie habe. Aber erhoff dir nicht zu viel.«

Ich schob die Schranktür auf. Ein paar Kleider und Röcke hingen darin, eine bestickte Jacke. Ich berührte die Kleidungsstücke der Reihe nach. Der Stoff gab unter meiner Hand nach, hauchdünn. Ich versuchte, mich zu erinnern, was sie in der Woche getragen hatte, welche Kleidungsstücke fehlten. Das Kleid, das sie am Tag zuvor gekauft hatte, war nicht da. Ich fuhr mit der Hand unter den sauberen Stapel T-Shirts im Fach darunter, klopfte drauf, falls sie den Pass dazwischengeschoben hatte. Nichts. Auch nicht zwischen der Unterwäsche. Ich fuhr mit der Hand erneut über die Jacke, auf der Suche nach einer Innentasche. Ich bückte mich, um auf dem Schrankboden nachzusehen. Dort befand sich ein kleiner Haufen Schmutzwäsche, und ich griff danach und drückte die Kleidungsstücke zwischen meinen Händen.

Als Ngaio in der Zimmertür erschien, stand ich auf.

»Das Zimmer ist zu ordentlich«, sagte sie.

»Ich weiß.«

Sie nahm einen leichten Schal, der Rose gehörte und am Fenstergriff hing, und schlang ihn um ihre Hände.

»Er ist nicht hier, stimmt's?«

»Nein. Genau wie das Kleid, das sie gestern gekauft hat.«

»Sie hat es in den Laden zurückgebracht. Da wollte sie hin.«

»Ja.«

»Warum braucht man dafür seinen Pass?«

Ich antwortete nicht.

Ngaio hatte sich auf die andere Seite des Bettes gesetzt, dorthin, wo ich an jenem Tag gelegen hatte. Ich konnte ihr Spiegelbild im Schrank sehen, als ich die Tür zuschob. Ihre langen Finger lagen gespreizt auf der Baumwolldecke. Ihre andere Hand hielt noch immer den Schal, hinter ihr die weiß getünchten Wände und das Fenster. Sie blickte zur Tür.

»Sie *wollte* also weggehen«, sagte sie. »Aber sie wusste nicht, dass sie es nicht zurück schaffen würde.«

Ich schob die andere Hälfte der Schranktür beiseite. Leer, vollkommen. Dort sollte Sam seine Sachen aufhängen. Als ich sie wieder schloss, schien Ngaios Spiegelbild mit der Umgebung verwachsen, als habe sie für eine Rolle vorgesprochen, und da saß sie nun, ein Abbild völliger Fassungslosigkeit.

Ich drehte mich um.

»Denkst du auch, dass sie es geplant hat?«, flüsterte sie.

Ich zuckte mit den Schultern.

»Ich hab solche Angst, dass es wegen Sam ist«, sagte sie, »dass sie total verzweifelt ist.«

Haig erschien in der Tür. »Kommst du?«, fragte er sie.

»Der Pass ist nicht hier«, sagte sie.

»Vielleicht brauchte sie ihn, war bei der Bank«, sagte er.

»Wozu? Warum geht sie nicht zum Geldautomaten?«

»Keine Ahnung.«

»Zur Bank würde man gehen, wenn man zusätzlich Geld braucht, viel Geld. Warum sollte unsere Schwester plötzlich viel Geld brauchen?«

Ich sah, wie Haig sich im kahlen Zimmer umsah. Sein Blick blieb an mir hängen. Er wagte keinen weiteren Kommentar, sondern streckte stattdessen seine Hand aus, und Ngaio stand auf und nahm sie und ging mit.

Ich blieb allein zurück.

Rose, die mir so vertraut war, war hier gewesen. Es war möglich, dass sie sich vor Ngaio und den anderen verstellte, aber nicht vor mir. Wenn ich das von irgendjemandem behaupten kann, dann von Rose. Sie hatte nichts geplant. Die Indizien, die ich hier sah, waren nur Zufall. Was sollte sie vor mir verstecken müssen?

Jess erschien in der Tür. Sie beugte sich vor, um das Licht auszuschalten, als wollte sie damit mein Denken ausknipsen. Sie wollten los, ich solle lieber mitkommen, meinte sie.

»Nein. Ich will nicht, dass sie zurückkommt und niemand ist hier.«

»Wir sind nicht lange weg. Du solltest nicht allein hier warten.«

»Doch.«

»Ihr Pass ist nicht da? Hast du im Koffer nachgesehen?«

Sie wusste, dass ich das hatte. Ich hatte durch die offene Tür gehört, wie Ngaio es ihr erzählt hatte.

»Komm schon«, sagte Ngaio. »Wenn wir gehen wollen, lass uns losgehen. Wenn es einen Unfall gab, haben die Einheimischen vielleicht etwas davon gehört. Außerdem muss ich mal raus.«

Die drei waren schon an der Tür, als Jess ein paar Schritte zurückkam.

Sie zögerte. »Komm doch mit. Wir können ihr einen Zettel hinlegen.«

Ich wusste, ich machte ihr Angst, obwohl sie es nie zugegeben hätte.

»Nein«, sagte ich.

Das Gemurmel von Jess, Ngaio und Haig verebbte, als sie die Treppe hinuntergingen, und dann folgte das leise Einrasten der Haustür, die sich hinter ihnen schloss.

Ich war froh, allein zu sein, obwohl ich das Gefühl hatte, dass Jess noch immer in der Nähe war und mich beobachtete. Sie machte keinen Hehl aus ihrer Sorge, dass ich mit der Situation nicht fertig würde. Dass ich daran zerbrechen würde, wie an der Sache mit Daniel. Als er und ich uns kennenlernten, hatte ich gerade beschlossen, Tänzerin zu werden, studierte Klassisches Ballett, Alexandertechnik und Jazzdance und jobbte nebenbei in einer Krankenhauscafeteria. Schon damals wollte ich nach Übersee gehen, sobald ich ernsthafte Aussicht auf einen Platz in einem interessanten Ensemble hatte.

Daniels Vater befand sich im letzten langsamen Stadium eines Hirntumors, und nachdem Daniel ihn besucht hatte, aß er oft am frühen Abend in der Krankenhauscafeteria, allein an dem zweckmäßigen Tisch, auf einem weißen Plastikstuhl sitzend, und blickte durch die Fenster, die bis zum Boden reichten, über den grauen Kiesstreifen und gelblichen Flachs auf einen braun gestrichenen Zaun. Wenn ich seine hängenden Schultern sah, dachte ich oft darüber nach, der Krankenhausleitung zu schreiben, dass ihr beschissener ungepflegter Garten eine Beleidigung für alle Leute war, die Trost darin suchten, dass die Welt trotz allem schön sein konnte. Dachte denn niemand daran, dass die Besucher der Cafeteria es sicher zu schätzen wüssten, an die menschliche Gabe der

Lebensfreude erinnert zu werden? Ich wusste nichts von Daniels Vater. Wir wechselten nur wenige Worte, keines wert, erinnert zu werden, nicht mal unsere Namen, doch wir erkannten einander, im aufmerksamen Blickkontakt oder wenn er mir an der Kasse das Geld fast aggressiv in die Hand drückte. Ich mochte ihn nicht besonders. Er starrte an die Speisetafel über meinem Kopf und erklärte in einem Ton, als wäre das auch für die Umstehenden von großer Bedeutung, er wolle die Spinatquiche oder ein Stück Pizza. Dann nahm er sein Essen, zog mit dem Fuß einen Stuhl zurück und setzte sich, ein Bein über das andere geschlagen und den Kopf in die Hand gestützt, den Ellbogen auf dem Tisch, was eine sehr seltsame Körperhaltung war, um zu essen, doch vielleicht musste er einfach irgendeine Berührung spüren, auch wenn es nur die eigene war.

Er verschwand. Es fiel mir auf, aber nicht sehr. Eines Mittwochs am frühen Abend, ein paar Wochen nachdem ich ihn zuletzt gesehen hatte, kam er an den Tresen.

»Mein Vater ist gestorben«, sagte er. »Können wir uns auf einen Kaffee treffen, woanders?«

Er bestand darauf, zu meinen Tanzstunden zu kommen. Vier Tage saß er täglich etwa anderthalb Stunden am Rand, seine knubbelige Wirbelsäule an die Wand gedrückt, sein Blick ein Scheinwerfer, der mir folgte.

»Das erfordert harte Disziplin«, sagte er, »das, was du da machst.«

Sein Drängen, gleich mit ihm ins Bett zu gehen, obwohl ich mir noch nicht sicher war, wie ich zu ihm stand, schrieb ich seiner noch frischen Trauer zu, dem Verlangen nach Trost, nach lebensrettender Liebe. Über seine Mutter sprach er viel mehr als von seinem toten Vater, über ihre seit seiner Kindheit bestehende tiefe Überzeugung, dass ihm eine außerordentliche Zukunft bevorstand.

Ich sollte ihn besuchen kommen. »Bitte, du brauchst doch nicht nervös zu sein!«

Ich war's, aber ich hatte das Kraftfeld von Daniels Leben betreten. In der Intensität seiner Aufmerksamkeit sah ich eine Sicherheit, was unser Zusammensein anging, von der ich dachte, sie könnte durch Osmose in mein Blut übergehen. Ich empfand Erleichterung darüber, möglicherweise davon überzeugt zu werden, dass mein Leben an die Seite eines anderen gehörte.

Daniel fuhr seine Einfahrt hinauf in die Garage. Ich nahm die Einkäufe für das Essen, das er kochen wollte, vom Rücksitz. Er schloss das Garagentor und kam auf mich zu. Nahm mir die Tüte aus der Hand und stellte sie auf die Kühlerhaube. Das gedämpfte Licht, das durch die Ritzen der Holzwand fiel, kaschierte das mangelnde Zartgefühl in seinem Blick, den Vorsatz. Die Rückseite meiner Schenkel wurde gegen die heiße Karosserie seines Wagens gepresst, der metallische und ölige Gestank des Motors mit seinen harten Stößen vermischt.

»Du«, sagte er, »hier.« Sein Atem schwer an meinem Hals, und ich dachte an den jungen Mann, der aus dem Fenster der Krankenhauscafeteria gestarrt hatte, und folgte ihm durch die Seitentür und den Pfad hinauf.

»Du willst doch nicht zurück zu dir«, sagte er, nachdem wir gegessen hatten.

Er ließ sich von seiner Mutter den Schlüssel zurückgeben, den sie zu seinem Haus hatte, und gab ihn mir. »Statt einen weiteren nachmachen zu lassen.« Sie war oft vorbeigekommen, um ihm Essen in den Kühlschrank zu stellen, die Obstschale aufzufüllen. »Kleinigkeiten.«

Wir sprachen darüber, eines Tages nach Übersee zu gehen.

»Wir sind diszipliniert, du und ich«, sagte Daniel, »deshalb werden wir Erfolg haben.«

Meine Mum kam abends vorbei.

Daniel blieb in seinem Botanik-Forschungslabor.

Dad kam abends vorbei, und Daniel kam jedes Mal aus dem Labor nach Hause.

War schnell von Begriff. Willkommen in der Familie.

Doch ich verstand auch, dass sein eigener Vater ihm fehlte.

Für meinen Vater war es sofortige, tief empfundene Liebe. Er hatte einen brillanten jungen Mann kennengelernt, der ein Neuland der Pflanzengenetik erschloss. Selbst schon im mittleren Alter, war er von Daniels Jugend und Intellekt fasziniert. Er war so interessiert an ihm, dass selbst ich ihn faszinierte und er darauf lauschte, was Daniel in mir hörte, darauf lauerte, was er in mir sah. Als würde es den Fluch seiner Wahrnehmung von mir nehmen, dass ich Daniels Verlangen weckte, wirkte mein Vater befreit und neigte zu nie da gewesenen Schmeicheleien, die ich nicht anzunehmen wusste.

Einer von Daniels Aufsätzen wurde in einer der besten internationalen Zeitschriften seines Fachgebiets veröffentlicht, ein ausgezeichneter Anlass für eine kleine formlose Feier.

Nachdem er kistenweise Essen, das seine Mutter für die Party am Abend vorbereitet hatte, abgeholt und in der Küche verstaut hatte, gesellte er sich zu mir auf die Gartentreppe, wo ich in der warmen Nachmittagssonne saß. In einem Anfall übertriebenen Eifers hatte ich zur Vorbereitung auf das Gelage das Kräuterbeet umgegraben und die violett blühenden Veilchen neben der Hecke gejätet.

»Jungfräuliche Blumen«, sagte ich über die Veilchen, wegen des bescheiden geneigten Köpfchens auf dem Stängel.

»So etwas gibt es nicht«, sagte er und drückte seinen Schenkel an meinen. »Eine Blume ist die pure Geilheit. Wie sie für sich wirbt, sich exponiert. Der pure Sex.«

»Meine Veilchen nicht«, sagte ich.

Er ging hinüber, rupfte eine Blüte ab, kam zu mir zurück und presste ihr abgerissenes duftendes Gesicht an mein nacktes Bein, sodass sich ihre Organe öffneten.

»Sex«, sagte er, warf sie in die frisch umgegrabene Erde neben uns und öffnete den seitlichen Reißverschluss meiner Shorts.

»Nur unter der Hecke«, sagte ich.

Ich lehnte mich nicht zurück, damit seine Hand zwischen meine Schenkel fassen konnte.

»Zerquetschte Blumen, zertrümmerte Atome, zertrümmerte Gene. Müssen wir alles zerstören?«, fragte ich.

Er drückte mich mit seiner Schulter zurück.

»Es sind noch reichlich Atome übrig, und die Veilchen haben bis morgen früh eine neue Blüte geöffnet.«

Seine Finger öffneten mich.

»Aber warum müssen wir die Dinge kaputt machen, um zu sehen, wie sie funktionieren?«, sagte ich. »Warum können wir die Dinge nicht als Ganzes betrachten und als Ganzes begreifen? Wir begreifen nur Zerstörung.«

»Du redest Quatsch.«

»Das Ganze können wir nicht verstehen«, sagte ich. »Dafür sind wir nicht schlau genug. Wir werden nie begreifen, was ist, was Leben wirklich ist. Es ist zu groß für uns.«

»Es kommt nicht auf die Größe an«, sagte er und lachte, ein grobes Lachen, das ihm in der Kehle stecken blieb, was die Bewegung seiner Finger in mir erklären mochte, voll unfreiwilliger Anspannung. »Es kommt auf die physikalischen Gesetze an. Prinzipien.«

»Wir haben keine Prinzipien.«

Daniel seufzte. »Hätten wir auf Leute wie dich gehört, würden wir noch in Höhlen leben.«

»Wenn wir auf Leute wie dich hören, landen wir vielleicht wieder dort.«

Was Daniels Verstand beleidigte, aber nicht Daniels Finger, die tiefer in mich glitten.

»Ich mag es nicht, wenn du dich dumm stellst«, sagte er.

»Wenn du schlau bist«, sagte ich, »solltest du wissen, dass auch du dumm bist.«

Doch er hörte mich nicht, weil er seine Hand fortnahm und mich auf die Füße und ins Haus zog.

Und trotzdem dachte ich, dass ich ihn in der ersten Begeisterung geliebt hatte und dass ich, was einst gelebt hatte, am Leben erhalten konnte.

Die Party war im Gange. Daniels Nerd-Freunde klammerten sich zwischen meinen schlanken und biegsamen Freundinnen aneinander, als wäre die vermeintliche Dummheit von Tänzerinnen ansteckend.

Mum kam.

»Du siehst ein bisschen angestrengt aus«, sagte sie, während ihr Blick an mir vorbeischoss, als wäre er eine Wärmesuchrakete und der einzige warme Körper im Raum der meines Vaters.

»Wenigstens hatte er genug Anstand, allein zu kommen«, murmelte sie.

Ich hatte ihn darum gebeten.

»Frische Luft«, sagte ich und riss ein Fenster des warmen, überfüllten Zimmers auf.

Auf dem Rasen draußen lagen die lädierten braunen Blütenblätter der Apfelbäume verstreut, darüber zwischen den frischen Blättern die spitzen, entblößten Fruchtknoten, die am Baum saugten, die jungen Samen in ihrem Inneren befingerten. Der Goldregen blühte wie ein kurzlebiger Kronleuchter, und hinter dem Haus unter der Hecke versteckten sich meine violetten Veilchen, feucht und duftend.

Ich zog Kreise. Trinken. Essen. Das Gefühl von zu viel Gewicht an meinem Hals, dort, wo vor wenigen Stunden im Bett Daniels Kopf gelegen hatte. Zu viel Lärm. Daniel und Dad und Jess wie durch ein Naturgesetz in der Mitte des Zimmers. Zerstückelung. Zu viele Hände auf mir, zu viele Gesichter, verdichtete Aufmerksamkeit, Daniel und ich, ja, Daniel und ich, der Mann dort neben meinem Vater, den Kopf zurückgeworfen, das leere Weinglas locker in den Fingern auf Schritthöhe. Ja, Daniel.

Ich ging den Flur entlang.

Ich stieß die Tür in den Garten auf.

Das Licht floss in die Finsternis.

Ich stieg die Zementstufen hinab, auf denen wir in der Sonne gesessen hatten. Ich hörte die Veilchen, halb bedeckt von den rundlichen grünen Blättern, unter der Hecke singen, ein kleines hohes Liedchen, wie es Jungfrauen singen würden.

Ich betrat den Pfad zur Pforte in der Hecke.

Die Nachtluft interessierte sich für meine nackten Glieder und drückte leicht, kühl dagegen. Das Haus hinter mir machte Krach. Ich ging übers Gras zum Kräuterbeet. Ich wollte Minze für die Bowle holen. Meine Schritte waren lautlos. Weiche Erde. Herrliche Stille, Dunkel außerhalb des Lichtkegels. Von der Straße hinter der Hecke kam ein Wind, ein weicher Wind, der vom Sommer erzählte. Ich kniete mich ins Gras, pflückte die Minze, hielt den scharfen grünen Duft an mein Gesicht. Alle Jahreszeiten, die kamen, mit Daniel.

»Nein«, sagte ich. »Nein.«

Und was die Veilchen in jener Nacht sangen, Amateurblumen, doch gelegentlich fähig zu mehrstimmiger Bravour, war, dass ich sehr gekränkt war.

Das feuchte Gras, die vielsagenden Blumen, der scharfe Duft.

Ich hatte Daniel und mich seziert.

Alles stirbt.

Nach fast zwei Jahren war das Misstrauen, das sich seit dem Tag in mir aufgebaut hatte, an dem Daniel in der Krankenhauscafeteria voll unterschwelliger Aggression bezahlt hatte – als verspürte er selbst in einer alltäglichen Transaktion den Drang zu dominieren –, eine Geschwulst geworden, die sich um meine inneren Organe schlang, und heute Abend spürte ich ihren Druck. Und so blieb ich im Gras sitzen. Weil ich Daniel und mich seziert hatte, begriff ich, dass ich in die Liebe meines Vaters zu Daniel verliebt war, in die Liebe meines Vaters.

Es war Martin, der Chef des Tanzstudios, der mich fand und mich hochzog und mir das Gesicht abwischte, doch es war Suzy, die Schauspielerfreundin eines meiner Freunde, die nach drinnen ging, um es Mum zu sagen, und dadurch eine kleine Traube Schaulustiger anlockte, die mich mit ihrer gurrenden Besorgnis in eine Ecke des Gartens bei den Mülltonnen drängte. Mum befahl ihnen, »sich zu verziehen«. Doch sie verzogen sich nicht, und einer von ihnen war ein Arztfreund von Daniel, der rief, jemand solle Licht machen, und meinen Kopf packte, um Augen und Puls zu prüfen, woraufhin ich ihn grob wegschubste. Ich habe zu viel Respekt vor dem geistigen und dem körperlichen Gleichgewicht, um irgendwelche Aufputsch- oder Beruhigungsmittel zu nehmen, das Leben hat davon genug zu bieten, wenn man offen dafür ist, sie wahrzunehmen. Dad kam die Stufen runter und starrte mich an und ging wieder rein. Und Daniel kam. Doch ich weigerte mich, wieder ins Haus zu gehen.

Drei Tage später saß ich bei Mum im Garten und beobachtete die eigentümlichen Abläufe in meinem Gehirn, das nach wie vor immer wieder Daniels Haus umkreiste, in der Hoffnung, ihn nicht zu finden, gleichzeitig voller Angst, ihn nicht finden zu können, andererseits auch verblüfft, dass ich im wahren Leben nicht ertragen konnte, ihn zu sehen oder seine Stimme zu hören.

Als ich aufblickte, sah ich Jess über den Rasen kommen.

Am blauen Himmel war eine einzige runde weiße Wolke. Darin hätte eine Nachricht an mich stehen sollen: »Geh sofort rein.«

Mum machte gerade Kaffee.

»Du hast immer noch Kontakt zu Daniel«, sagte Jess.

»Über E-Mail.«

»Du hast ihn nicht gesehen.«

»Noch nicht.«

»Du darfst ihn nicht so quälen«, sagte sie.

Ich ließ den Kopf in meine Hand sinken.

»Ich habe ihn gesehen«, sagte sie. »Er ist gedemütigt. Er ist schockiert darüber, wie du ihn vor seinen Freunden und seiner Familie zurückgewiesen hast. Erinnerst du dich, wie du dich benommen hast, als er dich überreden wollte, wieder ins Haus zu kommen? Du hast ihm eine Szene gemacht, weil er im Mittelpunkt stand. Er ist ein junger Mann mit einer glänzenden Zukunft. Lass ihn in Ruhe.«

Ich sah die Sonne auf die Blätter der Bäume aus Daniels glänzender Zukunft scheinen. Ich spürte, wie sich das Gras und die Blätter angewidert schüttelten, doch ich wusste nicht, ob sie von mir oder von Jess angewidert waren.

»Quäl ihn nicht so«, wiederholte sie. »Er braucht jemanden, der beständig ist. Er will im Leben vorankommen. Du hast ihn im Augenblick des Erfolgs sabotiert. Ist dir das klar? Ist dir klar, was das aussagt? Über dich, über deine Einstellung zu ihm. Du willst gar nicht, dass er Erfolg hat. Wenn du wirklich etwas für ihn empfindest, lass ihn gehen.«

Ich hielt meine Hand über die Augen, um sie vor dem Sonnenlicht zu schützen. Der Garten war plötzlich sehr still und reduziert. Ich fühlte mich schwer, mein Oberkörper, mein Kopf, bleischwer.

Ich wollte ihr sagen, ich bin auch schockiert, so wie ich vor vielen Jahren gesagt hätte: *Kannst du meine Schuhe zubinden, Jessie, der Schnürsenkel ist aufgegangen*, und sie hätte es gemacht, so wie sie Rose und mir manchmal unsere diffusen Ängste nahm oder uns zur Schule brachte.

Stattdessen sagte ich mit sehr leiser Stimme: »Willst du ihn ficken?«

Sie fluchte. Benutzte ein sehr schlimmes Wort und noch eins.

Ich konnte Mum durch das Küchenfenster sehen, und sie schien sich auf Jess' Worte zuzubewegen.

Jess stand auf. Sie überragte mich. »Wenn du es unbedingt hören willst: Dad sagte, wenn er die Wahl hätte, würde er Daniel behalten und dich gehen lassen.«

Sie entfernte sich über den Rasen und am Haus vorbei. Meine Schwester.

Ich gab einen Laut von mir, von dem ich hoffte, er würde wie ein Lachen klingen.

Mum fragte: »Warum ist Jess denn so überstürzt aufgebrochen?«

Ich sagte: »Ihr ist eingefallen, dass sie noch etwas besorgen muss, bevor die Geschäfte zumachen.«

»Sie hätte sich wenigstens verabschieden können«, sagte sie.

Rose meinte, Dad hätte so etwas nie gesagt.

Ich sagte, so etwas kann man sich nicht ausdenken.

Rose sagte, doch, aber man sollte es nicht wollen.

Ich sagte, Jess musste zwei Jahre lang Dads Leidenschaft für Daniel ertragen, die Arme, ihre Vormachtstellung infrage gestellt, und dann noch von einer Person mit Penis, was sollte sie tun?

Sie lädt Daniel und die Frau, die er schließlich geheiratet hat, immer noch zu ihren Dinnerpartys ein.

Der Tisch war abgeräumt, bis auf meine halb leere Kaffeetasse. Auf dem Boden neben der Tür standen Ngaios Sandalen. Das Buch über die antiken Steine lag mit dem Rücken nach oben auf dem Sofa unter dem Fenster. Eine Strickjacke, eine Sonnenbrille und ein Hut lagen auf dem kleinen Schrank an der Wand, die einzigen Hinweise auf uns in diesem gemieteten Zimmer, in dem ich jetzt allein war und froh darüber.

Ich rief noch einmal Rose an und hörte zu meinem Schreck eine italienische Stimme, die mir, soweit ich verstand, sagte, dass Rose nicht erreichbar sei. Ich rief Sam an, keine Antwort, aber wenigstens ein Freizeichen. Es hatte keinen Sinn, ihm eine Nachricht zu hinterlassen. Ich hatte keine Ahnung, was ich hätte sagen sollen. Wenn er Rose Kummer bereitet hatte, wenn er sie verlassen hatte, würde ich ihm unmissverständlich sagen, was ich davon hielt. Er hatte seine Frau ausgesaugt, ohne sich je die Mühe zu machen, sie zu verstehen. Ich konnte ihm nicht von den Jungs und dem Auto erzählen, da Rose es nicht getan hatte, doch ich würde einen Weg finden, ihn zu bestrafen, ihn zwingen, das Ausmaß seiner Grausamkeit zu erkennen. Er hatte ihren Drang, vor sich selbst davonzulaufen, für seine eigenen Zwecke genutzt und sie dann, so nahm ich an, ausgemustert.

Ich warf mein Handy aufs Sofa. Es war nicht leicht, die Wut abzuschütteln, die von mir Besitz ergriffen hatte. Sie war so heftig wie damals in den langen Stunden, die ich auf sie gewartet hatte, nachdem sie über den Rasen zum Wagen der Jungs geschlichen war, so extrem wie die materielle Verzerrung der Luft, die uns umschloss, als wir die Klinik verließen. Was machte es schon, dass ich Sam nicht die Einzelheiten von Rose' Geschichte erzählen konnte? Es hätte keiner Fakten bedürfen müssen, um die Frau, die er geliebt hatte, zu begreifen. Die gemeinsamen Jahre, sein Gespür für sie hätten reichen sollen, um sie zu erkennen, unabhängig davon, was sie ihm von sich erzählte oder nicht.

Doch nach allem, was ich wusste, konnte Sam meinen Anruf nicht entgegennehmen, weil er durch die Nacht fuhr, um hier nach Corniglia zu kommen. Oder er diskutierte mit der Polizei über das weitere Vorgehen, und ich war die Böse, weil ich meine Angst durch Hass auf ihn kompensierte.

Durch die offenen Balkontüren erreichte mich das schwache Zirpen der Insekten und das anschwellende und wieder abflauende Rauschen der Blätter. Die hartnäckige Lebendigkeit der Nacht war bemerkenswert.

Ich kehrte zur Tür von Rose' Zimmer zurück und schaltete das Licht wieder an. Ihr Schal lag auf dem Bett, wo Ngaio ihn liegen gelassen hatte.

Zufall oder Absicht ihr Verschwinden, hatte Haig gefragt. Ein geringfügiges oder ein katastrophales Versäumnis in der Kommunikation, vielleicht so geringfügig wie ihr Versäumnis, uns eine Nachricht zu hinterlassen, weil sie geplant hatte, zurück zu sein, bevor wir ihr Verschwinden bemerkten, vielleicht so katastrophal wie ihr Ausmaß an Verzweiflung. Die weiße Bettdecke und die weißen Wände spiegelten sich in den Schrankwänden. Leere hoch zwei. Vor mir in der Dunkelheit sah ich den verlassenen Pfad auf den Klippen. Die Farben der weißen und rosa Oleanderbüsche waren kaum noch zu erkennen. Ich hörte das surrende Rasseln der langen Gräser, dann wieder Stille, und es war nicht Rose, die zu fallen drohte, sondern ich. Nicht weil ich jemals vorhätte, meinem Leben ein Ende zu setzen, sondern weil der fallende Körper der Frau, die sich in der Luft verlor, bevor sie auf den Felsen aufschlug, eine isolierte Gestalt war, eine Gestalt, die gefangen war im Unverständnis der anderen und in ihrem eigenen Unverständnis der anderen. Und die Isolation dieser Gestalt schien das Zimmer zu vereinnahmen. Das Unverstandene dieser Frau fand seinen Widerhall in mir, seit Rose mich verlassen hatte. Und trotz all unserer Bemühungen, Erklärungen für ihr Ausbleiben zu finden, ergab es keinen Sinn, dass sie fort war. Nicht den geringsten.

Ich durchsuchte erneut die Taschen ihres Koffers, schob die Schranktür auf und versuchte herauszufinden, ob sie Kleider für mehrere Tage mitgenommen hatte. Doch das Einzige, was sie sicher mitgenommen hatte, war das Kleid aus Vernazza. Und ihr Pass. Das war die schlimmste, die schwerwiegendste Erkenntnis. Doch vielleicht hatte sie wirklich geglaubt, sie würde ihn brauchen, um das Kleid umzutauschen. Ich kniete mich hin und suchte unter dem Bett nach dem Pass, dann zog ich die Überdecke zurück und sah unter den Kissen nach. Nichts. Schließlich legte ich mich hin, den Kopf auf ihrem Kissen, doch es fühlte sich falsch an, und ich setzte mich schnell wieder auf. Ich blickte in mein Spiegelbild an der Schranktür und entdeckte nichts Besonderes darin, außer Erschöpfung. Rose war verschwunden, und ich versuchte zu verstehen, warum, versagte aber ebenso wie schon am Nachmittag, als ich entscheidende Signale von ihr übersehen haben musste. Der Wunsch, zu verstehen, was passiert war, hatte keine neuen Kräfte in mir geweckt. Ich war von ihr isoliert, weil ich ich war.

In diesem Moment spürte ich Adrians Abwesenheit besonders intensiv. Er hätte meinen Gemütszustand, mehr als jeder andere, verstanden. Und doch war ich oft gezwungen gewesen, mich von ihm zu distanzieren. Mit Liebesbekundungen hielt ich mich zurück, die Begegnung mit seiner Tochter hatte ich vermasselt, mehr als einmal seine Pläne gemeinsamer Wochenenden sabotiert, seine Ausführungen darüber, wie sehr er mich vermisste, im Keim erstickt, Verabredungen kurzfristig abgesagt, einschließlich der letzten vor meiner Reise nach Corniglia. Ich hatte einen Liebhaber gefunden, den ich unter derselben Ungewissheit leiden lassen konnte, unter der ich litt. Denn mein größter Wunsch war es, dass seine Sehnsucht nach mir stark genug war, um seine Bedenken zu überwinden. Dann wäre ich sicher, dann wäre er richtig mit mir zusammen. Und diese Frau, die gestürzt war, vielleicht wurden zu viele ihrer Sehnsüchte nicht von jenen geteilt, nach denen sie sich gesehnt hatte. Und vielleicht war die Distanz, die sie in ihrer Enttäuschung eingenommen hatte, inzwischen so sehr in ihr verankert, dass sie ihrerseits einen fernen Ort zum Sterben gewählt hatte.

Ich machte das Licht in Rose' Zimmer aus und ging auf den Balkon.

Aus dem Dorf erklang, durch die Bäume, die Kirchenglocke, die Hälfte ihrer Melodie zur halben Stunde.

Ich dachte an die vergangenen Nächte in Corniglia, in denen Rose allein der Glocke gelauscht hatte, ihrem Leben mit Sam. Der halb fertigen Melodie. Sie hatten ein echtes Leben zusammen gelebt, im Widerstreit ihrer Bedürfnisse hatten sie Beständigkeit geschaffen: Das war eine Menge, doch so kritisch, wie ich ihre Ehe sah, machte ich mir Sorgen, dass meine Schwester daran verzweifelte.

Ich lehnte mich an die Außenwand ihres Zimmers und rief mir mühelos Sams markantes Gesicht in Erinnerung, seinen schmalen Kopf, seine wachsamen, ausdrucksstarken Augen, seine Angewohnheit, in einer Gruppe plötzlich wegen irgendeiner Kleinigkeit nach Rose zu rufen – wegen einer Frage nach dem Essen, dem Wetter oder seinen Terminen am nächsten Tag –, als wollte er dadurch demonstrieren, dass sie für alles Alltägliche zuständig war, mit dem er sich nicht zu befassen geruhte. Er musste nur rufen, und schon stand sie bei Fuß, seine nützliche Frau.

Auf der anderen Seite der Bucht hatte der Mond, versteckt hinter dem Felsvorsprung Manarolas, begonnen, ein silbernes Rinnsal über den Bergkamm zu träufeln. Der erste Zipfel seines Runds war zu sehen. Langsam verschmolzen die Umrisse der Landschaft in seinem Schein, und das Licht breitete sich über dem Himmel aus, der jetzt in den Hintergrund gerückt schien. Ich beobachtete ein rein physikalisches Ereignis. Seine Schönheit war nicht bezweckt, doch das spielte keine Rolle. Ich war froh über die Illusion eines bedeutsamen Spektakels. Ich hatte Gesellschaft, und die kannte ihren Kurs. Als wollte er Vorsätzlichkeit demonstrieren, wurde der Mond zum Ruhepunkt und drängte die Bergkette zurück, als wäre das Land eine Leinwand, die man einfach so beiseiteschieben konnte. Seine Lichtstrahlen suchten den Himmel ab, wuschen das Meer, das am Berg anschwoll.

Dann machte er die Leinen los, ein fast voller Mond, und löste sich vom Land, wurde ein Ding der Luft, schwerelos, ein Körper aus Licht, mühelos, frei.

Er schien nur langsam voranzukommen, jetzt, da der Umriss des Bergvorsprungs den Eindruck seiner Vorwärtsbewegung nicht mehr verstärkte. Unten in der Bucht krümmten und streckten die glitzernden Mondlichtstreifen die Wasseroberfläche, die Wellen auf immateriellen Glanz reduziert.

Ich ging wieder rein, machte alle Lichter an, und als ich ein Kissen vom Sofa nahm, griff ich spontan auch mein Handy. Dann warf ich das Kissen auf die Stufe zum Balkon und ließ mich nieder, um dem Mond bei der Arbeit zuzusehen. Das Meer war jetzt eine Dimension der Luft, als würde das Licht auf der Wasseroberfläche in den Himmel gehoben. Ich wünschte mich in die Bucht, und sei es nur, um mich der Illusion einer Wandlung hinzugeben und einer anderen Stimmung als meiner eigenen.

Während ich Adrian schrieb, schien er sich noch weiter in sein wirkliches Leben zurückzuziehen. Trotz der einen Stunde Zeitunterschied war es schon so spät, dass sicher seine Frau bei ihm war, das Tagesende brachte sie einander näher. Angeregt von Sonne und Meer, der Bereitschaft zu Lust, Berührung, Befriedigung, was sollte man da erwarten? Meine Fantasie ging mit mir durch. Schon ganz am Anfang, als ich nachts umherlief und mir vorstellte, wie sie neben ihm lag, hatte ich mir gesagt: »Quäl dich nicht.« Ich hatte mir Schalter beigebracht, mentale Schalter in Rot und Gelb, die ich drückte, um solche Gedanken abzublocken. An seinen seltenen Äußerungen über sie – dass ihre Beziehung sich hauptsächlich um das gemeinsame Kind drehte, dass es wenig emotionale Wärme gab, was ich sofort als körperliche Wärme übersetzt hatte – hielt ich mich mit unerschütterlicher Leidenschaft fest, sie waren Teil meiner Hoffnung, dass er von selbst sein Leben ändern würde, um mit mir zusammen zu sein. Doch heute Abend wollte ich nicht über Schalter nachdenken. Und egal, welches Risiko es für ihn bedeutete, wenn sie zufällig meine Nachricht sah, ich wollte, dass er wusste, was ich durchmachte. Der Piepton der Tasten beim Tippen klang fremd in der stillen Nacht.

Rose ist verschwunden. Schon seit Nachmittag. Wir sind verzweifelt. Ich x.

Ich sendete die Nachricht und stieß das Handy hinter mir über den Boden, wo es neben dem Sofa liegen blieb. Vielleicht wurde die SMS von denselben Störungen aufgehalten wie die von Rose an mich. Sie würde erst Stunden später ankommen, er würde schon schlafen. Seine Frau Melanie – die Frau, die nicht wusste, dass ich ihren Namen kannte – würde vom Handysignal aufwachen und meine Nachricht sehen, sie lesen, musste sie ja, konnte ja was Ernstes sein, so mitten in der Nacht, und würde ihn an der Schulter rütteln.

»Verdammt, ich kenne keine Rose.« Was stimmte. »Da muss jemand im Dunkeln die falsche Nummer getippt haben.« Lügner.

Ich lehnte mich an den Türrahmen, erschöpft von meiner eigenen Dummheit. Ich hatte einen schweren Fehler begangen, indem ich mich der Sehnsucht danach geöffnet hatte, er würde mir antworten. Es gab keinen Grund, das zu glauben. Nie zuvor hatte ich mich zu so einer Zeit, seiner Familienzeit, bei ihm gemeldet. Das war Präzedenzfall genug, um mich zu ignorieren.

Der Geruch des vertrockneten Rasens, das Salzwasser, die Geschwätzigkeit der Insekten, Stimmen von Passanten, die das Dorf verließen oder zurückkehrten, der schöne Mond, der sinnlos Licht auf Rose' Verschwinden goss, all das war nichts, woran ich mich festhalten konnte.

Ich dachte, wenn Rose nie zurückkehren würde, hätte das keine größere Bedeutung, als wenn sie zurückkommen würde. Außer für mich. Außer der überwältigenden Bedeutung, die es für mich und meine Familie hätte.

Doch wir sind so oder so füreinander verloren, wir warten nur darauf, zu erfahren, wie es letztlich passieren wird.

So ist es doch, oder, Adrian?

Ich sehe dich im Sessel an meinem Fenster und denke, das würdest du sagen. Nicht um mich um dich zu betrügen, sondern weil es eine Wahrheit ist, die wir teilen, dass die Gestalt, die durch die Luft stürzt, nicht irgendeine Spinnerin ist, wie Jess sagt, sondern eine Frau, die uns verfolgt, gegen die wir uns wehren oder die wir retten wollen und der zum Trotz wir versuchen, nicht die Hoffnung zu verlieren. Ich schaute zum kalten, felsigen Mond, und das menschliche Leben kam mir seltsam vor, voll von Gefühlen, die wir nicht ertragen, in Bezug auf uns, auf die Liebe. Ich dachte an die antiken

Steine in den Bergen, die wir uns ansehen wollten, in Mondlicht getaucht, von Menschen aufgestellt und geweiht, deren Antrieb eine unbändige Lust auf das Leben war.

Ich hörte, wie die Tür geöffnet wurde.

»Sie ist abgehauen!« Jess, anklagend.

»Nein, das würde sie nie tun!« Ngaio.

Jemand machte Licht.

Schritte näherten sich.

Ngaio ging in die Hocke und legte mir eine Hand auf die Schulter.

»Du sitzt im Dunkeln?«, fragte sie im Tonfall einer Mutter, die ein Kind für sein seltsames Benehmen zurechtwies.

Ich deutete auf den Mond.

»Schön«, sagte sie. »Die letzten Züge fahren gegen Mitternacht. Also könnte sie heute Abend noch zurückkommen.«

Sie stieß sich von meiner Schulter ab, und richtete sich wieder auf.

»Nichts Neues darüber, was sie aufgehalten haben könnte?«, fragte ich.

»Nichts«, sagte Haig. Er stand hinter mir. »Jess hat Sam noch mal erreicht. Er war völlig aufgelöst. Meinte, er kennt Leute in Florenz, die sich kümmern. Sie organisieren sich, um sie zu suchen, soweit ich verstanden habe, und wir sollen einfach warten.«

»In Florenz? Was soll das bringen? Kommt er her?«, fragte ich und stand auf.

»Keine Ahnung. Vermutlich haben die Leute aus Florenz hier Bekannte. Hat Sam gesagt, ob er kommt?«, fragte er Jess.

Sie saß am Tisch und las die Nachrichten auf ihrem Handy.

»Eigentlich nicht«, sagte sie. »Er war sehr durcheinander. Sehr aufgebracht.«

»Aber was sind das für Leute?«, fragte ich.

»Hab ich euch doch gesagt. Er hat sich nicht genau geäußert«, sagte sie kalt, ohne in meine Richtung zu sehen.

»Und er selbst hat immer noch nichts von Rose gehört? Hast du ihm das mit dem Pass erzählt?«

»Natürlich habe ich das. Es hat ihn furchtbar beunruhigt. Den Großteil des Telefonats habe ich damit zugebracht, ihn zu besänftigen. So ein Detail kann alles bedeuten, bevor man die ganze Story kennt, und hinterher bedeutet es vielleicht überhaupt nichts. Das wird dir jeder Pflichtverteidiger sagen.«

»Aber wenn sie uns eine Nachricht geschrieben hat, warum hat sie sich dann nicht bei Sam gemeldet?«

»Tja, offensichtlich hat sie uns geschrieben, bevor passiert ist, was auch immer passiert ist. Und danach, wer weiß?«

»Ich habe sie vorhin angerufen. Sie ist nicht mehr erreichbar.«

»Der Akku ist leer«, sagte sie. »Lass uns nicht mehr daraus machen.«

Jess hielt ihr eigenes Handy in der Handfläche und klopfte mit dem Rücken ihrer Hand leicht auf die Tischplatte.

»Macht Mark immer noch einen auf abwesend?«, fragte Haig.

Sie hielt inne, legte das Telefon hin. Ngaio bedachte Haig mit einem scharfen Blick, als er sich ihr gegenübersetzte.

»Keine Sorge«, sagte er zu Jess und ignorierte die offenkundige Warnung. »Er wird zu tun haben, er wird denken, es ist nichts Wichtiges.«

Jess musste versucht haben, Mark zu erreichen, zweifellos in der Hoffnung auf das Äquivalent einer Umarmung, denn es gab nichts, was er von der anderen Seite der Erde aus tun konnte. Seufzend schlang sie die Arme um sich selbst, als wäre ihr kalt. Ihre Geste schien das Zimmer enger um uns herumzuziehen. Wir waren hilflos. Sogar Jess.

Bis Mitternacht mussten wir noch etwa eine Stunde warten.

Ich holte eine frische Wasserkaraffe und Gläser aus der Küche und setzte mich wieder zu Ngaio.

Die Tischplatte aus Furnierholz, die mit dilettantischer Sorgfalt gemalten Aquarelle an den Wänden, der Schrank an der Wand mit seinen Pseudoschnitzereien schienen ihr Haltbarkeitsdatum überschritten zu haben, wirkten provisorisch und geschmacklos. Wir saßen schon zu lange hier fest.

»Der Mann aus dem *Alimentari*, der, mit dem wir zuerst gesprochen haben, was für ein reizender, hilfsbereiter Mensch«, sagte Jess gerade zu den anderen. »Er hat sich an uns erinnert. Er muss jeden Tag Hunderte von Leuten bedienen, aber meinen Namen wusste er noch.«

»Du meinst Lorenzo. Rose hat oft mit ihm geplaudert«, sagte ich. »Deshalb weiß er, wer wir sind. Hatte Sam keine Erklärung? Irgendeinen Verdacht?«

Wenn er selbst die Erklärung war, würde ihr Verschwinden ihm einen Riesenschreck einjagen. Dann würde er mit Sicherheit versuchen, zu verheimlichen, was er getan hatte, so viel war mir klar.

»Er tut, was er kann«, sagte sie. »Hab ich doch schon gesagt. Er hat gesagt, wir sollen Ruhe bewahren. Er und diese Leute werden die Sache klären. Er hat befürchtet, dass wir sie schon als vermisst gemeldet haben. Er wird bestimmt sofort Bescheid geben, wenn er etwas erfährt.«

»Ich verstehe nicht, warum er sich so aufgeführt hat«, sagte Ngaio. »Ich konnte ihn hören, es war krass. Wenn er immer so ist, wenn etwas schiefläuft, muss Rose viel mehr ertragen, als sie durchblicken lässt.«

»Es ist ja nicht nur irgendetwas schiefgelaufen«, sagte Jess. »Und es ist nicht seine Schuld, dass sie verschwunden ist.«

»Das wissen wir nicht«, sagte Ngaio gereizt.

Jess richtete ihren Blick auf mich. »Bist du sicher, dass sie das Dorf verlassen hat?«

»Du nicht? Wenn sie hier wäre, hätten wir sie doch längst gefunden.«

»Vielleicht weißt du etwas, das wir nicht wissen. Irgendein Grund, warum sie nicht hier sein will.«

»Was soll das heißen?«

»Sag du es mir.«

Jess hatte ihre Stimme zu einem unangenehm vertraulichen Tonfall gesenkt.

»Was soll ich dir sagen?«

»Warum sie abgehauen ist, nachdem sie sich mit dir getroffen hat. Hast du ihr einen Anlass gegeben?«

»Was meinst du mit *Anlass*? Wir haben Kaffee getrunken. Wir haben uns unterhalten!«

»Schrei mich nicht an. Du warst die Letzte, die mit ihr gesprochen hat. Ich frage dich, ob etwas zwischen euch passiert ist. Tu nicht so, als würdest du nicht verstehen, was ich meine.«

»Ich verstehe es aber nicht!«

Sie konnte nicht wissen, was im Café auf dem Dorfplatz zwischen uns abgelaufen war, die anderen hatten Rose danach nicht gesehen, und nicht in einer Million Jahren hätte sie ihnen von Adrian erzählt.

Jess drehte sich bedächtig und wortlos zu Ngaio und dann wieder zu mir.

»Nein?«, sagte sie, ihr Tonfall vor Ungläubigkeit triefend. »Rose ist die Letzte, die andere so leiden lassen würde. Es sei denn, irgendetwas ist passiert.«

Mir schoss der Gedanke durch den Kopf, dass sie vielleicht über mich geredet hatten, als sie draußen waren.

»Ihr habt euch gestritten.« Ihre Stimme war leise und bestimmt. Es war, als würde sie vom Grund einer Grube zu mir sprechen und wollte mich in diese Grube hinabziehen. »War sie sauer, als ihr euch verabschiedet habt?«

»Wir hatten keinen Streit. Ich habe dir doch schon erzählt, worüber wir gesprochen haben!«

»Was meinst du denn, was du uns erzählt hast?«

»Wir haben über die Stadt geredet, Mantua. Hab ich doch gesagt.«

»Irgendwelchen Quatsch über irgendeinen Herrscher? Stundenlang?«

Ihr Blick packte mich. Sie inspizierte mich, suchte die alten Dellen, die angeschlagene Seele, die sie zu kennen glaubte.

»Ich habe euch zwei gesehen, als ich Briefmarken kaufen war. Und dann habe ich dich gesehen, als du zur Bucht runtergegangen bist. Warum hast du gedacht, dass sie allein schwimmen gegangen ist? Ihr seid immer zusammen gegangen. Woher der Gedanke, dass sie allein am Strand sei?«

»Warum sollte sie nicht plötzlich so etwas tun, wie Menschen eben plötzlich Dinge tun?«

»Du dachtest, sie wollte weg.«

»Ich dachte, dass sie wie jeder normale Mensch mal allein sein will.«

»Nein, dachtest du nicht. Menschen haben immer Gründe. Du dachtest, es gäbe einen Grund dafür, dass sie allein sein will. Und dass sie vielleicht mit Mum geredet hat. Hast du ihr einen Anlass zur Sorge gegeben, aus dem sie möglicherweise mit Mum hätte reden wollen? Guck nicht so. Ich sage doch nur, dass wir eine Erklärung dafür brauchen, warum Rose verschwunden ist, ohne uns etwas zu sagen. So etwas wird die Polizei fragen, wenn Sam uns morgen bittet, hinzugehen.«

»Du denkst, ich muss es erklären? Ich?«

»Du hast sie in ihren Sorgen wegen Sam bestärkt, stimmt's? Du hast geglaubt, dass sie mit Mum über ihn geredet hat. Ist es das? Du hast ihr noch mehr Sorgen gemacht. Und ihm offenbar auch. Vielleicht will Sam uns deshalb nicht mehr sagen. Und deshalb interessierst du dich so sehr für seine Reaktionen.«

»Weil er vielleicht etwas weiß, verdammt noch mal! Wir haben nicht über Sam geredet. Glaubst du, ich würde ihr wehtun, wenn sie schon genug Probleme mit *ihm* hat?«

»Du denkst doch immer nur an dich«, sagte sie.

»Sie macht sich genauso große Sorgen wie der Rest von uns«, sagte Haig, als wäre ich gar nicht da.

Ich spürte, wie Ngaio sich mir zuwandte. Ich hörte sie sagen: »Glaubst du, du hast möglicherweise etwas gesagt, das sie irgendwie, ich weiß nicht, vertrieben hat?«

Ich stand auf. Ich fühlte mich zittrig. Ich wollte es mir nicht anmerken lassen. Was hast du dir dabei gedacht, Rose, mich herzuholen und dann mit ihnen allein zu lassen? Ich ging um den Tisch herum und rollte einmal den Kopf über den Nacken. Ich wollte etwas spüren, das rein körperlich war, kontrollierbar.

»Hör mal, wir wollen kein Theater«, sagte Jess. »Setz dich einfach hin und sag es uns. Vielleicht war dir gar nicht bewusst, was du bei ihr ausgelöst hast.«

Ich krümmte mich, die Arme um meinen Körper. Es geschah automatisch.

Ich hörte, wie ein Stuhl zurückgeschoben wurde.

»Geht es dir nicht gut?«

Haig. Seine Hände. Ich befreite mich aus seinem Griff und entfernte mich ein paar Schritte.

»Warum meldet sie sich ausgerechnet bei mir«, sagte ich, »wenn ich der Grund bin, warum sie fort ist? Sie hätte jedem von euch schreiben können.«

»Sie würde dich nicht bloßstellen. Das würde Rose nie tun. Außerdem ist sie zu lieb, um einfach so zu verschwinden und uns andere zu ignorieren. Sie musste weg von dir.«

Jess hatte sich auf ihrem Stuhl umgedreht, um mich anzusehen, ihre Hand auf der Tischfläche, ihr Ellbogen gehoben, als wollte sie auf mich losgehen und sich mit Gewalt das Geständnis holen, das ich ihr verweigerte.

»Warum geht sie nicht ans Telefon, wenn du anrufst? Nicht mal für fünf Sekunden, sie hätte dir irgendetwas sagen können. Du schuldest uns eine Erklärung.«

»Es sei denn, es gibt keine«, sagte Haig betreten. »Oder eine ganz einfache.«

»Aber es muss doch an etwas liegen, das *hier* passiert ist«, sagte Jess. »Selbst wenn sie jetzt irgendwo festhängt, ohne es zu wollen, ist sie doch erst mal von hier weggegangen. Es passt überhaupt nicht zu Rose, einfach so wegzugehen, vor allem, weil sie es war, die uns alle hergeholt hat. Ich dachte, wir sind uns einig, dass Rose sich nie so verhalten würde.«

Am liebsten wäre ich rausgegangen und hätte die Tür hinter mir zugeschlagen, doch dann hätte Jess gewonnen. Stattdessen setzte ich mich aufs Sofa und schloss die Augen. Ich sah Rose die kleine Straße entlanggehen, weggehen, wie Leute eben weggehen. Sie wird zurückkommen, dachte ich. Sie muss. Doch Teile von Jess und Ngaio und mir werden aus dieser Nacht nie zurückkommen, ein elementares Vertrauen, das viel überstanden hatte, verdammt viel, würde nicht wiederkehren. Trotz Dads schrecklicher Bemerkung über seine Vorliebe für Daniel, die flapsig gewesen sein mochte, aber dennoch tief verletzend, und die Jess mir gegenüber unnötigerweise wiederholt hatte, trotz ihrer Verachtung gegenüber Mum hatte die innere Identität unserer Familie gehalten.

Wir hatten eine gemeinsame Geschichte, obwohl wir sie unterschiedlich betrachteten, gingen davon aus, zusammenzugehören, wie es in der Kindheit natürlich ist. Jeder von uns war unersetzlich, kompliziert vielleicht, aber unersetzlich. Doch heute Nacht, da wir alle wehrlos waren, hatte Jess versucht, mich auszugrenzen, mich als Schuldige zu identifizieren und in die Wüste zu schicken, die Sünden der Sippe auf meinem Haupt, denn so dachte sie. Finde heraus, wer schuldig ist, wer versagt hat, wer ausgeschlossen werden muss.

Doch wir alle versagen, immer und immer wieder.

»Du solltest noch heute alles aufschreiben«, konnte ich Jess sagen hören. »Wenn sie nicht zurückkommt, schreib alles auf, was du von eurem letzten Gespräch erinnerst, hörst du?«

»Wessen Telefon klingelt?«, sagte Ngaio.

Es war ein bizarrer Augenblick, als würde ein Alarm losgehen.

Ich war sofort auf den Beinen. Ich konnte mich nicht erinnern, wo ich es gelassen hatte. Es gab praktisch niemanden, der mich um diese Uhrzeit anrufen würde. Das Klingeln hörte auf. Ich fand das Handy auf dem Boden. Das Display zeigte Adrians Nummer. Ich starrte es ungläubig an. Ich wollte nicht, dass er es war. Sie fragten, drängten mich: Wer? Ich sagte: Nein, nicht Rose, nur eine Freundin in London. Ich ging raus auf den Balkon. Der Mond war schon halb über die Bucht gewandert, vergoss sich ohne jede Zurückhaltung, als könnte er sein Licht bis zur letzten Welle, zum letzten Partikel in einer einzigen Nacht verschwenden.

Ich blickte auf das Telefon in meiner Hand, unschlüssig, ob ich Adrian zurückrufen sollte. Es schien ungefährlich zu sein, denn offenbar befand er sich irgendwo, wo er mich anrufen konnte. Ich überlegte, in Rose' Zimmer zu gehen, um ungestört zu sein. Als ich mich umdrehte, sah ich, dass Haig und Ngaio aufgestanden waren.

Sie hatte ihr Wasserglas in der Aufregung umgestoßen, und vorn auf ihrem Kleid war ein nasser Fleck. Haig legte seine Arme um sie, doch Ngaio wich zurück und wischte sich das Gesicht mit den Händen ab. Sie weinte. Vom Balkon aus sah ich Haig Richtung Küche gehen. Ngaio setzte sich auf seinen Stuhl, stützte die Ellbogen auf den Tisch und den Kopf in die Hände.

Haig kam mit einem Lappen zurück und wischte den Tisch ab, ging weg und kam wieder zurück, die Bewegung seiner Glieder schwerfällig, als würde er durch Wasser waten, ein ganz anderer Mann als der, der sich in die Wellen geschmissen und dabei vor Vergnügen gejuchzt hatte. Er setzte sich neben Ngaio und legte seinen Arm sanft auf ihren, sodass seine Hand in ihrem Nacken ruhte. Sie richtete sich auf und drehte sich zu ihm. Mit der Hand auf ihrem Haar zog er ihren Kopf an seine Schulter.

Jess hatte mir den Rücken zugewandt. Ich konnte ihren Anblick nicht ertragen, ihre Stimme.

Mein Handy klingelte in meiner Hand. Ich ging ran, bevor sie merkten, dass ich noch einen Anruf bekam, und stellte mich in die entfernteste Ecke des Balkons, neben dem Zitronenbaum.

Adrians Begrüßung, die vertraute Stimme.

Ihn zu lieben, fühlte sich für eine Sekunde wie die Rückkehr zur Vernunft an, als würde er mich wieder zu einem richtigen Menschen machen.

»Tut mir leid, dass ich nicht gleich angerufen habe«, sagte er. Ein vorbereiteter Satz, ein Versuch, locker zu wirken. »Was ist los?«

»Sie ist immer noch nicht zurück«, sagte ich, seinen Tonfall imitierend. »Wir glauben, dass sie das Dorf verlassen hat.«

»Bist du bei den anderen? Bist du nicht allein?«

»Ich bin in der Villa, in der die anderen wohnen«, sagte ich und hatte jetzt schon Mühe, mich seiner Gelassenheit anzupassen. Rose fort, Adrian, der sich unerwartet meldete, es war ein bisschen viel auf einmal. »Sie hat uns eine SMS geschickt, aber das ist Stunden her.«

»Das ist krass«, sagte er, »vor allem an einem Ort, den man nicht kennt. Habt ihr die Krankenhäuser angerufen, die Polizei?«

»Nein. Sam sagt, er regelt das mit irgendwelchen Leuten, die er kennt.«

»Wer ist Sam?«

»Ihr Mann.«

»Ach ja. Den hast du mal erwähnt.«

»Wir haben immer noch keine Ahnung, warum sie überhaupt von hier weg ist«, sagte ich.

»Aber er ist da? Sam?«

»Nein. Wir warten darauf, von ihm zu hören. Jess …«

Meine Stimme versagte.

Wir. Wer war das, die, die gemeinsam handelten, die eine grundlegende Loyalität füreinander empfanden? Wir?

»Was, Süße?«

Die Wärme in seiner Stimme tat mir gut.

»Sie hat ihren Pass mitgenommen«, sagte ich und klammerte mich an eine knallharte Tatsache, um die Talfahrt ins Gefühlschaos aufzuhalten.

»Na ja, das muss nichts bedeuten.«

»Doch. Normalerweise hat sie ihn nie dabei.«

Er zählte behutsam auf, wofür sie ihn brauchen könnte, erkundigte sich nach ihren Nachrichten, was sie gesagt hatte, versuchte, in ihrer Gewöhnlichkeit irgendeinen Trost für mich zu finden. Ich sah seine Augen vor mir, seinen besorgten Blick. Ich sah ihn in einer fast eigenschaftslosen Nacht stehen, allein am Meer, denn ich wollte nicht, dass irgendjemand außer mir ihm nah war, und doch wusste ich, dass seine Familie nicht weit sein konnte. Ich konnte die Umrisse seiner Hände sehen, seine Worte waren seine Hände, die mich streichelten, liebevoll, beruhigend, als würde er mich wirklich lieben.

»Du kannst telefonieren?«, fragte ich. Meine Stimme zitterte.

Es folgte eine Pause.

»Sieht so aus«, sagte er, sein leichter Sarkasmus zugleich unerwünscht und stabilisierend, ein Maß der Trennung.

»Du bist in Brighton.«

»Ja.«

»Am Meer.«

»Was?«

»Am Meer«, sagte ich.

Schweigen.

Diese elementare Sache, die uns verband.

Nein.

»Bestimmt wird alles gut«, sagte er und klang plötzlich schwermütig. »Irgendwie. Ich weiß, das klingt jetzt blöd. Du ängstigst dich zu Tode. Aber alles wird gut.«

Ich ging in die Hocke, während er sprach, um mich an das schmiedeeiserne Balkongeländer zu lehnen, blickte in den Zitronenbaum und konzentrierte mich auf das, was er sagte. Ich will keine so ernste Krise in deinem Leben, dass die Distanz zwischen uns offenkundig wird. War es das, was er mit seinem Versuch, mich zu trösten, eigentlich meinte?

»Jess meint, es sei meine Schuld. Ich hätte irgendetwas getan oder gesagt, das Rose vertrieben hat.«

Ich überraschte mich selbst damit, dass ich über meine Demütigung durch Jess redete, noch dazu relativ ruhig. Vielleicht war es einfach ein Kurswechsel, oder ich wollte ihn beeindrucken.

Nachdem ich schon mal damit begonnen hatte, erzählte ich ihm Jess' Verhör in allen Einzelheiten, und er schien auf meiner Seite zu sein, meine Kränkung zu teilen. Um mich herum bildeten die Äste des Zitronenbaums einen luftigen Käfig. In Gedanken kletterte ich hinein und hinaus und in verschiedene Versionen der Geschichte: In einer Version hatte ich verdient, wie Jess mich behandelte, weil ich Rose – und nicht nur Rose – enttäuscht hatte. In einer anderen hatte Jess nicht die geringste Ahnung davon, was stimmte und was nicht. Und dann gab es noch eine andere, stille Version, in der ich diesen Mann hasste, der zuhörte, wie ich jemanden beschrieb, der mich ebenso herabwürdigte, wie er es tat, indem er meine Liebe unter den gegebenen Bedingungen akzeptiert hatte. Und in der letzten Version klammerte ich mich an der außerordentlichen Tatsache fest, dass er mich angerufen, mich heute Nacht nicht enttäuscht hatte.

»Ich werde hier gleich verschwinden«, sagte ich, »obwohl ich überhaupt keine Ahnung habe, wie ich mit meiner Sorge um sie allein klarkommen soll.«

»Soll ich kommen?«, fragte er unvermittelt.

Mir blieb beinahe das Herz stehen.

Ja. Ich konnte nicht sprechen.

»Du musst es nur sagen«, sagte er, seine Stimme rau, die sorgfältige Vorbereitung von vorhin dahin. Er hatte nicht geplant, das auszusprechen.

»Ja«, sagte ich.

Stille, nur das ganz leise Geräusch seines Atems.

Er würde zu mir kommen. Wegen Rose. Seine Familie verlassen, um bei mir zu sein. Hatte ich ihn richtig verstanden? Ich traute mich nicht zu fragen. Was würde er ihr erzählen, wo er hinwollte? Eine Lüge. Oder nicht.

»Der Mond hier ist unglaublich«, sagte ich.

Er erwiderte, der Mond sei ihm gar nicht aufgefallen. Ich hörte das Knirschen der Steine unter seinen Füßen, sein Atem verändert, er ging dorthin zurück, wo er hergekommen war.

»Es ist wunderschön hier«, sagte ich. Meine Kehle brannte. »Ich meine das Dorf, die Gegend.«

Seine Stimme entspannte sich. Vielleicht hörte ich Dankbarkeit dafür, dass ich ihn nicht auf sein Angebot festnagelte, und genug Wärme, um anzudeuten, dass es noch stand. Wie schon oftmals zuvor sagte er mir, ich sei immer in seinen Gedanken, und ich sagte nicht, wie manch anderes Mal, dass es dort sehr voll sein musste, und wir verabschiedeten uns.

Ich blieb, wo ich war, ließ seine Präsenz nachwirken, und jetzt, wo er mich wieder verlassen hatte, fühlte ich eine euphorische, fast überwältigende Liebe zu ihm.

Wie ernst es ihm gewesen war, wusste ich nicht, doch heute Nacht hatte er gesagt, er würde kommen, wenn ich ihn wirklich brauchte.

Er bedeutete mir so viel – er, so wie er war, unabhängig von unseren Lebensumständen.

Wenn man so viel Liebe und Verzweiflung empfinden kann wie ich für ihn, dann muss Liebe etwas Eigenständiges sein, nicht in mir verankert, nicht in ihm, sondern etwas, das wir ineinander auslösen. Es kann nicht sein, dass ich diese Tiefe in mir trage, diese Bedeutung. Mir kommt es so vor, als wären wir dafür gemacht, zu lieben, so wie Vögel für die Luft gemacht sind, und es sind nicht wir, und es ist nicht der andere. Es ist die Sache selbst, die tief blickt und sich von Oberflächen blenden lässt, die selbstlos ist und zugleich das selbstsüchtigste aller Gefühle.

Ein Schatten fiel in das Licht, das von drinnen herausschien. Ngaio.

»Nur die Freundin?«, fragte sie. »Habt ihr geredet?«

Ich nickte.

»Es ist so eine herrliche Nacht«, sagte sie. »Rose wollte unbedingt, dass wir herkommen.«

Ich erwiderte ihren Blick. Ich wollte sie nicht in meiner Nähe haben, und auch sonst niemanden.

»Komm wieder rein«, bat sie unsicher.

»Gleich. Ich gehe bald.«

Sie seufzte.

Sie stand mir gegenüber, eine Hand am Balkongeländer und das Gesicht dem Zimmer zugewandt.

»Die Leute meinen es oft gar nicht so, wie es dann rüberkommt«, murmelte sie.

Sie schien ein wenig zu glänzen, ihre goldenen Glieder in dem bunten Kleid, ihr Haar, ihr feines Profil, doch als sie wieder ins Zimmer trat, verspürte ich Ekel angesichts ihrer Schwäche, ihrer Bereitwilligkeit, bei Jess' Attacke mitzumachen. Haig hatte sein Unbehagen gezeigt. Allein hätte Ngaio sich mir gegenüber niemals so unfreundlich verhalten wie Jess. Doch obwohl ihre Instinkte wirklich anständiger waren, hörte sie nicht auf sie.

Jess sprach mich mit gespenstischer Ruhe an, als ich wieder reinkam. Sie hatte ihre Härte demonstriert. Ich hatte überlebt, und mein Überleben war ein Beweis für die Präzision ihrer Operation. So kann man sich seinen Platz in der Welt auch einrichten.

Weit weg war Adrian bei seiner Familie und versuchte, seine Gedanken zu ordnen, unser Gespräch – das ihn sicher von Melanie trennte, so wie ich von Ngaio und Haig und Jess getrennt war – noch präsent. Bleib bei mir. Bleib von ihr getrennt. Steig einfach ins Flugzeug. Du kennst den Namen des Dorfes. Du weißt, es ist winzig. Du würdest mich finden.

Ich setzte mich Jess gegenüber ans andere Ende des Tisches. Ngaio, neben Haig, hatte die Hand auf seinem Bein und lehnte sich leicht an ihn.

Während ich draußen gewesen war, hatten sie rekapituliert, was wir an den einzelnen Tagen mit Rose unternommen hatten, wie ihre

Stimmung gewesen war, wann sie Sam erwähnt hatte, die Ausflüge nach Monterosso und Pisa. Sie waren gerade beim Donnerstag angelangt, als wir in Corniglia geblieben waren.

»Wartet, ich bin vor allen anderen aufgestanden«, sagte Haig. Es war kaum etwas fürs Frühstück im Haus gewesen, deshalb war er ins Dorf gegangen. Er erinnerte sich noch gut, dass die Wohnungstür nicht verschlossen gewesen war, als er ging.

»Na und?«, fragte Ngaio.

»Jemand muss sie aufgeschlossen haben. Du warst es nicht. Jess war es nicht. Rose war schon vor mir unterwegs.«

»Warum hast du davon nichts gesagt, wenn du das wirklich glaubst?«

Wir waren am Abend zuvor sehr spät aus Pisa zurückgekehrt, also hatte er angenommen, dass sie vergessen hatten abzuschließen.

»Und? Dann haben wir wohl wirklich vergessen abzuschließen«, sagte Ngaio und nahm ihre Hand von seinem Bein. »Du meinst, Rose hat sich frühmorgens rausgeschlichen? Das ist doch albern.«

»*Ich* habe die Tür an dem Abend abgeschlossen«, sagte Jess. »Ohne den geringsten Zweifel. Ich sehe jeden Abend nach.«

»Wo wollte sie so früh hin?«, fragte er.

Sie sahen mich an.

»Bei mir war sie nicht.«

Ich hatte ausgeschlafen, da war ich mir sicher.

»Ich glaube, ich habe sie erst am Abend gesehen«, sagte Ngaio. »Ich erinnere mich, weil ich Dad eine Postkarte geschrieben habe und sie noch was zu der Sache fragen wollte, die sie uns in Pisa erzählt hat, in der Kathedrale, über Galileo.«

»Wann genau hast du sie am Donnerstag gesehen?«, fragte Jess mich.

»Am späten Nachmittag.«

Nach dem langen gemeinsamen Tag zuvor war ich froh gewesen,

ein bisschen Zeit für mich zu haben. Ich hatte angenommen, Rose sei hier in der Villa gewesen. Als sie auftauchte, waren wir in meiner Bucht schwimmen gegangen, und sie hatte bei mir geduscht, bevor wir uns alle in der Pizzeria trafen.

»Vielleicht hat sie auf dem Dorfplatz gelesen oder Leute im Ort besucht. Vielleicht war sie einfach spazieren oder so«, sagte Haig.

»Man würde meinen, dass sie das erwähnt hätte«, sagte Jess.

Es war klar, was das bedeutete. Keiner von uns konnte sagen, wo Rose den Donnerstag bis zum späten Nachmittag verbracht hatte.

»Trotzdem kann es für Donnerstag wie für heute noch immer eine harmlose Erklärung geben«, sagte Haig matt.

»Sie wirkte irgendwie angespannt an dem Tag«, sagte ich. »Ich weiß noch, dass sie müde war, sie ist eingeschlafen, als wir nach dem Baden auf den Felsen lagen.«

Ich ging nicht ins Detail, doch ich erinnerte mich, dass ich ihre Schulter berührt hatte, um sie zu wecken, als es Zeit war zu gehen. Sie hatte nach Luft geschnappt und etwas gemurmelt, und ich hatte sie gefragt, ob sie schlecht geträumt hatte. Sie hatte geantwortet: »Gute Träume sind schlimmer als ein schlechter, wenn man sie verlassen muss.« Ich erinnerte mich daran, weil es ein bisschen so klang, wie ich mich jedes Mal fühlte, wenn Adrian mich verlassen musste, und ich hatte gesagt: »Tut mir leid, dass ich dich geweckt habe.«

»Warum war sie so müde? Hat sie nichts gesagt?«, fragte Jess.

»Nein. Ich hab gedacht, dass ihr nach Pisa noch lange aufgeblieben seid.«

Ngaio stöhnte auf und sank nach vorne, sodass ihr Gesicht seitlich auf dem Tisch lag und ihre Arme schlaff herunterhingen.

»Ich ertrage das nicht«, sagte sie. »Ich ertrage es nicht, dass alles verdächtig ist. Sie ist am Strand eingeschlafen. Es sollte nichts zu bedeuten haben, wenn man am Strand einschläft.«

Sie rollte ihren Kopf auf dem Tisch hin und her, während sie sprach. Ich konnte die Verspannung in ihrem Nacken förmlich spüren.

»Es hat auch nichts zu bedeuten, wenn man nicht jedem alles erzählt. Sie ist einfach irgendwohin gegangen«, sagte sie. »Das muss überhaupt nichts heißen.«

Haig legte seine Hand an ihren Rücken.

»Ich möchte heulen«, sagte sie und hob ihren Kopf gerade so weit, dass sie die Spucke, die sich in ihrem Mundwinkel gesammelt hatte, einsaugen konnte, »aber ich habe solche Angst, dass noch nicht mal das funktioniert.«

»Sie hatte irgendeine Art Unfall, nachdem sie diese Nachrichten gesendet hat«, sagte Jess. »Das ist am wahrscheinlichsten.«

Haig sah sie an und nickte.

»Warum zum Teufel hat Sam sich nicht gemeldet?«, fragte Ngaio. »Er hat seine Scheißfreunde, aber sagt uns nicht mal, was sie unternehmen. Glaubt er, es ist uns egal?«

»Vielleicht fällt es ihm schwer, uns zu sagen, was er weiß«, sagte Jess leise.

»Was meinst du?«, fragte sie und setzte sich gerade hin. Eine Art Würgen kam aus ihrer Kehle.

»Nehmen wir einfach an, er tut, was er für das Beste hält«, sagte Haig.

»Und das Beste ist, uns im Ungewissen zu lassen? Rose würde sich schön bedanken«, fuhr sie ihn an.

Mein Blick traf den von Jess. Ihr Gesicht war gerötet, als hätte sie es an einer rauen Oberfläche gerieben.

»Und es muss ein schwerer Unfall gewesen sein«, sagte sie, »wenn sie sich nicht bei uns melden konnte. Vielleicht kann sie nicht sprechen.«

Ihre Stimme klang hohl, fast gefühllos.

Der Abend war vorbei. Wir waren entlassen, nicht durch Jess, sondern durch unsere Erschöpfung, durch eine Schlussfolgerung, die zu schrecklich war, um sie zu besprechen.

Ich stand auf.

»Ich werde gleich morgen früh mit Sam reden, wenn er heute Nacht nicht mehr anruft«, sagte Jess. »Er muss es uns sagen. Er muss begreifen, dass er uns nicht schont, indem er uns nichts sagt.«

Ngaio stand jetzt auch, Haig neben ihr. Sie sah aus, als wäre ihr Körper zu schwer für ihre Knochen.

»Bleib hier«, sagte sie zu mir. »Du solltest nicht allein sein. Du kannst auf dem Sofa schlafen.«

»Schlaf einfach in Rose' Zimmer«, sagte Haig.

»Nein.« Das konnte ich auf gar keinen Fall.

»Da drin ist kein Geist«, sagte er gereizt, mit seiner Geduld offenbar am Ende.

Ngaio hob einen Arm, holte aus und schlug ihn.

Die Wucht des Schlages warf ihn um. Sein Gesicht blieb für einen Moment völlig ausdruckslos, als wäre er bewusstlos. Er rappelte sich rasch wieder hoch, die Hand an der Brust, wo sie ihn getroffen hatte. Mit einer hektischen, schwachen Bewegung seiner Finger rieb er die Stelle.

Sie starrte ihn an, doch er konnte ihren Blick nicht erwidern.

Jess setzte zu einer extrem kurzen Gutenachtumarmung an. Ihr Atem streifte meinen Nacken. Ihr warmer, kompakter Körper stieß mich ab. Doch ich war unfähig, ihr auszuweichen. Noch mehr Zurückweisung ertrug ich nicht, nicht einmal, wenn sie von mir selbst ausging.

In der Stille des Gebäudes hörte ich, wie der Schlüssel umgedreht wurde, als ich die Treppe runterging.

Draußen zog ein leichter Wind an mir vorbei, der den Duft reifer Trauben und Kräuter und Blumen trug, wie eine kurze Prozession vergessener Freuden. Entlang der Straße ins Dorf raschelte die Brise in den Blättern der Olivenbäume, ließ sie unter den wenigen Lichtern, die noch im Garten des Restaurants brannten, silbern scheinen. Die Gäste waren gegangen, und der rumänische Kellner verriegelte den beleuchteten Getränkekühlschrank mit einem Vorhängeschloss. Er hob die Hand zu einem stillen Gruß. Sein junges Gesicht, blass trotz des monatelangen italienischen Sommers, registrierte mich kaum. An dem Abend, an dem wir dort gegessen hatten, hatte er Rose von seiner Frau und seinem kleinen Sohn daheim erzählt; er sehnte den Winter herbei, das Ende seines Jobs, damit er zu ihnen zurückkehren konnte. Ich hätte ihn daran erinnern können, dass der Winter unweigerlich kommen würde, doch das hätte wie ein billiger Trost geklungen. Liebe verlangt nach dem Jetzt.

Ein Pärchen, Arm in Arm, murmelte: »*Buonasera*«, als wir unter einer riesigen Pinie aneinander vorbeigingen, die Schatten der Bäume weit dunkler als die Nacht. Ich erwiderte ihren Gruß nicht. Was der ausklingende Abend für Rose und meine Familie bereithielt, konnte kaum gut sein.

Ich bog in die schmale Dorfstraße.

Die Fensterläden der Häuser und Ladenfronten waren verschlossen. Kleine Menschengrüppchen standen plaudernd um ausgetretene Steinstufen vor den Haustüren. Inzwischen hatten die beiden Cafés auf dem Dorfplatz Feierabend, doch viele Tische waren noch besetzt, Familien und Pärchen und Freunde drängten sich um Kerzen, ihre Tassen und Gläser würden am nächsten Morgen abgeräumt werden. Ein aufkommender Wind sprang aus dem Schutz der Gebäude am Dorfplatz, fuhr in die Platanen und ließ bucklige, trockene Blätter über die Pflastersteine wehen.

Ich verließ den Platz und stieg die flachen Stufen unter dem Torbogen hinunter zu meinem Haus.

Ohne das Licht anzumachen, ging ich auf den Balkon und rückte den Plastikstuhl zurecht. Es hatte keinen Sinn, sofort ins Bett zu gehen. Ich musste erst versuchen, das Durcheinander des Abends zu entwirren, bevor Hoffnung auf Schlaf bestand. Die Wolken leisteten mir Gesellschaft, weiße, längliche Zylinder, die eilig über die Berge glitten, welche sich bis nach Genua erstreckten. Unter meinem Balkon zerzauste der Wind die Bäume und kämmte den Bambus im Tal.

Ich sah die Villa in Dunkel gehüllt. Die anderen ließen das lange, lange Gespräch zwischen uns in den nächtlichen Geräuschen verhallen. Bestimmt lag Jess allein in ihrem Bett, ihre schmalen Augen geschlossen. Vielleicht überdachte sie die Rolle, die sie an diesem Abend gespielt hatte, und war zufrieden damit. Sie lebt in Kontinuitäten, nicht in Brüchen, weil sie selbst und ihre Reaktionen viel mehr zählen als das Schicksal anderer. Alles, was sich gehörte, hatte sie erledigt: Sam trösten, mich verhören, Ngaios Sprunghaftigkeit ausgleichen. Sah sie denn nicht, wie seltsam das Leben war, wie irritierend unnormal? Vielleicht war es das für sie nie gewesen – durch Dads Billigung, von Anfang an, war sie davon ausgegangen, erfolgreich zu sein, und war es dann auch, und das war normal. Menschen, die mit der normalen Welt nicht klarkamen, tja, in ihren Augen lag das an ihnen selbst, an ihren eigenen Defiziten und nichts anderem. Oder versteckte sie irgendwo tief in sich das Bild von Mum? Musste sie wohl. Nicht einmal Jess konnte völlig gegen die eigene Mutter immun sein. Ein Bazillus in ihr, ein Seelenzustand, den sie bekämpfte wie eine Infektion. Und das war es, woher ihre Härte rührte.

Ich könnte Jess, im Interesse der Selbsterkenntnis, ein oder zwei Misserfolge wünschen, groß genug, um sie nicht einfach abtun zu können. Natürlich waren meine Motive nach diesem Abend nicht ganz unzweifelhaft, aber wen kümmerte das? Sie sollte kurz in das Bewusstsein jener getunkt werden, die sich ein Leben lang fühlten, als verbüßten sie eine Strafe, ohne zu wissen, was sie überhaupt verbrochen hatten. Sie sollte sich nur für eine Stunde, einen Tag oder eine Woche nicht auserwählt, ausgegrenzt, verdächtig fühlen. Andererseits wäre sie dann vielleicht nicht Jess, wäre nicht die Schwester, die ich immer hatte sein wollen, als ich ganz klein war: beherrscht, anerkannt, krisenfest. Das war erst vorbei, als ich begriff, dass ich nie ihren herausragenden Erstgeborenen-Status in unserer Familie einnehmen konnte. Das Ende meiner Bewunderung machte mich nicht beliebter bei ihr. Ich begann, mich gegen sie zu wenden, sie als Vorbild für alles zu nehmen, was ich nicht sein wollte. Ich wollte nie diesem Drang nach Überlegenheit nachgeben, den ich bei ihr sah. Andererseits: Wer hat nicht gern Macht über andere und darüber, was sie für uns fühlen?

Ich dachte an Haig und Ngaio, Seite an Seite und gewiss weit voneinander entfernt, die Nachwirkungen ihres Schlags noch spürbar auf seiner Haut. Vielleicht hatte sie sich entschuldigt, und er hatte die Sache auf sich beruhen lassen, weil er wusste, unter welchem Stress sie stand. War es so einfach? Ihm stand die Scham ins Gesicht geschrieben, während er seine Brust rieb. Dass sie ihn vor Jess und mir so behandeln konnte. Die schwache, hastige Handbewegung über die Stelle, an der sie ihn getroffen hatte, als wäre dort ein Fleck, schien zu sagen, dass sein Bemühen, ihn wegzuwischen, vergeblich war – Ngaio hatte lediglich ein Mal entblößt, das schon vorher dort gewesen, das ein Teil von ihm war. Haig war ihr so unermüdlich nachgelaufen, als sie sich kennenlernten. Monatelang hatte er ihre Gleichgültigkeit ertragen, obwohl er wusste, dass sie mit Jeremy zusammen war. Er musste gelitten haben. Besessen von ihr und doch zurückgewiesen. Du wirst dafür bezahlen. Das hatte sie damals gesagt, in jenen Monaten und später, während ihres Zusammenbruchs, immer wieder, auch heute Abend: Du wirst dafür bezahlen, dass du mich liebst.

Der Mann am Ufer in der Dunkelheit, der suchte, der versuchte, sein Gleichgewicht zu halten, und sich ins Meer warf.

Der Wind hatte noch zugenommen. Die Wolken schossen die Küste hinauf. Der Mond war von meinem Balkon aus noch nicht zu sehen, obwohl sich sein Licht über die wogenden Wellen bis nach Monterosso und zur Landzunge dahinter ergoss. In der Bucht unter mir seufzte das Wasser an den Felsen.

Der Klang der Kirchenglocke, die die dreiviertel Stunde verkündete, rollte durchs Tal. Bald Mitternacht. Ein neuer Tag stand bevor. Vielleicht würden Jess und Ngaio und Haig und ich morgen nur erfahren, dass wir weiter warten mussten, vielleicht würde es unheilvolle Neuigkeiten geben. Ich dachte an die indischen Mystiker, die den Weg vor sich fegen, um zu vermeiden, auch nur eine Mücke zu töten, ein herzergreifendes, poetisches Unterfangen, doch heute Nacht schien ihr Kampf gegen die Windmühlen der Zerstörung ebenso weise wie vergeblich.

Das letzte Licht in den Häusern am Bergkamm ging aus. Ich legte den Kopf auf meine am Balkongeländer verschränkten Arme. Wenn die Glocke Mitternacht schlug, würde ich reingehen und mich hinlegen.

Heute Abend hatte Adrian mir geantwortet. Vermutlich hatte ich damit gerechnet, warum hätte ich mich sonst bei ihm gemeldet? Er war zu liebenswürdig, um mich in einer Krise wie dieser zu ignorieren. Doch das Glück, das ich verspürt hatte, während ich auf dem Balkon hockte und seine Anwesenheit nachwirkte, war verschwunden. Ich komme zu dir, hatte er gesagt. Er würde seine Tochter Ruth verlassen, die bei ihrer Mutter sicher war, und kommen. Ich konnte ihn am Morgen anrufen und ihn darum bitten. Es war sein Angebot, nicht meine Bitte. Würde ich das tun? Würde ich das Hindernis beiseiteschieben, das schon an dem Tag existierte, als ich Ruth kennenlernen sollte, etwa zwei Monate nachdem unser Verhältnis begonnen hatte? Ich sollte an einem Samstagnachmittag im Park vorbeikommen, wo er mit ihr, damals neun Jahre alt, und einer ihrer Freundinnen war. Ich sollte eine Bekannte sein, die zufällig vorbeikam. Die einfachste Sache der Welt. Ich hatte es als Kompliment genommen. Er wollte mich in ihrer Nähe haben. Vater zu werden, hatte er gesagt, war eine Offenbarung gewesen: dass er einen anderen Menschen vorbehaltlos lieben konnte und dass er für sein Kind das war, was ein Vater sein sollte.

Da waren sie, seine hochgewachsene Gestalt in der Hocke, eine blaue Plastikdose in der Hand, aus der er den Mädchen etwas zu essen fischte, ihre schlanken Körper vor ihm erwartungsvoll, ihre Gesichter von weichem Haar umrahmt. Eines von ihnen, das näher zu ihm stand, legte eine Hand auf sein Bein. Er hatte mich noch nicht gesehen. Es waren viele Familien dort, viele Kinder mit ihren Vätern. Keiner von ihnen wusste, was ich tat, nur er, als ich mich seinem Kind näherte, das keine Ahnung hatte, wer ich war oder dass meine Nähe zu ihrem Vater oder seine zu mir ihre Welt unwiderruflich verändern konnte. Während ich Schritt für Schritt auf sie zuging, schien ich zu schrumpfen, bis ich schließlich eine kleine, koboldhafte Gestalt war und mir selbst bizarr vorkam. Als ich aufblickte, sah ich in seinem Gesicht die Erkenntnis – als wäre sein Gehirn im Leerlauf gerollt und über eine Bremsschwelle gefahren –, dass diese Frau, die da auf ihn und seine Tochter zukam, nicht deren Mutter war, sondern ein Eindringling, ein Zeichen des Versagens: seines Versagens. Ich hob meine Hand zu einer Geste des Wiedererkennens, ging jedoch weiter, über den Rasen, zwischen den Bäumen hindurch, ging stundenlang weiter, wie im Fieberwahn.

»Du wolltest sie austricksen.« Ich konfrontierte ihn damit.

»Ich finde, du übertreibst«, sagte er, sehr leise.

»Du hattest nicht vor, ihr zu sagen, wer ich bin.«

»Ich wollte, dass du sie mal siehst.« Er erwiderte meine Feindseligkeit nicht. Das war sein Trick. »Ich rede über sie, und das war alles, was ich gedacht habe. Ich wollte, dass du sie kennenlernst.«

An jenem Tag saßen wir stundenlang im Café, unfähig, zusammen zu sein, unfähig, die Sache auf sich beruhen zu lassen.

»Aber verstehst du denn nicht, was ich meine! Es war, als wolltest du sie reinlegen.«

Er ließ sich mit seiner Antwort Zeit. Diese Angewohnheit, nicht zurückzuschlagen, wie sollte ich dem widerstehen?

»Bist du deshalb nicht stehen geblieben?«, fragte er. »Ich verstehe ja, was du meinst. Ich bin nur nicht sicher, dass das der wahre Grund ist, weshalb du sauer bist.«

Gute Nacht, Adrian. Wir waren Amateure, das ist alles. Vermutlich waren wir auf einen der Widersprüche meines Vaters gestoßen, auf etwas, das uns die Machtlosigkeit lehren sollte, uns selbst zu verleugnen. Jedenfalls war ich an jenem Tag nicht stark genug, stehen zu bleiben, um ein kleines Mädchen kennenzulernen, das blind war für das doppelte Spiel seines Vaters.

Ein Regentropfen traf meinen Arm, schwer und warm. Der Wind hatte sein Werk vollendet. Ein weiterer Tropfen fiel, traf mich auf der Wange. Ich blieb, wo ich war. Wenn wir so leicht wieder aufgefüllt werden können, dann soll es auf mein Herz regnen. Die trockene Erde am gegenüberliegenden Hang würde dunkler werden, die Risse auf ihrer Oberfläche aufweichen und sich auflösen, und der Mann, der sonst morgen seine Auberginen und Paprika und Tomaten hätte gießen müssen, wird sich eine andere Beschäftigung suchen.

Drinnen klingelte mein Handy. Nach den Verwirrungen der letzten Stunden hörte ich es wie eine Erinnerung.

Und dann kam es bei mir an. Ich stolperte nach drinnen, wobei ich mir den Fuß an der Holzstufe stieß.

Der Anruf von vorhin, Adrian, der erneut anrief. Nein. Nicht du diesmal. Bitte. Sosehr ich dich auch liebe.

Ich sah die Nummer.

Meine verkrampften Hände hinderten mich fast daran, den Anruf entgegenzunehmen.

In der Sekunde, bevor ich etwas hörte, trat mein Verstand zurück, voller Angst vor dem Schock des Kontakts, der Möglichkeit, dass es die falsche Stimme sein könnte.

Es war Rose.

»Wo bist du, wo?« Ich schrie.

»In Monterosso. Hat Sam euch nicht Bescheid gesagt?«

Monterosso! Das war mit dem Zug nur wenige Minuten von Corniglia entfernt.

»Geht es dir gut? Geht es dir wirklich gut? Was ist passiert?«

Ich setzte mich auf mein Bett und klammerte mich vor Angst, ich könnte sie wieder verlieren, ans Telefon. Ihre Stimme klang wackelig, doch sie war in der Lage zu sprechen.

»Es geht mir gut, ja, einigermaßen, aber es war wahnsinnig schwierig.«

»Hattest du einen Unfall? Ich wäre doch gekommen. Sag mir die Wahrheit, bist du verletzt, bist du gesund?«

»Einen Unfall! Nein! Was hat Sam euch erzählt?«

»Dass er dich sucht. Bist du in Sicherheit? Ist er jetzt bei dir?«

»Nein. Ich bin in Monterosso. Er ist in Florenz.«

Florenz! Er hätte zu ihr fahren sollen. Er sollte bei ihr sein.

»Bist du im Krankenhaus? Du kannst reden! Hast du dein Handy gerade erst zurückbekommen?«

»Im Krankenhaus? Hat er das gesagt?« Sie klang verärgert.

»Nein. Das dachten wir. Dass dir etwas zugestoßen ist.«

»Was hat Sam euch denn erzählt?«

»Nichts. Dass Freunde von ihm nach dir suchen. Wir waren außer uns vor Sorge.«

»Habt ihr meine Nachrichten nicht bekommen?«

»Da stand nicht viel drin, Rose.«

Das Meer stieg an den Klippen hoch. Ich wurde von einer riesigen Welle emporgehoben. Sie war in Sicherheit. Sie sprach in zusammenhängenden Sätzen.

»Tut mir leid! Mist, das ist schlimmer, als ich dachte.«

»Was ist schlimmer?«

Schweigen.

»Du kannst es mir erzählen, Rose«, sagte ich, deutlich sanfter. Sie war durcheinander. Verletzt. Natürlich war Sam nicht bei ihr. Das hätte sie nicht gewollt, nach dem, was sie über ihn herausgefunden hatte. Sie hatte sich versteckt. »Solange es dir nur gut geht. Alles andere stehen wir durch, jede noch so schlechte Nachricht. Solange du noch ganz bist.«

Ich streckte mich auf meinem Bett aus. Ein leichtes Zittern durchlief meine Glieder, als die Muskeln es wagten, sich zu entspannen.

»Ich habe ihn verlassen. Sam.«

Ich setzte mich so abrupt wieder auf, dass ich fast das Telefon fallen ließ.

»Du hast was?«

»Ich habe ihn verlassen. Deshalb bin ich hier. Ich weiß, das ist verrückt. Mitten in unserem gemeinsamen Urlaub, aber so ist es.«

Ihre Stimme klang unerwartet hart. Ich hörte wieder die Frau auf dem Dorfplatz, die mir die Meinung geigte.

»Aber das ist … Das ist …« Ich wusste nicht, was es war.

»Heute Morgen wusste ich noch nicht, dass ich heute Abend so sicher sein würde, dass ich das Richtige tue, aber ich bin's. Ehrlich. Vielleicht geht's in die Hose, aber ich muss es trotzdem tun.«

Ich hörte ein undeutliches, ersticktes Flüstern. Sie hatte ihre Hand über den Hörer gelegt, obwohl sie noch sprach.

»Es gibt keine gute Art, es zu tun«, sagte sie. »Flavio ist bei mir. Ich weiß nicht, ob es das besser macht oder schlimmer. Für Sam ist es vermutlich schlimmer. Aber wenigstens ist es so unmissverständlich. Und ich weiß nicht mal, ob er mir sonst geglaubt hätte.«

»Du meinst Sam.«

»Ja.«

»Und wer ist bei dir?«

»Flavio.«

»Ein Freund?«

Sie lachte seltsam. »Das war er. Jetzt ist er ein bisschen mehr. Das war der längste Tag meines Lebens.«

Meiner, ehrlich gesagt, auch, dachte ich.

»Ist er von hier?«

»Nein. Er ist aus Florenz hergekommen, weil ich hier bin.«

»Also seid ihr zusammen.«

Ich stand auf. In Monterosso, die Küste hinunter, sah man noch Lichter. Rose sagte, sie sei dort mit einem Mann. Ich konnte mit eigenen Augen sehen, wo sie sich befand. Doch es fühlte sich an, als würde sie von einem Ort zu mir sprechen, der mindestens so weit weg war wie der Satellit, der unser Telefonat möglich machte.

»Er wollte nicht, dass ich es euch erzähle. Sam, meine ich. Er wollte auf keinen Fall, dass ihr von Flavio erfahrt. Er glaubt, dass ich meine Meinung noch ändere. Er hat gesagt, er verzeiht mir, wenn ich morgen zu ihm zurückkehre.« Ihre Stimme war jetzt ein müdes Murmeln. »Aber das werde ich nicht.«

»Willst du damit sagen, dass du ihm am Telefon von diesem Mann erzählt hast? Rose?«

»Genau das. Ob du es glaubst oder nicht. Ich weiß, es ist furchtbar, aber so war's. Ich hab den ganzen Abend telefoniert. Er hat sogar Freunde aus den Staaten dazu gebracht, mit mir zu reden. Ich hab mein Handy irgendwann ausgeschaltet, so schlimm war es.«

»Ich weiß, dass du dein Handy ausgeschaltet hast!«

Durch die offene Tür sah ich riesige Regentropfen auf dem Balkongeländer explodieren.

»Aber warum hast du uns nichts erzählt? Wir sind fast umgekommen vor Sorge.«

»Ich wollte ja mit dir darüber sprechen. Wirklich«, sagte sie. »Du hast keine Ahnung, wie gut ich dir zugehört habe, als du von Adrian erzählt hast. Ich habe gehört, was alles kaputtgegangen ist. Es war wie eine Warnung. Das klingt furchtbar, entschuldige, aber es ist wahr. Ich dachte, wenn ich es tue, dann nicht so wie du und Adrian.«

»Für mich klingt es nicht sehr anders«, sagte ich. »Ich meine, drei statt zwei.«

Ich registrierte einen Anflug von Gereiztheit und zugleich meine eigene Torheit. Rose hatte mir mein Spiel gestohlen. *Ich* war die mit dem verbotenen Liebhaber.

»Wir haben keine Affäre«, sagte sie. »Na ja, jetzt wohl schon, genau genommen. Ich habe Flavio vor zwei Jahren kennengelernt, als wir zum ersten Mal für ein paar Monate in Florenz waren, aber da war noch nichts.«

»Und du willst mir erzählen, dass er dich zufällig gefunden hat? In Monterosso? In der Nacht, in der du Sam verlassen hast?«

»Nein, natürlich nicht. Flavio wusste, dass ich allein hier bin. Ich meine, ohne Sam.«

»Du hast dafür gesorgt, dass er das wusste? Du hast es geplant?«

»Na ja, schon, aber eigentlich nicht richtig, ich wusste nicht, ob er herkommen würde. Aber er ist gekommen. Wir hatten keinen Kontakt, nachdem ich damals aus Italien weggegangen bin. Aber wir sind uns wiederbegegnet, als Sam und ich zurückgekommen sind, und dann war er mir irgendwie so wichtig, und ich wusste, dass zwischen uns etwas ist, aber ehrlich gesagt war ich nicht sicher, ob es ihm etwas bedeutet.«

»Und ich hab gedacht, Sam hätte dich verlassen.«

»Das hätte alles leichter gemacht«, sagte sie kläglich. »Wie bist du darauf gekommen?«

»Ich kann mich nicht erinnern. Hast du ihn, diesen Mann, am Donnerstag getroffen?«

»Woher weißt du das?«

»Wir haben rausgefunden, dass niemand von uns sagen konnte, wo du Donnerstag warst. Jess und Haig hauptsächlich.«

»Jess hätte Polizistin werden sollen.«

»Sollen wir ihr eine Mütze kaufen?«

Sie lachte.

»Aber, Rose«, sagte ich. »Ich meine, was zum Teufel?«

»Ich weiß«, sagte sie. »Heute früh dachte ich noch, ich treffe mich einfach noch mal mit Flavio, um zu reden. Ich habe mich mit ihm in seiner Pension getroffen, und dann haben wir *richtig* geredet, und offen gesagt nicht nur das.«

»Was ihr vorher nie getan habt? Geredet, meine ich?«

»Nein. Es war schwierig, er kennt Sam. Er wollte mich nicht mit seinen Gefühlen überrumpeln. Und dann habe ich Sam angerufen, und eigentlich habe ich nur gesagt, dass ich morgen vorbeikomme, ich wollte es ihm persönlich sagen, aber dann hat er nicht lockergelassen und wollte unbedingt wissen, warum, vor allem, als ich ihm sagte, er könne nicht herkommen und dass ich nicht bei euch bin.«

»Er wusste verdammt gut, dass etwas nicht stimmt.«

»Nur so halb. Er sieht nur das, was er sehen will. Wer tut das nicht? Jedenfalls lief das Telefonat erst halbwegs gut. Aber dann habe ich mich in Teufels Küche gebracht und ihm gesagt, dass wir uns trennen müssen, und er meinte: Das kannst du nicht tun, das kannst du nicht tun, und dann hat er ständig aufgelegt und wieder angerufen.«

»Das muss gewesen sein, als er sich nicht mehr bei uns gemeldet hat.«

»Und dann hatte ich lauter Freunde am Telefon, die mir erklären wollten, dass ich den Verstand verloren habe.«

»Aber warum hast du mich nicht angerufen?«

»Na ja. Ich wusste ja, dass du bei Jess und Ngaio bist. Und Sam hat verlangt, dass ich niemandem etwas sage. Ich musste es ihm versprechen. Ich meine, er ist echt in einem furchtbaren Zustand. Es war schrecklich. Und ich will nicht wissen, wie Jess und Ngaio darauf reagieren. Noch nicht jedenfalls. Sie werden derselben Auffassung sein wie Sams Freunde. Wir haben erst vor zehn Minuten aufgelegt. Ich konnte ihn einfach nicht abwürgen, bevor er sich damit einverstanden erklärt hat, es für heute zu lassen. Und ich habe gar nicht gemerkt, wie spät es schon ist. Aber ich musste dich anrufen. Bist du wieder bei dir? Ich habe mir gedacht, inzwischen müsstest du zurück sein und wir könnten ungestört reden. Hoffentlich habe ich dich nicht geweckt.«

»Ich habe nicht geschlafen, glaub mir«, sagte ich. »Kein Wunder, dass es regnet.«

»Was?«

»Niederschlag. Zu viel in der Luft.«

»Was hat Sam euch denn nun erzählt? Hat er wirklich behauptet, ich wäre im Krankenhaus?«

»Nein. Er hat uns praktisch gar nichts erzählt.«

Vom Regen gedämpft, schlugen die Glocken Mitternacht. Dies war der Tag, an dem Rose Sam verlassen hatte. Ich dachte an die bevorstehende Explosion, die die Neuigkeit zwischen Jess und Ngaio und Haig auslösen würde. Rose fürchtete ihre Meinung. Offenbar hatte sie ein verdammt schlechtes Gewissen. Und wer braucht einen Richter, wenn er sich selbst schon verurteilt hat?

»Du meinst, er hat wirklich kein Wort gesagt?«, fragte sie.

»Nicht mal, dass du in Sicherheit bist. Wir dachten, du bist verschwunden. Er meinte, wir sollen alles ihm überlassen, uns keine Sorgen machen, er habe Leute in Florenz, die ihm helfen, dich zu finden. Aber wir haben gemerkt, dass er panische Angst hat. Deshalb klang das grässlich.«

»Ihm helfen!«, sagte sie. »Das glaub ich ja nicht! Ich dachte, er habe sich eine Notlüge ausgedacht, irgendetwas.«

»Tja, vermutlich war er mit seinen Gedanken woanders«, sagte ich. Es musste ihm den Boden unter den Füßen weggezogen haben, seine Welt von einer Stunde auf die andere entweiht.

»Er glaubt, ich wache morgen früh auf und kehre zu ihm zurück. Deshalb will er die ganze Sache totschweigen, vor allem Flavio«, sagte sie.

»Und du bist in Monterosso! Ich kann die Lichter sehen. Wink mir.«

»Okay!« Durchs Telefon konnte ich hören, wie ein Fenster aufgerissen wurde. »Ich winke! Regnet es bei dir immer noch?«

Ich trat auf den Balkon, energisch und idiotisch winkend. Der Regen lief über mein Haar und meine Arme.

»Ja! Ich stehe auf meinem Balkon. Ich winke zurück. Oh Mann,

Rose. Mir ist wirklich scheißegal, was du getan hast, solange du in Sicherheit bist.«

»Ich bin in Sicherheit«, sagte sie hastig, dann hielt sie inne. »Ich fühle mich sogar sehr, sehr sicher.«

Ihre Stimme war weniger deutlich, vielleicht, weil sie sich aus dem Fenster lehnte und ebenso absurd herumfuchtelte wie ich.

»Wirklich? So schnell? Wie ist er so?«

»Du wirst ihn kennenlernen.«

Ich hörte, wie sie mit ihm sprach, auf Italienisch, und dann schloss sich ein Fenster, und sie fragte, ob es in Ordnung sei, wenn wir am nächsten Morgen weiterredeten, sie sei halb tot vor Müdigkeit. Wir wünschten uns eine gute Nacht.

Ich trat zurück in den Schutz des Dachvorsprungs. Der Regen fiel jetzt stetig und weicher. Der Mond hatte den Bergvorsprung weit hinter sich gelassen und bewegte sich auf die Landzunge zu. Durch die feuchte Luft glänzten die Steinterrassen am gegenüberliegenden Hang des Tales vor der durchtränkten Erde. Ich stellte mir vor, wie der Regen in Perlen über die straffe Haut der Auberginen glitt, in Rinnsalen zwischen die Tomatenpflanzen lief und von den spitzen Blättern der Paprikagewächse tropfte, um immer tiefer in den trockenen Boden zu sickern, tiefer als die Wurzeln. Und Rose war entschlossen zu leben, entschlossener, als ich geahnt hatte.

»Gute Nacht, Rose.«

Ich blieb noch eine Weile stehen und betrachtete die Lichter von Monterosso.

Dann zog ich die Riemen meiner Sandalen fest. Draußen war die Luft blitzblank, die Pflastersteine reflektierten das Licht der Laternen, die gefallenen Blätter der Platanen auf dem Dorfplatz klebten am Boden. Das Wetter hatte die letzten Leute in die Häuser getrieben. Nur ein Mann beugte sich hinter der Glastür des Eckcafés über einen Wischmopp, hob dann den Kopf und bemerkte eine Frau, die durch die schmale Straße eilte. Ich hetzte über den Asphalt unter den Pinien und war mir bewusst, dass ich Gefahr lief, auszurutschen, doch ich konnte nicht langsamer gehen, vorbei an Mülltonnen und dem Olivengarten zur Villa. Die Haustür war abgeschlossen. Ich drückte die Klingel. Ich rief Ngaios Namen. Ihr Zimmer lag zu dieser Seite. Ich klingelte erneut und trat zurück, damit sie mich sehen konnten. Ich rief gerade noch einmal, als ihre Fensterläden aufgerissen wurden und Haig zum Vorschein kam.

»Es geht ihr gut! Sie ist in Sicherheit! Rose!«

»Bist du sicher? Hat sie angerufen? Hast du mit ihr gesprochen?«

Ngaio tauchte neben ihm auf.

»Das ist nicht wahr, das ist nicht wahr«, schrie sie zu mir hinunter.

Als ich oben ankam, hatten sie sich schon versammelt. Ngaio hatte sich ein Laken umgewickelt, Haig ein Handtuch um die Hüften, und Jess hatte sich ein weißes T-Shirt übergeworfen. Sie sahen aus wie eine Schar reuiger Sünder.

»Sie ist in Monterosso«, sagte ich atemlos und hielt inne, um die Hände vor der Brust zu verschränken, doch ich rang nicht nach Luft, sondern um Zeit zum Nachdenken. Als ich ihnen gegenüberstand, wich meine Freude über die gute Nachricht der Erkenntnis, wie kompliziert es sein würde, sie ihnen zu überbringen. »Sie hat vor ein paar Minuten angerufen.«

»Die Stadt ein Stück die Küste rauf?«, sagte Haig. »Wo ist sie? Im Krankenhaus? Ich nehme an, vor morgen früh kommen wir da nicht hin.«

Ngaio packte mich am Arm. »Und du hast nicht geschlafen? Du hast das nicht geträumt?«

»Ich habe mich nicht mal hingelegt. Sie ist okay, mehr oder weniger.«

»Warum ist sie dort?«, fragte sie.

Ich spürte die Last von Rose' Entscheidung. Oberflächlich betrachtet war es eine ganz einfache Erklärung, doch obwohl ich erst wenige Minuten davon wusste, erschien mir das Ende der Ehe meiner Schwester wie eine Herausforderung für uns alle. Ich glaubte Rose, dass es zu Ende war, dass Sams Hoffnung, sie würde es sich am nächsten Morgen anders überlegen, vergeblich war. Sie spiegelte lediglich seine Überzeugung, dass er sie verstand und dass ihr gemeinsames Leben im Wesentlichen intakt war. Sie mussten nur miteinander reden. Er hatte den schleichenden Verfall nicht wahrgenommen, die schleichenden Veränderungen im Innern, die ihr Werk irgendwann vollenden und sich erst dann kundtun. Sie rückgängig zu machen, ist unmöglich, weil ihr Zutagetreten nicht der Anfang der Veränderung ist, sondern das Ende, und was aussprechbar ist, ist nur eine vage Zusammenfassung tausend kleiner Verschiebungen.

»Sie hat Sam verlassen.«

Schweigen. Rose hatte unsere Spekulationen übertrumpft.

»Nein!« Jess. Es war ein Aufschrei des Protests. Sie machte sich mit einem Ruck kerzengerade, während sie sprach. »Was ist denn mit ihr los?«

»Sie hatten eine ziemlich krasse Unterhaltung«, sagte ich, »und das kam dabei heraus.«

Flavio. Ich konnte ihn verschweigen. Er war jenseits jeder Vorstellungskraft. Ich hätte Rose fragen sollen, ob sie das wollte, fürs Erste. Ich entschied selbst. Er war viel zu früh. Sie würden ihn sofort zum Grund erklären, dabei war er das Ergebnis. So hatte ich meine Schwester jedenfalls verstanden. Erst mal musste ihnen die Tatsache genügen, dass Rose in Sicherheit war, dass sie Sam verlassen hatte, dass das Grundmuster, das wir als gegeben betrachtet hatten, sich aufgelöst hatte.

»Ich glaub, mein Schwein pfeift«, sagte Haig. »Vielleicht sollten sie morgen früh noch mal reden. Warum sind sie in Monterosso? Wollten sie ihre Ruhe, um die Sache zu besprechen?«

»Er ist nicht da. Er ist in Florenz.«

»Wie konnten sie dann ein Gespräch haben?«, fragte Jess. »Was genau hat sie dir gesagt? Ganz sachlich, was hat sie dir erzählt?«

»Sie hat gesagt, sie hätten geredet, und dabei wurde es immer klarer. Sie trennen sich. Sie hat ihn verlassen.«

Jess stand jetzt ein paar Schritte von mir entfernt in der Mitte des Zimmers. Nur in ihrem weißen T-Shirt, mit ihrer blassen Haut, ihren weißen Beinen, sah sie aus wie ein überdimensionales, unsanft gewecktes Kind.

»Das ist doch lächerlich!«, sagte sie. »Du willst mir erzählen, dass sie sich am Telefon gestritten haben, und sie hat ihm gedroht? Ist sie nach Florenz gefahren? Was in aller Welt denkt sie sich dabei, so ein Chaos anzurichten? Ist es, weil er immer noch nicht hier ist? Ich hoffe, sie hat nicht noch mehr kaputt gemacht. Warum hat sie nicht mit uns geredet, wenn sie so aufgebracht war? Das ist doch bizarr. Ehrlich, der arme Mann, der arme, arme Mann.«

»Rose hat Sam verlassen, nicht andersrum?«, fragte Ngaio.

»Es ist ihre Entscheidung, ja«, sagte ich.

»Ich kann das echt nicht glauben«, sagte Jess. »In der Woche, als ich bei ihnen war, war alles gut. Mir wäre doch aufgefallen, wenn es Probleme gegeben hätte. Und sie hat es wirklich zu Sam gesagt, nicht nur zu dir, dass sie ihn verlässt? Er hat am Telefon kein Wort davon erwähnt. Er muss denken, sie ist verrückt geworden. Der arme Mann!«

»Aber warum ist sie nicht hierher zurückgekommen?«, fragte Ngaio. »Sie muss sich doch nicht vor uns verstecken. War ihr nicht klar, was für Sorgen wir uns gemacht haben?«

»Sam sollte uns Bescheid sagen. Er hat es ihr versprochen. Sie hatte keine Ahnung.«

»Oh, das wir ja immer verrückter«, sagte Jess. »Er hat darauf bestanden, dass seine Freunde ihm helfen und dass wir nichts tun. Warum sollte sie sich hinter Sam verstecken und ihn bitten, uns Bescheid zu sagen? Haben jetzt alle den Verstand verloren?«

Flavios unsichtbare Präsenz machte sich bemerkbar, wie eine fehlende Karte bei einem Spiel, das nun zwangsläufig frustrierend war.

»Echt«, sagte Ngaio, setzte sich an den Tisch und legte die Füße auf einen Stuhl. Milly hätte sie dafür gescholten. »Rose benimmt sich ziemlich seltsam. Hat sie nicht gesehen, dass wir die ganze Zeit versucht haben, sie zu erreichen? Sie hätte doch einfach anrufen können.«

»Na ja, jetzt hat sie es ja getan«, sagte ich. »Sie wollte uns da nicht mit reinziehen. Es war nicht geplant. Sam hat sie immer wieder angerufen, und sie war total überfordert.«

»Aber wieso ist sie in Monterosso? Vielleicht hat sie ihr Telefon überhört, weil sie im Zug saß?«

»Sie war nicht im Zug. Sie war die ganze Zeit in Monterosso. Sie klang völlig fertig, sie übernachtet dort in irgendeiner Pension.«

»Während er in Florenz ist? Ich fasse es nicht!«, sagte Jess. »Wir müssen sie morgen früh holen. Offenbar hatte sie eine Art Nervenzusammenbruch. Er wird herkommen. Da bin ich sicher. Kaum vorstellbar, was er gerade durchmacht. Wir können ihn jetzt nicht anrufen, oder?« Sie war an den Tisch zurückgekommen, stützte sich darauf, als wollte sie ihre Kräfte sammeln. Dann hob sie die Hände, ließ sie wieder fallen, ergriff eine Stuhllehne. Jess war hilflos. »Wahrscheinlich ist es zu spät. Vielleicht hat er es geschafft einzuschlafen.«

»Das ist ja alles schön und gut«, sagte Ngaio. »Aber er ist nicht der Einzige, um den es hier geht. Rose hätte so etwas nie leichtfertig getan. Sie ist doch nicht verrückt. Ich wette, er hat irgendwas gemacht, über das sie nicht mit uns sprechen will.«

»Vielleicht hat er gar nichts Konkretes getan«, sagte Haig. »Wahrscheinlich hat er sie nur zermürbt, es so weit getrieben, dass sie es nicht mehr ertragen konnte.«

Ngaio sah ihn mit hochgezogenen Augenbrauen an, doch er bemerkte es nicht.

»Hast du etwas davon gewusst?«, fragte Jess, und ihre Hände ließen den Stuhl abrupt los. Sie hatte etwas anderes gefunden, das sie packen konnte. Mich. »Sie muss doch vorher mit dir darüber geredet haben.«

»Ich hatte nicht die geringste Ahnung. Ich konnte es selbst kaum fassen.«

»Wirklich?«, fragte Ngaio und dehnte das Wort aus.

»Ich kann nicht glauben, dass sie dir nichts erzählt hat«, sagte Jess. »Ihr zwei redet sonst über alles. Du hast Sam nie gemocht. Du hast sie ermutigt.«

»So ein Schwachsinn. Du kannst Rose ja selbst fragen.«

Als ich mit der guten Neuigkeit hergelaufen war, hatte es sich vor lauter Erleichterung wie ein Neuanfang angefühlt, und ich hatte kurzzeitig vergessen, wer wir waren. Aber es gibt keine Neuanfänge ohne eine grundlegende Veränderung des Denkens.

»Ich frage mich, warum sie es jetzt getan hat, mitten in unserem Urlaub«, sagte Haig.

»Weil sie unsere Unterstützung braucht!«, sagte Ngaio, stand vom Tisch auf und wickelte ihr Laken neu, ohne sich drum zu kümmern, dass wir dabei einen Blick auf ihren nackten Körper werfen konnten, vielleicht genoss sie es sogar. »Eigentlich ist das Ganze total typisch für Rose. Dass sie versucht, uns alle da rauszuhalten. Sogar dich!«, sagte sie zu mir. »Dass sie immer runterschluckt, womit sie nicht fertigwird, und uns dann braucht, um für ihre wahren Gefühle einzutreten. Nach der Trennung von Mum und Dad ist sie jahrelang wie ein kleiner Roboter rumgelaufen, wie ein braver kleiner Roboter, der bloß keinen Wirbel veranstalten will.«

»Aber sie wusste durchaus, wie man das macht.«

Ich konnte Ngaio für ihre krasse Fehlinterpretation von Rose' Gemütsverfassung in jenen Jahren keinen Vorwurf machen. Rose hatte sich entschieden, über die Abtreibung Stillschweigen zu bewahren, und natürlich hatten Dad und ich das ebenfalls getan. Welchen Sinn hätte es gehabt, wenn die anderen davon erfuhren? Keinen. Und sie hätten sie dafür verurteilt. Doch der riesige Brocken, der in Jess' und Ngaios Bild von Rose' Leben fehlte, beeinträchtigte möglicherweise ihre Fähigkeit, sie zu lieben, weil sie nicht verstanden, wer sie wirklich war. Die Abtreibung war ein entscheidender Teil ihres Lebens. Und genauso, wie sie Rose selbst verletzt hatte, hatte sie ihre Nähe zu den anderen verletzt, wie ein Geheimnis in einer Beziehung, in der der eine glaubt, man sei sich nah, während der andere weiß, wie einseitig diese Vertrautheit ist.

»Wann kommt sie zurück? Ich nehme doch an, dass sie zurückkommt?«, fragte Jess.

»Keine Ahnung. Sie ruft mich morgen früh an.«

»Sie hat dir ja nicht gerade viel erzählt«, sagte Jess sarkastisch. »Wenn man bedenkt, wie viel passiert ist.«

»Na ja, Hauptsache, es geht ihr gut«, sagte Haig. »Trotz allem, trotz ihrer großen Neuigkeiten ist doch alles gut, solange sie unversehrt und in Sicherheit ist.«

Ngaio hakte sich bei ihm ein und küsste ihn auf die Schulter. Er wandte kaum den Kopf.

»Wir müssen mit Rose reden«, sagte Jess. »Ich rufe sie morgen früh an.«

»Wie du willst«, sagte ich. »Aber nicht jetzt. Sie klang total erschöpft.«

»Ich werde gleich morgen zu ihr fahren. Sie könnte den Rest ihres Lebens ruinieren. Niemand sollte sie dazu bringen, ihre Ehe kaputt zu machen, nur weil derjenige nie hatte, was sie hat«, sagte sie.

Als sie sich von mir abwandte, hatte ich einen Moment außergewöhnlicher Klarheit über Jess. Wie ein mechanisches Schloss in meinem Kopf, das einschnappte, wusste ich mit absoluter Sicherheit, dass es nicht Dad gewesen war, der vor all den Jahren gesagt hatte, er wolle lieber Daniel als mich behalten. Dass es Jess' eigener fieser Kommentar gewesen war. Ich wusste es, weil ich in ihrer Unfähigkeit, zu akzeptieren, dass unsere Familie dabei war, den berühmten Sam zu verlieren, ihre extreme Eitelkeit erkannte. Sie hatte mit Dads Schwärmerei für Daniel zu kämpfen gehabt, doch sie hatte es auch genossen, sich im Dunstkreis dieses intelligenten Mannes zu bewegen. Ihre Selbstherrlichkeit war ein drängendes Verlangen, ein Hunger, der sie verzehrte.

Diesmal umarmte mich Ngaio, als ich ging.

Die schwere Haustür fiel hinter mir ins Schloss. Ich stellte mich auf die Zehenspitzen und hüpfte die Stufe hinunter. Die Nacht glitt zwischen mich und das Haus, die Realität der Dunkelheit.

Schimmernd, die regnerische Luft.

Jetzt. Hier, jetzt.

Glänzend, alles, und trübe, die warme, nasse Frische, meine Haut, mein Haar feucht, der Duft von nassem Staub, nassem Grün. Ich gehe langsam, werde langsam durchnässt. Es fühlt sich so gut an. Ich dürste nach dieser zarten Berührung, dem Regen auf meinem Gesicht. Und dann Schutz, unter der Pinie, es riecht so gut, trockene rostrote Nadeln verströmen ihren warmen Sonnenduft. Außerhalb des Baumkronendachs fällt der Regen, die Blätter beben unter der Wucht, geben nach und heben sich wieder. Die Gräser am Straßenrand bilden einen triefenden Dschungel aus vielen Schichten.

Atme die Nacht.

Es kommt nicht oft vor, dass ich mich so leicht fühle.

Es kommt nicht oft vor, dass die Vergangenheit so wenig Macht über mich hat.

Ich besitze die Gegenwart. Das ist alles, was ich leben kann.

Das ist alles, was mich besitzt.

Süßer Regen in der salzigen Seeluft. Tritt wieder hinein, aus dem Schutz des Baumes in den warmen Regen, die schmale, gepflasterte Straße entlang, menschenleer, die ausgetretenen Stufen vor allen Türen nass. Rose würde auf dieser Straße zurückkommen.

Leichter Verstand, listiger Verstand, leicht benommen, weiß ich kaum, was ich tun soll.

Auf den Tischen auf dem kleinen Platz stehen flache Pfützen. Das Murmeln der Platanen unterscheidet sich von der Stille der Pinien.

Liebe und Zurückweisung und Überleben.

Nichts ist festgelegt. Alles entfaltet sich.

Folge der Straße, unter dem Torbogen hindurch, bis zum Ende.

Das gewaltige Meer jenseits der Steinbrüstung ist dunkel, doch der Mond haftet an der Oberfläche. Der Mond wirft einen Pfad zu sich selbst aufs Wasser, dorthin, wo er zwischen den Wolken weilt. Die Regenwände heben ihre Röcke, wenn sie sich der Küste nähern. Unter dem gleichmäßigen Geräusch des Regens arbeitet das Meer, Wasser auf Wasser. Der Regen kommt auf mich zu, die Wände nähern sich und lösen sich auf, und der Regen fällt weich und gerade im Licht der einen Laterne.

Wir sind so klein und flüchtig und eigen, wollen ein Leben und kein anderes.

Der Regen und der Stein.

Sam wurde am späten Vormittag des nächsten Tages erwartet. Als ich in der Villa ankam, hatte er Jess schon angerufen und ihr die ungefähre Ankunftszeit durchgegeben, und sie war zum Bahnhof gegangen, um ihn abzuholen. Haig machte Kaffee, und er und Ngaio und ich setzten uns auf den Balkon, um zu warten.

Das Meer unter uns glitzerte vom Horizont bis zur Küste, der Himmel summte eine makellose Note in Blau, und an den Hängen trugen Reben und Bäume pralle Früchte, die den Regen der vergangenen Nacht absorbiert hatten und als erneuerte Fruchtbarkeit verströmten.

Es mochte eine schwierige Kulisse für einen leidgeplagten Mann sein. Ich erinnerte mich an meine ersten Wochen mit Adrian und das Missverhältnis meiner damaligen Euphorie zum Winter. Ich wusste, dass es albern war zu glauben, die Welt müsse meine Stimmung reflektieren. Doch ich konnte nicht umhin, beim Anblick des trüben Himmels und der nackten Bäume eine gewisse Verwirrung zu empfinden.

»Was sollen wir Sam sagen?«, fragte Ngaio aufgeregt. Sie freute sich auf das bevorstehende Drama, dem sie aus der ersten Reihe würde zusehen können und in dem sie sogar selbst eine kleine, wenn auch nicht allzu anspruchsvolle Rolle spielte.

»Das werden wir wissen, wenn wir ihn sehen«, sagte Haig. »Es hat keinen Sinn, irgendwelche Lügengeschichten zu erfinden, das fliegt sowieso auf.«

Sein Stuhl stand neben ihrem, und sie reichte ihm ihre Tasse und drehte ihm den Rücken zu, um sich an ihn zu lehnen, wobei sie die Beine hochschwang, um die Füße auf das Balkongeländer zu legen, sodass ihr das weiße Spitzenkleid die Schenkel hochrutschte, und wandte das Gesicht der Sonne zu.

»Die kleine Rosiposi«, sagte sie, »so ein ungezogenes Mädchen.«

Haig hob leicht befremdet die Augenbrauen, dann wanderte sein Blick über ihren Körper, während er sich so hinsetzte, dass sie sich bequemer anlehnen konnte. Sie passten wieder zusammen.

»Warum ist Rose nicht hier, um mit Sam zu reden?«, fragte Haig mich. »Das ist wirklich fies. Er hat das Recht auf ein richtiges Gespräch. Wir können uns den Tag über verdrücken und die beiden allein lassen.«

»Sie sagt, er redet noch immer so, als hätte er es nicht akzeptiert. Sie haben heute früh telefoniert. Er muss sie ernst nehmen, ihre Entscheidung, dann trifft sie sich mit ihm.«

»Sie erwartet, dass er sich in weniger als einem Tag mit so einer Neuigkeit arrangiert?«, fragte Haig. »Das ist krass.«

»Wie lange würdest du brauchen?«, fragte Ngaio und stupste ihn mit dem Kopf an die Brust.

Haig schwieg, ein Lächeln auf dem Gesicht, und ließ einen Augenblick verstreichen. Offenbar genoss er die Vorstellung, er könne gelassen reagieren, wenn seine Frau ihn verließ.

»Nun?«, fragte sie.

»Irgendwas zwischen einer halben Stunde und zwanzig Jahren«, sagte er.

»Das werde ich mir merken«, sagte sie lakonisch.

Rose war dagegen gewesen, dass Sam nach Corniglia kam. Das hatte sie mir morgens am Telefon gesagt. Sie hatte nicht die Absicht, sich mit ihm zu treffen, nur weil er das wollte. Statt versöhnungsbereit aufzuwachen, wie Sam gehofft hatte, rannte sie, so schnell sie konnte, in die andere Richtung. Sie und Flavio brauchten Abstand. Das verdiente Flavio, wurde mir mitgeteilt.

»Wir rufen Rose nachher an, wenn Sam hier ist, dann kommt sie sicher«, sagte Ngaio. »Wahrscheinlich hat sie Angst vor ihm. Wir werden ihr sagen, dass er sich beruhigt hat. Wird er ja wohl. Aber Jess ist sauer, dass sie nicht zurückgerufen hat. Und ich finde es ehrlich gesagt auch nicht so toll. Das hier sollte doch eigentlich ein Familienurlaub werden.«

Ich stand auf, um zu sehen, ob ich Jess und Sam auf der Straße entdeckte. Es gab kein Zeichen, weder von ihnen noch von anderen Reisenden. Sicher würden wir die Ankunft des Zuges hören, der Tag war so still, die Luft so ruhig. Dort unten zwischen der lilafarbenen Bougainvillea und der schimmernden Bucht wartete Jess, ihr Gesicht grimmig wie ein Grabstein. Sie würde Sam an sich drücken, eine große Ernsthaftigkeit zwischen den beiden, während sie die Stufen vom Bahnhof dem zu grellen Sonnenlicht entgegenstiegen.

»Nur, damit du es weißt: Bevor sie ging, hat sie den Befehl erteilt, nicht anzusprechen, dass wir uns nur wegen Sam letzte Nacht solche Sorgen gemacht haben. Wir sollen Balsam auf seine Wunden streichen, bis Rose zur Besinnung kommt«, sagte Ngaio.

»Balsam kann ich mir nicht leisten«, sagte ich. »Von mir gibt's Essig pur.«

»Kleine Querulantin«, sagte sie, schwang ihre Beine zurück und stupste meinen Stuhl mit dem Fuß an. »Wusstest du wirklich nicht, was sie vorhatte? Mir und Haig kannst du es doch sagen. Ich mache dir keinen Vorwurf, falls du ihr nicht geglaubt hast. Aber sie muss dir doch erzählt haben, dass es Probleme zwischen ihnen gab.«

»Ich bin genauso verblüfft wie ihr«, sagte ich. »Noch verblüffter.«

»Oh, klar«, sagte sie.

Sie drapierte einen Arm über das Balkongeländer, lehnte ihren Kopf seitlich an die Schulter, ihr schönes Haar hing herab, ohne ihr Gesicht zu verdecken. Aus der Entspanntheit ihrer Gliedmaßen sprach Befriedigung. Offenbar hatten sie die Erleichterung über die guten Neuigkeiten genutzt, um die hässliche Szene, die zwischen ihnen vorgefallen war, beiseitezuschieben und sie in Verlangen zu verwandeln. Haig stützte seinen Ellbogen auf die Rückenlehne ihres Stuhls, und sie sah ihn an. Er würde sie im Gleichgewicht halten, darauf vertraute sie. Sie bestrafte ihn dafür, dass er sie liebte, doch in jenem Augenblick fragte ich mich, ob er sich nicht von der Art, wie sie ihn hinhielt, angezogen fühlte, ob genau das ihre tiefere Schönheit für ihn ausmachte.

Als er sie kennengelernt hatte, war sie eine junge Frau gewesen, von auffallender Schönheit. Das war sie immer noch. Er hatte hoch gepokert und den Preis schließlich gewonnen. Was auch immer ihn der Sieg seither gekostet hatte, vielleicht betrachtete er sich als mutigen Mann. Und seine Stärke stand unmittelbar im Verhältnis dazu, wie sehr Ngaio emotional zu kämpfen hatte. Doch er würde es sich nie eingestehen, dachte ich.

»Was ist mit Mark? Jess schien gestern Abend sauer auf ihn zu sein«, sagte ich. »Aber was hätte er von Neuseeland aus tun können?«

»Es war der Ton, der ihr nicht gepasst hat«, sagte Haig. »Als sie ihm von Rose geschrieben hat, hat er so etwas geantwortet wie: Kümmere du dich um deine Probleme, und ich kümmere mich um meine.«

»Das ist wirklich fies«, sagte ich. Ich mochte mir eine geringfügige Katastrophe im Leben meiner Schwester wünschen, aber nicht, dass Mark sie in einem so beängstigenden Augenblick wie der vergangenen Nacht hängen ließ.

»Er hätte ein bisschen Mitgefühl für Rose zeigen können oder wenigstens für Jess«, sagte Ngaio.

»Ach, komm! Sie hat einen Manager geheiratet, keinen Taschentuchhalter«, sagte Haig.

»Red nicht so«, sagte sie. »Er war nicht fair zu ihr. Jess ist viel sensibler, als sie immer tut.«

»Das weiß er aber nicht«, sagte ich.

»Ach, doch, ich glaub schon«, sagte Ngaio spöttisch. »Heute früh haben sie eine halbe Stunde geredet. Ich habe gelauscht. Es klang, als wäre zwischen ihnen alles okay.«

Wir erschraken, als Jess die Tür zum Treppenhaus aufriss und Sam in die Wohnung ließ. Automatisch erhoben wir uns, als verlangte das Eintreten dieses Mannes Hofetikette.

Sam blieb mitten im Raum stehen. Er sah sich um und schien mit einer knappen, wedelnden Handbewegung zu sagen: Warum hier? Warum bin ich hier?

Er schauspielerte.

Der Raum war nicht groß genug, um orientierungslos zu tun. Er tat es trotzdem. Sam wollte uns sofort auf seiner Seite, unter dem Kommando seines Elends.

Ich kam aus der Sonne herein. Aus der Nähe konnte ich sein Gesicht genauer sehen. Er schauspielerte nicht nur.

Die Explosion in ihm, ausgelöst durch Rose' Fahnenflucht, hatte sich an die Oberfläche gearbeitet, man sah sie in der zerstörten Perspektive seines Blicks, der unsicheren Lüge seiner Lippen.

Er begrüßte uns nicht.

Ngaio sagte: »Hallo«, und es klang viel zu normal, obwohl ihr Tonfall übertrieben mitfühlend war. Es gab keine Wangenküsse, kein Händeschütteln. Wir konnten ihn nicht berühren. Vielleicht gehörten wir sowieso nicht mehr zueinander oder jedenfalls bald nicht mehr.

Doch das hatte er noch nicht akzeptiert. Ich sah, wie bewusst er diesen Moment inszenierte – an der Art, wie er den Kopf neigte, als er sich an Jess wandte, ohne etwas zu sagen. Er schuf eine Arena um sich herum, positionierte sich jenseits jedes Zweifels, dieser wahnsinnig empfindsame Mann. Sein Schweigen war eine Forderung. Wir sollten seine Gefühle bezeugen.

»Tut mir leid, dass es so weit gekommen ist«, sagte Haig.

Es klang lächerlich.

Sam sah ihn kaum an, schien jedoch ins Straucheln zu geraten.

Das hier war kein geschultes Publikum, wir waren nicht Rose, die wusste, wie sie auf seine Stichworte zu reagieren hatte, und die er in uns gesehen haben musste.

Er ließ die Schultern hängen. Als Jess sagte, sie würde ihm Kaffee machen, nickte er.

Er zog einen Stuhl unter dem Tisch hervor und setzte sich.

Ich fragte mich, ob er wohl nichts gesagt hatte, weil er seiner Stimme nicht trauen konnte, und setzte mich neben ihn. Da auch mir die Worte fehlten, hob ich die Hand.

Er schnappte sie, hielt sie zwischen seinen fest. Ich erschrak. Nie zuvor war ich ihm so nah gewesen. Ich fühlte mich gefangen und stark von ihm angezogen, als ich in seine Tiefe blickte, in die auch Rose geblickt haben musste, die innere Macht des Mannes.

»Du hast es gewusst«, sagte er, seine Stimme sanft und angespannt.

»Nein.«

Er wandte mir sein Gesicht zu, seine feinen Züge ganz nah, die dünne Haut der Schläfen, die Knitterfalten um seine Augen. Seine Lippen waren trocken.

Noch immer hielt er meine Hand umklammert.

»Du wusstest, was sie vorhatte.«

»Sie hat mir kein Wort gesagt, sie ist einfach verschwunden«, sagte ich. »Deshalb haben wir dich ja angerufen.«

»Ach, ja«, sagte er.

Jess hatte sicher auf dem Weg hierher mit ihm darüber gesprochen, aber ich war etwas anderes. In seinem Blick lag intensive Konzentration. Er prüfte mich. Ein Hauch seiner sonstigen Arroganz kehrte in seine Haltung zurück. Vermutlich dachte er, meine Ahnungslosigkeit bedeutete, dass keiner von uns von Flavio wusste. Rose gehorchte ihm noch, hatte uns nichts von ihrem Liebhaber erzählt.

Jess hatte sich an seine andere Seite gesetzt und stellte eine Kaffeetasse vor ihn.

Der Blick, den sie mir zuwarf, bedeutete mir, abzuzischen, weil mein kleiner Moment mit dem berühmten Mann vorbei war und jetzt eine Person seines Kalibers übernahm.

Doch er hielt noch immer meine Hand.

Mit der anderen nahm er seinen Kaffee.

»Vielleicht hat sie recht, mich zu verlassen«, sagte er leise. »Ihr eigenes Leben zu leben.«

»Natürlich nicht. Sie ist verwirrt. Sie kommt schon zur Vernunft«, sagte Jess, und ihre Stimme schwankte zwischen Mitgefühl und dem Elan, den sie einzusetzen versprach, um die Dinge geradezurücken. »Wir müssen nur aufpassen, dass wir sie nicht in Verlegenheit bringen, weißt du, wir müssen ihr den Rückweg leicht machen. Ich werde versuchen, das Ganze runterzuspielen.«

»Runterspielen?«, sagte er. »Darauf bin ich noch gar nicht gekommen.«

Er sagte es mit absteigendem Tonfall, der Pathos unverkennbar. Meine Seele ist zu groß, wollte er damit sagen, um sich so eine Strategie auszudenken.

Langsam drehte er sich zu mir.

»Was denkst du?«

Meine Hand war jetzt unter seiner gefangen, auf seinem warmen Schenkel. Ich dachte: Rose, lass nicht zu, dass er dich berührt, wenn du ihn triffst. Kein Wunder, dass sie einen Liebhaber brauchte, um seinen Fängen zu entkommen. Ich sah jetzt, was sie all die

Jahre so unwiderstehlich gefunden hatte, trotz des Preises, den sie für seine Gesellschaft zahlte: die verführerische Macht seiner Nähe, wenn er Aufmerksamkeit demonstrierte, die Anziehungskraft eines Egoismus, der seine Ziele so oft erreicht hatte, dass er eine gewisse Erhabenheit ausstrahlte.

»Rose ist ein sehr ernsthafter Mensch«, sagte ich.

Er wusste, was ich meinte. Rose ist weder eine Frau mit oberflächlichen Vorsätzen noch ein Kind, das man mit einer List dazu bringen kann, zu gehorchen.

Mit einem subtilen Schubser ließ er meine Hand los. Für einen Augenblick wünschte ich, ich hätte die Worte zurücknehmen können, das Spiel so spielen, wie Jess es vorgeschlagen hatte, auch wenn Sam viel zu schlau war, um sich ernsthaft darauf einzulassen.

Doch dann applaudierte ich Rose innerlich. Sie hatte ihre Abhängigkeit von diesem Mann durchbrochen.

Jess protestierte, natürlich sei Rose eine ernsthafte Frau, aber was heiße das schon? Nichts, sagte sie, und wenn so etwas wie das hier aus heiterem Himmel passiere, sei Rose offensichtlich nicht bei Verstand.

»Was heißt schon bei Verstand sein?«, murmelte ich an Sams Hinterkopf gewandt. Er hatte Jess zugehört, doch als ich aufstand, um wegzugehen, drehte er sich mit einem Ruck zu mir um.

»Hast du noch mal von ihr gehört?«, fragte Jess.

»Heute früh, ja. Sie meldet sich, wenn sie so weit ist.«

»Versuch, sie zu erreichen«, sagte Jess mit unverhohlener Feindseligkeit.

Ich tat es, weil ich ganz genau wusste, dass Rose ihr Handy ausgeschaltet lassen würde, bis wir später am Nachmittag telefonieren wollten. Es war Flavio, dem sie nun zuhörte. So ist Verlangen, eine partielle Blindheit und Taubheit, eine extreme Wahrnehmung zweier Menschen.

»Sie wird sich die Sache noch mal gründlich durch den Kopf gehen lassen«, sagte Ngaio sanft zu Sam. Sie stand an der Tür zum Balkon, die Sonne hinter ihr ließ ihr Haar leuchten. »Oder sie ruht sich aus. Habt ihr gestern Abend noch lange geredet?«

»Ziemlich lange«, sagte er mit einer Stimme, die so klang, als wäre es das zärtlichste Gespräch seines Lebens gewesen.

»Ich brauche immer viel Schlaf, wenn ich aufgebracht bin«, sagte Ngaio. »Ich bin dann einfach erschöpft.«

»Stimmt gar nicht!«, sagte Haig. »Du kannst dann überhaupt nicht schlafen.«

»Nicht immer!«, sagte sie, genervt. »Manchmal kippe ich einfach um. Wenn ich geweint habe, kippe ich immer um.«

»Na, hoffentlich ist sie nicht auch umgekippt«, sagte Haig.

Sam war jetzt aufgestanden und wandte sich an mich, ihre Unterhaltung offenbar unerträglich für ihn.

»Weißt du, wo in Monterosso sie wohnt?«, fragte er mich.

»Nein.«

Ich hörte ihn ungleichmäßig ausatmen. Er konnte nicht wissen, ob ich ihm die Wahrheit sagte oder nicht.

»Du hättest sie fragen sollen, zu ihrer eigenen Sicherheit«, sagte Jess.

»Sie ist ziemlich sicher, denke ich«, sagte ich.

»Bitte frag sie, falls sie sich meldet«, sagte Sam, »wo wir sie finden können.«

»Nein«, sagte ich.

»Du musst! Was redest du da?«, sagte Jess. »Du darfst dich da nicht einmischen. Du musst tun, was du kannst.«

»Das ist Rose' Sache.«

»Wir versuchen, ihr zu helfen«, sagte Jess mit erhobener Stimme. »Sie braucht uns! Sie sitzt da in wer weiß für einem Zustand.«

Ich zuckte die Schultern. »Ist ja nicht so, als wüsste sie nicht, wo sie uns findet, wenn sie uns braucht. Was habt ihr denn verabredet?«, fragte ich Sam. »Wann hat sie dich angerufen?«

Er drehte sich um und ging, ohne zu antworten, auf den Balkon, der Blick, mit dem er mich bedachte, feindselig. Er hatte mir nicht abgenommen, dass er mir leidtat. Die Erkenntnis, wie begrenzt seine Macht war, Menschen für seine eigenen Zwecke zu missbrauchen, war bitter.

Ngaio tauchte neben ihm auf, knetete ihre Hände, neigte sich ein wenig, um ihm ins Gesicht zu sehen, und ich sah, wie er nachgab, wie er sich ihr gegenüber entspannte. Hier war er, gefangen mit Rose' Schwestern, seiner größten Hoffnung, sie so schnell wie möglich zu erreichen, bevor sein Rivale seinen Einfluss auf sie zementierte. Und während er über den Verlust der Frau, die er liebte, nachsann, musste er auch noch um uns buhlen, damit wir ihm halfen.

Ich setzte mich aufs Sofa und schrieb Adrian. Jess ließ sich neben mir nieder. Ich ignorierte sie und tippte weiter. Adrian hatte am Morgen eine Nachricht geschickt, um sich zu erkundigen, was passiert war und ob es mir gut ging.

Ich hatte mir mit der Antwort Zeit gelassen. Ich hatte es geschafft, ihn zu mir zu ziehen, ihn aus der Ferne mit der Möglichkeit einer Tragödie zu faszinieren. Solange er nicht wusste, dass Rose in Sicherheit war, hatte ich noch sein Versprechen, dass er nach Corniglia kommen würde. Was, wenn ich ihn nun belog, wenn ich seine Aufrichtigkeit auf die Probe stellte, ihn zwang, bei mir zu sein? Er hätte keine Möglichkeit, zu erfahren, dass ich ihn reinlegte, bevor er hier war. Ich hatte angefangen, mit dieser Fantasie zu spielen: seine Ankunft am Bahnhof. Ich würde ihn abholen, wir würden den Berg hinaufgehen, durch das Dorf, zu mir, er und ich, so wie es nie gewesen war. Ich versuchte, einen Blick auf uns beide zu erhaschen, zusammen an diesem bezaubernden Ort, wie wir uns ansehen würden, was wir sagen würden, nachdem ich wusste, dass er Wort gehalten hatte, nachdem er sich selbst bewiesen hatte, wie viel ich ihm bedeutete. Ich konnte ihn mir mühelos in meinem Zimmer vorstellen, auf meinem Balkon, wo er das Morgenlicht bewunderte, wie er abends unter den Platanen auf dem Dorfplatz Wein trank. Doch es blieb eine Fantasie, ganz abgesehen davon, dass ich ihn nicht mit einer List gewinnen konnte. Einen Augenblick der Rechtmäßigkeit hatte es gegeben, als ich dort auf dem Balkon hockte, doch er war vorbei.

Es tat weh, ihm zu schreiben, dass Rose wiederaufgetaucht war.

»Du bist grausam«, sagte Jess. Sie saß mit leicht geöffneten Beinen, die gekrümmten Finger auf den Oberschenkeln, doch ich erlag nicht der Illusion, dass sie entspannt war. Hätte sie die Wahl gehabt, sie hätte mir den Kopf abgerissen und den Inhalt auf den Boden gekippt.

»Nein, bin ich nicht.«

»Hörst du mir mal zu?«

Ich tippte weiter.

»Du bestrafst jeden, auch dich selbst, seit Dad Mum verlassen hat«, sagte sie. »Missbrauch Rose nicht für deine Rache an den Männern dieser Welt.«

Ich lachte.

Rose wiederaufgetaucht, schrieb ich. *Hat Sam für neuen Liebhaber verlassen Riesendrama.*

»Du musst Sam sagen, wo sie ist«, sagte sie. »Du weißt doch gar nicht, in was für einer Verfassung sie ist. Das kann man nicht am Telefon klären. Er muss zu ihr.«

Ich sendete meine Nachricht. Wäre Jess schnell genug gewesen, um hinzusehen, hätte sie alles gewusst, über Rose. Sogar über mich, oder zumindest, dass ich jemandem schrieb, den ich unter dem Namen *Danseur Noble* gespeichert hatte.

»Hast du Mark erzählt, dass wir wissen, dass es Rose gut geht?«, fragte ich.

»Natürlich habe ich ihm das erzählt!«

»Was hat er gesagt?«

»Was spielt das jetzt für eine Rolle?«, fragte sie, stand auf und stolzierte davon.

»Was du über mich gesagt hast, mit dem Bestrafen«, sagte ich zu ihrem Rücken, der sich entfernte, »ist Quatsch.«

Sam war vom Balkon wieder reingekommen. Er blieb neben dem Sofa stehen und wartete den Bruchteil einer Sekunde, den es dauerte, bis ich begriff, dass er meine Aufmerksamkeit verlangte.

»Ich muss mit dir reden«, sagte er.

»Ja?«

»Allein.«

Ich öffnete die Tür zu Rose' Zimmer, ließ ihn eintreten und schloss die Tür hinter uns.

Er blickte sich um, der Koffer auf dem Boden, ihr Schal noch auf dem Bett.

»Hier hat sie geschlafen«, sagte er. Die Einsamkeit in seiner Stimme war nicht aufgesetzt. »Würdest du die Fenster schließen?«

Er saß gebeugt nahe dem Kopfende des Bettes zur Schrankseite, als ich mich wieder zu ihm umdrehte, seine Hand gespreizt auf der weißen Bettdecke. In den verspiegelten Schranktüren sah ich, wie sein Blick über das Kissen wanderte und seine Lippen sich bewegten. Dann hob er den Blick und sah im Spiegel, dass ich ihn beobachtete. Er fuhr herum, immer noch im Sitzen, und ich war froh, dass uns ein Doppelbett trennte.

»Rose hat einen sehr seltsamen Menschen kennengelernt.«

»Seltsam?«

»Einen Mann.«

Es lag Anstrengung in diesem Geständnis.

»Du kennst ihn?«, fragte ich. »Du weißt, dass er seltsam ist?«

»Er ist ein Idiot.«

Er spuckte die Worte aus. Dann wischte er sich mit dem Handrücken über die Lippen, als hätte die Erwähnung des anderen sie beschmutzt. Ich kannte Sam seit zwölf Jahren, und mir kam es vor, als befände sich der seltsame Mann hier mit mir im Zimmer.

»Er ist zehn Jahre jünger als sie«, sagte er. Er lachte verächtlich auf. »Und weißt du, warum er sie will? Meinetwegen. Weil sie mit mir verheiratet ist. Verstehst du?«

Er streckte schwach die Hand nach mir aus, die Hand, mit der er sich gerade den Mund abgewischt hatte, und ließ sie wieder sinken. Die Erbärmlichkeit dieser Geste sollte wohl den Eindruck zerstören, die Bosheit und Eitelkeit dessen, was er sagte, sei Teil seines Charakters. Sie sollte suggerieren, sein Verhalten sei nur den Umständen geschuldet. Dem Umstand dieses Mannes, den er kannte und auch wieder nicht.

»Verstehst du, du musst mir helfen, ihr zu helfen, sich zu restaurieren«, sagte er, mit plötzlich elegantem Umgangston, als würde er mich zu einer exklusiven Soiree einladen und es ginge bei der Restaurierung um ein Kunstwerk in seinem Besitz und er brauchte diesbezüglich einen Rat.

»Ich sehe nicht, was ich tun kann«, sagte ich ausdruckslos.

»Du kannst alles tun«, sagte er. »Rose hört auf dich, das weißt du sehr gut, vielleicht vertraut sie dir mehr als irgendjemandem sonst, mehr als mir.«

Er brachte ein selbstironisches Grinsen fertig, während er sprach.

»Sie hat mir nicht erzählt, was sie vorhatte. Sie hat mir nicht von ihm erzählt.«

Sein Blick wurde hart.

»Sie schämt sich«, sagte er.

»Nicht vor mir. Rose und mir ist nichts voreinander peinlich.«

Er stieß ein tiefes Stöhnen aus, senkte den Blick, wandte sich ab und stand auf. Ohne ein Wort zog er seine leichte Sommerjacke aus, warf sie aufs Bett und kickte seine Schuhe fort, während er sich hinlegte und ausstreckte, ließ sich demonstrativ gehen, weil ich ihm bewiesen hatte, dass ich die Mühe nicht wert war, die Fassade aufrechtzuerhalten.

Dennoch war etwas zutiefst Betrübliches an seinem auf dem Rücken liegenden Körper – dem dünnen Leinenhemd, der Hose, die sich um seine Hüfte drapierte, als er sich auf die Seite drehte. Er war gebrochen.

»Deine Schwester«, sagte er, erneut mit dieser wedelnden Handbewegung, die Augen geschlossen, »wenn sie kommen könnte.«

»Jess?«, fragte ich.

»Ja, Jess«, sagte er und sprach ihren Namen behutsam aus, »wenn sie mit mir reden könnte.«

Ich blickte mich um, als ich zur Tür hinausging. Durch halb geschlossene Augenlider beobachtete er mich aufmerksam.

Ich fand Jess in der Küche.

»Er will dich, Sam will dich.«

Sie trank gerade den letzten Schluck Kaffee und stellte Tasse und Untertasse mit äußerster Vorsicht auf den Tisch. Dann kam sie auf mich zu und fasste mich an den Oberarmen. Ihre Hände fühlten sich auf meiner Haut feucht und stark an. Ich versuchte nicht, mich zu befreien. Ich war ziemlich sicher, dass ich im Vorteil war, und dieser Vorteil war Flavio. Sie machte eine dramatische Pause, und als sie sprach, tat sie es mit sanfter Stimme, als würde sie mit einem Kind reden.

»Hör mal, ich weiß, du hast eine grauenhafte, aufreibende Nacht durchgemacht«, sagte sie. »Und du und Rose, ihr steht euch sehr nahe, du willst sie nur beschützen, das weiß ich. Und du spielst eine sehr zentrale Rolle«, ihre schwitzigen Hände lösten sich von meinen Armen und umklammerten sie erneut, »eine sehr zentrale Rolle bei allem, was passiert ist. Aber Tatsache ist, dass Rose so viel zu verlieren hat. So viel. Und wenn ihr das klar wird, vielleicht zu spät, wird sie uns nicht danken, dass wir ihr jetzt nicht geholfen haben. Verstehst du das nicht?«

Sie schüttelte mich einmal kurz. Es gab einen Moment der Versuchung, als mir durch den Kopf schoss, dass ich ihren Griff lösen könnte, indem ich meine Arme drehte und zwischen ihren hochriss. Doch ich wusste, was ich zu sagen hatte, würde so ziemlich denselben Effekt haben.

»Ich glaube, da liegst du falsch. Rose hat einen Liebhaber.«

Ihr Blick verlor seinen Fokus angesichts dieser außerordentlichen und unwillkommenen Information.

Sie ließ mich los, wich zurück, sah mich misstrauisch an.

»Das kann nicht dein Ernst sein.«

»Er heißt Flavio.«

»Du kennst ihn!«

»Nein, Mann. Sie hat es mir nur erzählt.«

Sie kam wieder auf mich zu, packte meinen Arm, nur einen diesmal, und schüttelte ihn.

»Sag Sam nichts davon! Hast du?«

»Nicht nötig. Er weiß Bescheid. Er kennt ihn sogar.«

Sie ließ mich wieder los. Ihr Blick irrte im Zimmer umher. Wie sollte sie sich ihren eigenen hohen Ansprüchen entsprechend benehmen, wenn andere Leute sich so bizarr verhielten?

»Er wartet auf dich«, sagte ich. »Sam.«

Doch sie blieb vor mir stehen, mit offenem Mund. Ich nahm an, dass Sam mit ihr sprechen wollte, weil er ihr genau dasselbe sagen wollte wie mir, dass Rose auf ein zweifelhaftes Individuum hereingefallen war, in der Hoffnung, uns dazu zu bewegen, alle Mittel, die uns zur Verfügung standen, einzusetzen, um an Rose heranzukommen. Er mochte Jess auch bitten, Dad zu kontaktieren, oder irgendjemanden oder irgendetwas, um Rose unter Druck zu setzen.

Besser, *ich* brachte Flavio ins Spiel, um Sams Macht zu schwächen.

»Er ist hier bei ihr in Monterosso«, sagte ich. »Sie hat es sich nicht leicht gemacht. Sie brauchen etwas Zeit.«

»Sie brauchen Zeit! Sie? Das Letzte, was sie brauchen, ist Zeit. Hat Rose auch nur die geringste Ahnung, was sie tut?«

»Tja, wie Dad sagen würde, irgendwann entdeckt jeder die Machtlosigkeit des menschlichen Herzens, sich selbst zu verleugnen.«

Es amüsierte mich, Jess diesen Satz um die Ohren zu schlagen. Ich konnte die Seite des Briefes vor mir sehen, während ich sprach. Ich hatte diese Worte nie laut ausgesprochen, und es änderte nichts daran, dass sie einen unechten Nachklang hatten.

Sie schnappte nach Luft. »Dad? Wann hat er je so etwas gesagt! Du denkst, er würde das hier gutheißen? Er ist mit Mum durch die Hölle gegangen, bevor er sie verlassen hat. Rose auch? Sag es mir. Rose auch?«

Ich schwieg. Ich dachte: Du bist so was von verdorben, Jess, ich habe keine Lust, mich mit dir zu streiten.

»Was für eine Demütigung«, sagte sie, während sie zurückwich. »Ich kann es nicht fassen. Wie entsetzlich, wie entsetzlich für Sam.«

Ngaio kam herein.

»Was soll die Aufregung?«, fragte sie. »Ich dachte, wir hätten davon schon genug gehabt.«

»Rose hat was mit einem anderen Mann angefangen«, sagte Jess, während sie das Zimmer verließ, ihre Stimme triefend vor Empörung. »Das ist es, was wir schließlich erfahren!«

»Was mit einem anderen angefangen? Was meint sie?«

»Er heißt Flavio, und er ist Rose' neue Liebe«, sagte ich.

Dafür, dass ich ihm nie begegnet war, begann ich, mich für Flavio ziemlich verantwortlich zu fühlen. Wenigstens war das klaffende Loch in der Geschichte, der unsichtbare Mann, in den jeder hineingelaufen war, endlich enttarnt.

»Verdammte Scheiße! Sie ist echt ausgebrochen.« In Ngaios Stimme lag ein frivoles Trällern. Sie rief nach Haig, der fast unverzüglich erschien. »Rose ist mit jemandem durchgebrannt!«, flüsterte sie melodramatisch.

»Sie ist nicht durchgebrannt. Die beiden sind in Monterosso«, sagte ich laut. »Sam weiß Bescheid.«

»Willst du mir erzählen«, sagte er, »dass es das ist, worum es hier wirklich geht? Wie haben wir das herausgefunden? Hat Sam es dir erzählt?«

»Sie hat es mir selbst erzählt.«

»Und du hast uns nichts gesagt?«, sagte Ngaio.

Ich sah von einem zum anderen.

Mir ging auf, dass Rose etwas von der Feinseligkeit, der sie verständlicherweise entgehen wollte, geschickt auf mich umgeleitet hatte.

»*Sie* sollte es euch erzählen. Nicht ich. Aber Sam ist sowieso dabei, alles auszuplaudern.«

»Und wer ist der Typ?«, fragte Haig. »Sie lässt uns den Strand nach ihr absuchen, während sie es mit jemandem treibt?«

Ich bedachte ihn mit einem Blick, der einer Ohrfeige gleichkam.

»Er ist Italiener. Er ist jünger als Rose, sagt Sam.«

»Ich hoffe nur, er ist nicht irgend so ein grauenhafter Winkeladvokat. Er muss sich ziemlich gut verkaufen können, wenn er es schafft, sie von Sam wegzuholen«, sagte Ngaio.

»Sie ist doch kein Idiot«, sagte ich. »Es ist jemand aus ihrem Bekanntenkreis, Sam kennt ihn.«

»Okay, okay.«

»Rose hat ihn schon vor zwei Jahren kennengelernt. Es kam nicht von heute auf morgen.«

Doch ich hatte begonnen, mir Sorgen zu machen. Rose hatte mehr als zehn Jahre mit einem äußerst manipulativen Mann verbracht. Gut möglich, dass sie für einen anderen empfänglich war. Dass Flavio so viel jünger war, verunsicherte mich. In Gedanken verband ich ihn, vielleicht auch wegen ihres Verschwindens in der vergangenen Nacht, mit dem Umgang von damals, vor all den Jahren, als sie nachts davongeschlichen war. Was, wenn er eine Reinkarnation ihrer schlechtesten Wahl war?

Ich musste sie sehen, und Flavio auch.

Jess und Sam blieben etwa zwanzig Minuten in Rose' Zimmer und kamen dann heraus, um mit Ngaio und Haig zu besprechen – ich wurde nicht gefragt –, ob es einen Sinn hätte, nach Monterosso zu fahren, um nach Rose zu suchen.

Haig verwarf den Vorschlag. »Wir können sie doch nicht verfolgen. Es würde alles nur noch schlimmer machen.«

Ich mischte mich ein, um sie zu erinnern, dass Rose wusste, was sie tat.

»Ja«, sagte Haig. »Er bringt nichts, sie zu behandeln, als müsste sie vor sich selbst gerettet werden. Wir müssen ihre Wünsche respektieren.«

»Respektieren!«, sagte Jess. »Solch ein Verhalten! Wir sind alle hier, und Rose macht so was? Ich kann kaum fassen, dass wir diese Unterhaltung führen.«

»Du musst zugeben«, sagte Ngaio zu mir, »es ist ziemlich seltsam.«

Ich zuckte mit den Schultern. »Am Telefon klang sie ganz vernünftig.«

»Es ist die Vernunft dieser anderen Person, die infrage steht«, sagte Sam und warf mir einen vernichtenden Blick zu.

»Sie wird selbst herausfinden müssen, auf was sie sich da eingelassen hat«, sagte Haig zu ihm. »Oder hast du tatsächlich irgendwelche Informationen über diesen Mann? Gründe, etwas zu unternehmen?«

Sam fixierte Haig, als wäre sein Einwand eine Herausforderung gewesen, doch er antwortete nicht.

»Meiner Meinung nach geht es hier um die Scheidung von Mum und Dad«, sagte Jess. »Das ist eine verrückte verspätete Reaktion. Sie folgt einem unbewussten Skript in ihrer Psyche!«

Sam schenkte ihr einen dankbaren, traurigen Blick, seiner Verbündeten, schlau genug, um den einen halbwegs plausiblen Grund zu finden, warum es bei dieser Katastrophe möglicherweise nicht um ihn und die Qualität seiner Liebe ging.

»Sollen wir sie anrufen und ihr das sagen?«, fragte Ngaio. »Ich sehe keinen Sinn darin, in der Vergangenheit herumzustochern.«

»Ein paar Fragen zu ihren Beweggründen sollte sie sich schon gefallen lassen«, sagte Jess.

Sie starrte mich erbittert an, ihr Appetit auf ein Verhör war geweckt, und ich wagte es, Rose dabei zu helfen, unerreichbar zu bleiben. Jess' Strategie war jetzt eine andere als vor etwa einer Stunde, als es noch hieß, Rose solle nicht in Verlegenheit gebracht werden, ihre Flucht heruntergespielt. Flavio hatte den Tenor ihrer Ermittlungen dramatisch verändert. Die Waage der Gerechtigkeit ächzte.

»Dieser Typ sollte sie beantworten«, sagte Sam und unterbrach sich, um sein Handy aus der Tasche zu reißen. Seine nervöse Hast, sein halb offener Mund, als er die Nachricht las, und die offensichtliche Erschütterung der Enttäuschung auf seinem Gesicht, als er eilig antwortete und das Telefon zurückstopfte, waren weit von seiner üblichen Eleganz entfernt. Es war weniger als vierundzwanzig Stunden her, seit Rose ihm gesagt hatte, dass er ersetzt worden war. Er befand sich in einem Zustand der Fassungslosigkeit. Ich fragte mich, mit wem er kommunizierte, denn Rose war es nicht, da war ich mir sicher. Ihre Freunde wahrscheinlich, die sich immer wieder erkundigten und sich ebenfalls weigerten, das Unvorstellbare zu akzeptieren, obwohl es längst passiert war.

»Aber es ist ganz anders als bei Mum und Dad«, sagte Ngaio zu Sam. »Sie hatten uns Kinder. Ihr habt keine, und das ist ein großer Unterschied, deshalb glaube ich nicht, dass Rose ihre Geschichte nachspielt.«

Totenstille. Selbst Sams Erregung wurde von Ngaios Bemerkung unterbrochen. Eine Bitte, die er vor einer halben Ewigkeit ausgeschlagen hatte, holte ihn wieder ein, und nun war es viel zu spät, noch darauf einzugehen. Hätte es einen Unterschied gemacht, wenn er allen infrage kommenden Methoden zugestimmt hätte, doch noch ein Kind zu bekommen? Er würde es nie erfahren. Der Schmerz, den er jetzt empfand, hätte ihn vielleicht davon überzeugt, auf seine Frau zu hören, doch stattdessen erhaschte er nur noch einen letzten Blick auf sie.

»Es hat keinen Sinn, über die Vergangenheit zu spekulieren«, sagte Haig energisch, als wollte er Ngaios Bemerkung ungeschehen machen. »Wir müssen warten, bis sie so weit ist, über diesen Wendepunkt zu reden, das ist alles.«

»Wendepunkt!«, sagte Jess. »Ich würde es eher Sturzflug nennen.«

Ein weiblicher Absturz. Wo war die radikale Feministin geblieben?

Sie brachen zu einem späten Mittagessen auf, und ich verzog mich in der Annahme, dass meine Abwesenheit für Sam eine Erleichterung war. Ich legte mich auf mein Bett, die Balkontüren offen, die Fensterläden geschlossen. Streifen der Nachmittagssonne und das Flüstern einer ruhigen See durchdrangen das Zimmer, während ich darauf wartete, dass Rose anrief. In einer SMS hatte ich sie gefragt, ob sie und Flavio sich mit mir treffen würden.

Die unverständlichen Stimmen der Leute, die auf dem Weg zur Bucht am Haus vorbeigingen, drangen zu mir durch, unbeschwerte Gespräche wahrscheinlich über Badesachen und die Wassertemperatur. Um diese Tageszeit würde die Sonne den gegenüberliegenden

Hang abklopfen, sich akribisch die winzigen Schatten in den Spalten der Steinmauern entlangarbeiten. Weiter die Mauer entlang, und noch immer hatte sie nicht angerufen. Noch weiter. Vielleicht würde die Sonne untergehen, und die Badegäste würden vom Wasser zurückkehren, bevor Rose einfiel, sich zu melden.

Ich rief sie an. Sie hatte »gerade anrufen wollen«.

An den Hintergrundgeräuschen hörte ich, dass sie irgendwo auf der Straße waren und zweifellos einen verliebten Tag genossen.

»Er ist zehn Jahre jünger, sagt Sam.«

Es war unfair von mir, so über Flavio zu reden, während er in Hörweite war, doch inzwischen empfand ich ihm gegenüber auch ein wenig von Sams Aggression – auch mir war er lästig.

»Sieben.«

»Was macht er? Ist er Architekt?«

»Mantua«, sagte sie zugeknöpft. »Da müssen wir irgendwann mal hin. Flavio weiß eine Menge darüber. Er ist Historiker.«

Vielleicht waren sie durch ihr Video-Projekt zusammengekommen.

»Mantua? Wie passend, wenn es um Umtreue geht.«

»Lass das«, sagte sie, deutlich genervt.

Wir verabredeten uns für den nächsten Tag, sie beschrieb mir den Weg zu einem Café in der Nähe ihrer Pension, und wir vereinbarten, dass ich unser Treffen den anderen gegenüber nicht erwähnen würde. Ich hielt sie am Reden, indem ich triviale Fragen über Monterosso stellte, den Strand, ob sie den neuen Teil der Stadt erkundet hatte, weil ich hören wollte, ob sie irgendwann nach Sam fragen würde. Sie musste wissen, dass er in Corniglia war und dass ich ihn gesehen hatte. Zweifellos hatte Flavio in der Krise der vergangenen Nacht genug von ihrem Ehemann erdulden müssen. Dennoch verlor ich langsam die Geduld mit ihrer scheinbaren Unempfindlichkeit für das, was sie uns anderen abverlangte.

»Sam ist in einem ziemlich schlechten Zustand«, sagte ich.

Für einen Moment war es still.

»Du meinst, du findest, ich sollte mich mit ihm treffen?«

Nein, das meinte ich nicht. Mit ihrer Frage konfrontiert, sah ich zwei Gestalten vor mir, eingesperrt in einer extremen Gefühlslage, das nackte Grauen.

In der Stille, nachdem wir aufgelegt hatten, kam mir in den Sinn, dass ich Rose hatte erzählen wollen, wie sehr Sam litt, weil ich nicht sagen konnte, dass ich ebenfalls litt. Sie und ich waren von Anfang an Gefährtinnen gewesen. Ich hatte sie nicht an Sam verloren. Stattdessen hatte er sie gerettet, als ich es nicht konnte. Doch dieser neue Gefährte, den sie vor mir geheim gehalten hatte, vielleicht war das der Mensch, der sie mir für immer wegnehmen würde. Sie hatte ihr Leben radikal geändert, um mit ihm zusammen zu sein. Das bedeutete wohl, dass ich verdrängt wurde. Es war aufregend, dass sie jemanden gefunden hatte, der sie so in den Bann zog wie Adrian mich, doch im Gegensatz zu mir hatte sie alle Karten in der Hand gehalten und damit Entscheidungsfreiheit. In ihrem Fall war kein Kind im Spiel, was es leichter machte, doch es war frustrierend zu sehen, wie jemand anderes, selbst jemand, den ich so innig liebte wie Rose, bekam, was für mich unerreichbar war.

Und was Flavio anging – was für eine Art Mensch musste er sein, um Sam zu verdrängen, der kaum jemand war, den man einfach so verließ? Sam war ein Tyrann gewesen, das stimmte, doch auf seine eigennützige Art hatte er versucht, ein liebevoller Tyrann zu sein. Für mich fühlte es sich jetzt, viel stärker als erwartet, wie ein Verlust für uns alle an, das Ende ihrer Ehe, nicht auf Jess' eitelkeitsbeladene Weise, sondern weil es das Kappen von Bindungen, das Ende von Verbindlichkeiten bedeutete. Sam würde sich schnell mit Freunden und Speichelleckern umgeben. Doch wenn er allein war, würde da, wo vorher Rose gewesen war, eine Lücke sein, und er war zu schlau, sie gleich mit Zorn und Verachtung zu füllen. Er hatte viel Zeit gehabt, ganze zwölf Jahre seit ihrer ersten Begegnung, um etwas Bleibendes zu schaffen: eine beständige Liebe für ihn. Er würde nachts aufwachen und sich daran erinnern, wie es war, wenn sie neben ihm lag. Er würde an die ersten Monate zurückdenken, die Bereitschaft zu lieben. Er würde sie am Fenster stehen sehen, obwohl sie in Wahrheit längst fort war.

Sam würde nach dem Mittagessen dort im Restaurant mit Jess und den anderen unter den Olivenbäumen sitzen und Wein trinken, während sie irgendein belangloses Thema aufgriffen, das ihnen gerade in den Sinn kam, Small Talk die einzige Erleichterung, die sie ihm in der Öffentlichkeit bieten konnten. Ich ahnte, dass für Sam jedes Wort, das sie sagten, jede Geste, die sie machten, weit weg war, wie ein Theaterstück auf einer Bühne, betrachtet aus der letzten Reihe, weil er sie durch den Schleier seiner Sehnsucht, dass eine von ihnen Rose wäre, sah und hörte. Sein Kummer hatte ihn geöffnet. Eigentlich hatte er uns nur so viel von seinem aktuellen Gemütszustand zeigen wollen, wie nötig war, damit wir uns verpflichtet fühlten, ihm zu helfen; doch er konnte nicht kontrollieren, wie viel er preisgab.

Ich stand vom Bett auf, öffnete die Fensterläden zum Balkon und betrat die sonnengewärmten Fliesen, um die Küste nach Monterosso hinaufzusehen.

Adrian hatte nicht geantwortet. Er nutzte die Auflösung meiner Ängste, um sich in sein Familienleben zurückzuziehen. Es gab keinen Grund mehr für große Gesten, keinen Drang, das Muster zwischen uns aufzubrechen, in dem ich wartete und er so viel von sich für mich abzweigte, wie er konnte. Dachte er, ich könnte glücklich sein, nur weil er sich diese Mühe machte?

Was hätte es gebraucht, um Adrian dazu zu bewegen, so radikal wie Rose zu handeln? Eine andere Geliebte vielleicht. Als mich.

Irgendeine andere Frau, die für ihn das war, was Flavio für meine Schwester war. Adrian hatte etwas gesucht, als er mich umwarb, es war nicht der billige Kick, glaubte ich, auf den er aus war, sondern die Erfüllung eines ernst zu nehmenden Verlangens, und vielleicht war die einfache Erklärung für seine Tatenlosigkeit nicht seine Tochter oder das Misstrauen gegenüber den eigenen Gefühlen oder meinen, sondern die Erkenntnis, dass er in mir nicht fand, was er gesucht hatte. Vielleicht hatten die Monate, in denen er mich verließ, nur um zurückzukehren und mich wieder zu verlassen, den eigentlichen Beweggrund abgegeben, wie das Meer, das einen Gegenstand an den Strand spült, den es hierhin und dorthin getragen hat und schließlich preisgibt.

Ich hörte drinnen mein Telefon und wettete mit mir selbst, um die potenzielle Enttäuschung darüber klein zu halten, dass nicht er es war, sondern Jess oder Ngaio, die sich für heute Abend verabreden wollten.

Die Nachricht war von Adrian.

Fantastisch! Was für eine Erleichterung. Feiert schön. Du und deine ungezogene Schwester.

Ich drückte die Nachricht weg.

Draußen hatte die Sonne ihr Augenmerk verlagert. Von unten drang schwach das schrille Jauchzen lachender Menschen.

Was für eine Erleichterung. Ja, vermutlich war es das, da er nun seinen Familienurlaub wie geplant fortsetzen konnte. So schnell hatte er mich losgelassen, so leicht hatte er sich von dem Versprechen, zu kommen, wenn ich ihn brauchte, gelöst.

Erneut öffnete ich seine Nachricht, las sie und warf das Handy aufs Bett.

»Ungezogen.«

Das alte, abgegriffene Wort, einst so stark, inzwischen eher Märchensprache, sank in mich. Ungezogene Mädchen, du und deine

Schwester, hatte er gemeint. Er hatte mich von Anfang an nicht respektiert, mich, seine Komplizin. Das war die tiefere Wahrheit, die er, ohne es zu wissen, enthüllt hatte.

Ich zog meinen Badeanzug an. Ich gehörte nicht zu Sam und den anderen, und für mich selbst war ich auch kein guter Umgang.

Nachdem ich meine Tür abgeschlossen hatte, folgte ich dem Klang der Urlauber. Hinter der Kurve ging der Weg in steile Zickzackstufen über, die hinunter in die kleine Bucht führten. Ich stieg den ersten Abschnitt hinunter. Dort stand eine Holzbank. Von hier konnte ich die Schwimmer im Wasser sehen und andere, die von einem vorstehenden Betonpier sprangen, und Dutzende Leute, die auf den Felsen um den hufeisenförmigen Strand lagen. Es ging dann doch über meine Kräfte, mich zu diesen sorglosen Menschen zu gesellen. Wahrscheinlich las ich zu viel in Adrians unbeschwerter Nachricht. Ihr Tonfall war genauso oberflächlich wie meiner zuvor. Doch ich konnte den Schmerz, den ich empfand, nicht abschütteln. Nach so vielen Monaten hatte es auf dem Balkon neben dem Zitronenbaum für ein paar Sekunden die Chance gegeben, auf die ich vermeintlich gewartet hatte, nämlich dass er vor einer Wahl stand und mich wählte. Und ich war nicht in der Lage gewesen, sie zu ergreifen.

Während ich den Schwimmern zusah, schienen sie auf den Wellen zu hüpfen wie auf einem tiefblauen Trampolin. Ihre Leichtigkeit schimmerte wie die Sonne auf dem Wasser. Am anderen Ende der Bucht tauchten ganz am Rand des Schauplatzes zwei Jungs auf, dort, wo die Klippen ins Meer ragten. Der größere deutete mit einem langen, dünnen Arm auf die Kante, die steil nach unten abfiel, und der andere legte die Hand an seine kindliche Brust, wie eingedenk der Zerbrechlichkeit seines Körpers. Der größere Junge ging voran, als sie zu klettern begannen, wobei sich rieselnd Kiesel und Erdbrocken lösten.

Ein »Hey«-Ruf wurde zu mir heraufgetragen, jede Dringlichkeit des Wortes aufgelöst in der Sommerluft, als ein Mann auf der Betonplattform aufsprang. Die Jungen hatten ihn gehört. Sie blieben stehen, um sich anzusehen, kletterten jedoch weiter und wandten sich nach ein paar Metern zur Seite, um sich an der Klippenwand entlangzuhangeln, die übers Wasser ragte. Es war schwer, hinzusehen, und unmöglich, es nicht zu tun. Sie verließen sich auf kaum hervorstehende Schichten in den Felsen, auf die sie ihre Füße setzten. Die Pflanzenbüschel, an denen sie sich festhielten, hatten in so kargem Boden sicher keine tiefen Wurzeln. Nach etwa drei Metern fand der größere Junge Halt auf einem breiteren Vorsprung.

Der Mann, der eben geschrien hatte, warf sich in die Wellen und versuchte, immer noch rufend, zur Klippe zu gelangen. Rose und ich waren dort auch schon geschwommen, im Schatten des Berges. Vom Fuß der Klippe erstreckten sich unter Wasser weiße Felserhöhungen.

Darüber beobachtete der Junge, der auf dem festeren Vorsprung balancierte, cool, wie sein kleinerer Begleiter dieselben gefährlichen Manöver nachmachte, die ihn dorthin gebracht hatten, und wie der Fuß des zweiten Jungen nach Sicherheit tastete, seine dünnen Gliedmaßen zuckend wie die eines Insekts.

Andere Leute drehten sich neugierig um. Was hatte die Jungen dazu bewogen, auf die Klippe zu klettern? Welch innerer Zwang drängte sie an den Rand einer Katastrophe?

Erst als der kleinere Junge den breiten Vorsprung erreicht hatte, warf sein Gefährte sich mit einem wilden Freudenschrei in die Luft. Er stürzte mit den Füßen voran Richtung Wasser. Er musste irgendwo landen, wo es tief genug war, um seinen Sprung abzufangen. Ich spürte in den eigenen Knochen, wie er ins Wasser tauchte.

Sein Kopf brach durch die Oberfläche, und er stieß seine Faust in die Luft, als spottete er den Ängsten seiner Zuschauer.

Der kleinere Junge schien noch zu zögern, während er sich langsam auf dem Vorsprung vorwärtsschob, eine Hand ins Gras gekrallt.

Der Mann, der fast direkt unter ihm war, schrie wütend und machte mit den Armen wilde Rückwärtsbewegungen.

Der Junge hob den Kopf, als suchte er im wolkenlosen Himmel und nicht unter sich eine Antwort auf die Gefahr, in der er sich befand. Er musste sich gut vom Felsvorsprung abstoßen, wie der andere es getan hatte: Er musste den Wasserabschnitt zwischen den Felsen treffen. Die Stimme des Mannes schien die Luft zu ihm hinaufzuklettern, seine Glieder auszulaugen, ihm Angst zu machen. Er setzte einen Fuß vor und zog gleichzeitig die Schultern zurück, wobei sich Kiesel lösten. Bestimmt würde er das Gleichgewicht verlieren und abrutschen.

Der größere Junge war auf den am weitesten entfernten Unterwasserfelsen geklettert und stand dort knietief im Wasser, krempelte seine Badehose hoch, hochmütig und fürchterlich in seiner Lässigkeit. Als der Mann ihn erreichte, stieß er einen schrillen Schrei aus, und der Junge auf dem Felsvorsprung über ihm warf sich vorwärts, mit den Armen fuchtelnd, geräuschlos wie ein federloser Vogel, der Schwerkraft und Unerfahrenheit überantwortet.

Ich konnte nicht hinsehen.

Ich hörte das Platschen, als er auf die Meeresoberfläche traf. Als ich die Augen öffnete, zog ihn der größere Junge an der Hand auf den Felsen, wo er Wasser spuckte, die schmalen Schultern zitternd.

Doch für mich blieb er frei schwebend, im Angesicht der Gefahr angespannt, Arme und Beine im Flug gespreizt.

Die Euphorie des Sich-Ergebens, jenseits jeden Zweifels.

Vor dem Aufprall.

Am nächsten Morgen schaute ich in der Villa vorbei, um mich von Sam zu verabschieden. Beim kurzen gemeinsamen Essen am Abend zuvor hatte ich vorsorglich erwähnt, dass ich in La Spezia etwas erledigen musste, Baumwollbettwäsche, die ich kaufen wollte, als Tarnung für meine Pläne, mich mit Rose und Flavio zu treffen. Sam hatte die anderen mit liebevoller Vertraulichkeit behandelt und mich mit perfekter Kälte, sodass Ngaio mir eine Grimasse schnitt. Scheinbar war sie beeindruckt, dass ich jemanden zu einer derart virtuos inszenierten Ablehnung inspirieren konnte.

Es war vereinbart worden, dass Sam sich am folgenden Samstag mit Rose in Florenz treffen sollte, und so reiste er an jenem Morgen ab, um dorthin zurückzukehren. Es wäre zu qualvoll für ihn gewesen, noch länger in Corniglia zu bleiben, Rose ganz in seiner Nähe, aber für ihn unerreichbar, und in Gesellschaft unserer Familie, die ihn durch ihre Spracheigenarten und Gesten ständig an sie erinnerte.

Als ich in die Wohnung kam, saßen Sam und Haig am selben Tisch, wo wir an jenem langen Abend darauf gewartet hatten, von Rose zu hören. Sam stand wortlos auf und verschwand, ungeachtet der Unhöflichkeit gegenüber Haig, in Rose' Zimmer, wo er vermutlich in der vergangenen Nacht geschlafen hatte, und schloss die Tür. Ich redete mit den anderen, erzählte ihnen, dass Rose mir versprochen hatte, sich bald bei ihnen zu melden, und dass sie ruhig geklungen hatte, als die Tür zu ihrem Zimmer wieder aufgerissen wurde und Sam herauskam. Wahrscheinlich hatte er durch die Tür gelauscht und konnte dem Drang nicht widerstehen, so viele Informationen wie möglich zu ergattern, selbst wenn sie von mir kamen.

Ich wollte den Abschied nicht hinauszögern noch ihm mein Beileid aussprechen. Was ist demütigender als Mitleid von jemandem, dem man die Mitschuld am eigenen Leid gibt?

Als ich mich von Sam verabschieden wollte, kam er auf mich zu. Ich streckte die Hand aus, und er schüttelte sie kurz. In jenem letzten Moment spürte ich zwischen uns eine unfreiwillige Verbundenheit und dass er sie auch spürte. Vielleicht hielt er es für das Ergebnis vergangener Zeiten, einer Freundschaft, die nicht gänzlich geleugnet werden konnte, obwohl dieses Kapitel unseres Lebens endete, denn er konnte nicht wissen, wie nah ich mich ihm im Bewusstsein einer Zukunft fühlte, die so trostlos war, dass ich noch nicht bereit war, mir darüber Gedanken zu machen.

Ich ließ sie allein und nahm die von Pinien gesäumte Steintreppe hinunter zum Bahnhof.

Es war Vormittag, als ich in Monterosso ankam. Auf dem Weg vom Bahnhof in die Altstadt, wo ich mich mit Rose verabredet hatte, blickte ich von der Promenade auf den goldenen Strand hinunter. Er füllte sich bereits mit Urlaubern, die Reihen von Sonnenschirmen und Liegen vor den glitzernden Wellen aufgestellt. Ich ging langsam. Dieser neuere Teil der Stadt war hübsch – rosa Oleander und rosa Eiscreme und blaue Flipflops hingen auf Augenhöhe vor den Läden –, ein typischer Badeort, locker, unkompliziert.Ich ließ mich auf einer Mauer nieder, um nichts zu tun. Ich hatte Zeit, ich würde nicht zu spät zu meiner Verabredung mit Rose und Flavio kommen. Jetzt, wo das Treffen unmittelbar bevorstand, sträubte ich mich dagegen, sosehr ich mich auch vergewissern wollte, dass Rose keinen schrecklichen Fehler begangen hatte. Doch es war weniger als eine Stunde her, dass ich mich von Sam verabschiedet hatte, und es fühlte sich zu früh an, seinen Nachfolger kennenzulernen. Die Menschen sind schon eigentümlich. Ich hätte nicht sagen können, dass ich Sam mochte, er hatte Rose zu sehr eingeengt, aber ich hing an ihm.

Tja, ich war das erste Mitglied aus Rose' Familie, das Flavio kennenlernte, und ich würde mich bemühen, ihretwegen, nicht seinetwegen.

Ich folgte anderen Leuten, die an der Uferpromenade entlangliefen, zum Tunnel, der zur Altstadt führte. Einige blieben stehen, um die Nischen in den Tunnelwänden zu begutachten, wo Muscheln und Fischerei-Utensilien ausgestellt waren, und ich tat es ihnen nach. Doch dann trat ich wieder ins Tageslicht und stieg den Hang zum Dorf hinab, das wir in der vergangenen Woche besucht hatten, vorbei an der schwarz-weiß gestreiften Steinkirche, die, wie Rose erklärt hatte, typisch für den Baustil der Region war. Das Café lag nur zehn Minuten entfernt.

Nach ein paar weiteren Schritten sah ich sie, direkt vor mir an einem Tisch unter einem Torbogen in einem abgetragenen grünen Kleid, das, wie ich ihr schon mehrfach gesagt hatte, seine besten Tage hinter sich hatte, neben einem Vorhang lilafarbener Bougainvillea, der das Café von der Straße abschirmte. Sie hatte den Kopf zur Seite geneigt und hob eine Hand, um sich das Haar aus dem Gesicht zu streichen, während sie sich augenscheinlich sehr entspannt mit einem schlanken Mann in einem weißen Hemd unterhielt, der sich auf seinem Stuhl zurückgelehnt hatte und sie anlächelte. Das also war Flavio. Der Name hatte ein Gesicht und einen Körper und einen Stil, jungenhaft auf den ersten Blick. Als ich nur noch ein paar Meter von ihnen entfernt war, sah Rose plötzlich in meine Richtung. Sie stand hastig auf und stieß gegen den Tisch, als sie mich entdeckte. In ihren Augen standen Tränen. Sie umarmte mich, und ihre Arme zitterten. Die leichte Bitterkeit, die ich ihr gegenüber gehegt hatte, verflog. Meine Worte an Sam kamen mir wieder in den Sinn: »Rose ist ein ernsthafter Mensch«, und ich wusste, dass auch sie aufreibende Tage hinter sich hatte, trotz ihres Glücks.

Sie drehte mich zu Flavio um, der neben uns aufgestanden war. Sein Gesicht war schmal, mit einer großen Nase und dichten Brauen. Aus der Nähe sah er älter aus. Der Ausdruck in seinen dunklen Augen war weder freundlich noch unfreundlich, aber definitiv reserviert. Mir wurde klar, dass ich angenommen hatte, er würde versuchen, sich bei mir, bei Rose' Familie, einzuschmeicheln.

Wir bestellten Kaffee. Rose hatte das meiste von ihrem verschüttet, als sie aufgesprungen war, worüber er einen kleinen Scherz auf Italienisch machte, den ich nicht verstand.

»Entschuldigung«, sagte er. »Du sprichst kein Italienisch.«

»Ich kann sagen *la signora parlez Italiano non a casa.*«

Sie lachten.

»Der Mann in der Wohnung unter euch, jemand hat einen Kratzer in seinen Wagen gemacht, er hat um Hilfe gebeten.«

Doch die Erwähnung des anderen Ortes mit allem, was er implizierte, verursachte ein leichtes Zucken in der Atmosphäre.

Ein großer Teil von Rose' Leben, ihre älteren Schwestern und ihr Mann warteten ein Stück die Küste hinunter. Mit Sicherheit hatte sie über uns gesprochen. Ich brachte die Realität näher. Wir als Individuen würden in wenigen Tagen abreisen, doch Flavio würde noch entdecken, in welchem Ausmaß jeder von uns in Rose lebte. Das würde sich mit unserer Abreise nicht ändern. Sie hatten sich heimlich verliebt, er und Rose, ohne einander im Licht des realen Lebens zu sehen, das die verschiedenen Facetten eines Menschen erklärt. In gewisser Weise kannten sie sich kaum. Nur dass sie vermutlich, wie Adrian und ich, in der Lage waren, einander zu spüren, die wesentlichen Signale zu empfangen, die den anderen zum Geliebten und Gefährten machen.

»Hast du dich schon in Monterosso umgeschaut?«, fragte Flavio ziemlich förmlich.

»Ja. Wir waren hier, wann war das noch? Dienstag letzte Woche«, sagte ich. »Ich mag die kleine Kapelle in den Hinterstraßen. Das alte, schlichte Gebäude. Es war dunkel, aber freundlich.«

»Sie stammt aus dem dreizehnten Jahrhundert«, sagte er.

Ich konnte ihn heimlich beobachten, während er ein paar Bemerkungen zur Bauweise machte, weil er den Blick auf Rose richtete. Seine relative Jugend zeigte sich in der straffen Haut an seinem Hals im weißen Hemdkragen und den glatten Händen. Doch er und Rose wirkten als Paar nicht unpassend. Weil Rose wie verwandelt war.

Die aufgelöste Frau der vorletzten Nacht, die erschöpfte Gestalt, die sich mühsam aufgerichtet hatte, als ich sie vor ein paar Tagen am Strand weckte, strahlte jetzt. Sie sah aus, als wären die Zellen ihres Körpers mit einer neuen Substanz gefüllt worden, ihre extreme Schlankheit wirkte plötzlich jugendlich. Ihre Frisur war dieselbe, sie trug kein bisschen Schminke und hatte es offenbar nicht nötig, das hübsche neue Kleid, das sie gekauft hatte, zu tragen – ein Kauf, den ich jetzt verstand –, denn sie leuchtete von innen.

Das Gespräch kam auf Cinque Terre, die Umgebung und andere Orte, die einen Besuch lohnten. Flavio war höflich und informativ, doch seine Aufmerksamkeit wurde immer wieder von Rose abgelenkt. Ich konnte die Energie zwischen den beiden spüren. Laut Rose hatte er keine klare Vorstellung davon gehabt, was passieren würde, als er ihrer Aufforderung nachgekommen war, sie an der Küste zu treffen. Inzwischen schien er sich seiner Sache aber ganz sicher zu sein. Und mir wurde klar, dass Rose mit diesem Mann die Chance auf ein Kind hatte. Ich hatte keine Ahnung, wie bewusst ihr dieser Aspekt gewesen war, doch es war offensichtlich – in der Art, wie ihre Blicke sich trafen, und in der Art, wie er seine Hand hob, um sie zu berühren, und wieder zurückzog, nur weil ich dabei war, und in der Art, wie sie seinen Namen sagte. Alle Kräfte, die Leben schaffen, waren im Spiel.

Ich ging nach etwa fünfundvierzig Minuten, obwohl sie sagten, bleib, bleib, iss wenigstens mit uns zu Mittag. Dies war ihre Zeit. Ich war meiner selbst auferlegten Verpflichtung nachgekommen, zu überprüfen, ob Rose einen offensichtlichen Fehler beging.

Als ich mich verabschiedete, gab Flavio mir seine Telefonnummer, damit ich Rose auf jeden Fall erreichen könne, wenn ich mich vergewissern wolle, dass es ihr gut gehe, sagte er. Die unausgesprochene Botschaft dahinter war, dass Rose vielleicht erneut dem Zugriff von Sam ausweichen wollte, wenn es sich als notwendig herausstellen sollte. Es war eine offensichtliche Erklärung seiner Entschlossenheit, Sam zu ersetzen.

An der Ecke neben der Steinkirche, wo Rose sich vielleicht schon, als sie mit mir dort war, ausgemalt hatte, dass Flavio zu ihr kommen würde, drehte ich mich um. Sie saßen noch am Tisch. Flavio hörte zu, vertieft in was auch immer sie ihm erzählen wollte.

Es hätten Adrian und ich vor vielen Monaten sein können.

In jenem Augenblick fühlte es sich an, als würde sich mir die Kraft des Lebens öffnen, und ich empfand mich als unendlich winzigen Teil der Energie, die uns alle durchströmt und uns aufeinander zu treibt. Ich sah Rose und Flavio in der Dynamik dieser Energie gefangen, sie verschmolz die beiden, um sich zu erneuern, strömte durch sie hindurch und weiter, und sie würden vergehen, wie wir alle, das Leben selbst jedoch nie.

Ich wandte mich ab und ging durch die Menschenmenge. Als ich den höchsten Punkt der Straße zum Tunnel erreichte, blieb ich kurz stehen. Ich blickte auf den Strand unten, wo ein kleiner Junge ein Stück von der Wasserlinie entfernt, dort, wo der Sand trocken und locker war, mit einer blauen Schaufel und einem Eimer spielte.

Er war nackt und ganz in das, was er tat, vertieft, während er die Schaufel in den Sand schob, sie hob und den Sand in einem langsamen Strahl in seinen Eimer rieseln ließ. Für das Auge eines Tänzers oder vielleicht für jedes aufmerksame Auge lag in seiner Wirbelsäule eine herrliche Beweglichkeit, wie sein kleiner runder Hintern über den Fersen schwebte, seine weichen Schultern vorgewölbt. In dem kleinen gekrümmten Körper lagen Eigenschaften verborgen, von denen man noch nichts ahnte, die in zwölf Jahren ein Herz erobern würden, so wie Adrian meines erobert hatte, wie mein Vater das meiner Mutter, und die nur aus dem einen Grund geliebt werden würden, dass sie seine waren.

Erneut nahm er eine Schaufel voll Sand, beobachtete mit gleichbleibender Konzentration, wie er in den Eimer rieselte – die Schaufel hielt er noch einen Moment hoch, obwohl sie leer war –, und sann über die Vollendung seines Werks oder die Faszination von voll und leer.

Als ich ihn beobachtete, wusste ich, dass ich Adrian verlassen würde. Ich konnte von einer Liebe, die mir so viel bedeutet hatte, keine weiteren Kränkungen mehr ertragen. Besser, es zu beenden. Ich wollte auch nicht länger versuchen, den Schaden zu berechnen, den ich angerichtet hatte oder er. Adrians innere Schönheit hatte sich für mich nicht geändert, genauso wenig, wie sich die angeborenen Eigenschaften des Kindes im Laufe seines Lebens verändern würden, doch das würde mich nicht länger an ihn binden.

Ich wandte mich von dem Jungen am Strand ab und betrat den Tunnel.

Der Rest jener letzten Woche in Corniglia fühlte sich an wie ein Tanz, nachdem die Musik ausgefallen war. Ich schwor mir, nicht im Internet-Café nachzusehen, ob Adrian mir gemailt hatte, und ich hielt mich daran.

Er schrieb mir eine SMS: *Alles okay?*

Ich antwortete nicht.

Ich musste mir den Traum von einer Zukunft mit ihm abschminken. Per definitionem ungelebt, diese Zukunft, und trotzdem war es schwer, sie sterben zu lassen.

Er war in den Sehnsüchten meines Körpers, seine Stimme klang noch in meinem Kopf.

Doch ich musste in der Wirklichkeit jedes Tages leben, und in der war er nicht zugegen. Nicht mal ansatzweise. Und war es selten gewesen.

Ich wartete, ob er sich noch einmal meldete. Er tat es nicht.

Ich ging die Straße entlang, und er tauchte nicht auf. Ich überquerte den Platz, näherte mich meinem Haus, und so unwahrscheinlich es auch war, dass er dort wartete, voller Vorfreude, mich zu sehen, nahm ich doch zur Kenntnis, dass er nicht gekommen war. Obwohl er den Namen des Dorfes wusste und wo sich mein Haus in Corniglia befand – ich hatte es ihm minutiös beschrieben. Er wollte nicht bei mir sein.

Einfache Lektion. Hart.

Der kleine Junge, den ich am Strand gesehen hatte, fiel mir wieder ein. Er hatte in seiner Unschuld nichts von der Macht geahnt, die er eines Tages über jemanden haben würde, der ihn so liebte, wie ich Adrian geliebt hatte.

In dieser kleinen, andächtigen Gestalt, die nicht wusste, was er mir bedeutete, musste ich Adrian finden. Nur wenn sie zu schwach war, um mich daran zu erinnern, wie sehr ich ihn brauchte, wäre ich stark genug, ihn zu verlassen.

Doch er folgte mir. Auch das wollte ich ihm erzählen, dass ich darum kämpfte, ihm die Fähigkeit zu nehmen, mich zu besitzen, doch er ließ mich nicht gehen.

Ich ging allein schwimmen und las auf dem Dorfplatz, sah mich aber gezwungen, viel Zeit mit Jess und Ngaio und Haig zu verbringen. Bald würde diese nervenaufreibende gemeinsame Zeit vorbei sein. Ich war sicher, wir würden es nicht wiederholen. Die Nacht von Rose' Verschwinden hatte zerfetzt, was von den alten Mustern zwischen uns noch übrig gewesen war. Ich dachte an die ersten Augenblicke des Wiedersehens zurück, kindliche Gefühle der Dazugehörigkeit – sie waren real gewesen, doch jetzt gehörten sie der Vergangenheit an, und man wusste noch nicht, was sie ersetzen würde. Wir besuchten die beiden Dörfer weiter südlich an der Küste der Cinque Terre – Manarola und Riomaggiore – und kehrten nach Corniglia zurück, überzeugt, dass unser Dorf das beste war, wegen seines spektakulären Blicks und der Freundlichkeit der Einheimischen. Unsere Gespräche waren nett, wären wir nur Bekannte gewesen, doch ich war nicht mehr mit dem Herzen dabei. In wenigen Tagen würden sich unsere Wege trennen, und wir würden in unser jeweiliges Leben an verschiedenen Enden der Welt zurückkehren.

»Kopf hoch«, sagte Haig. »Oder denkst du daran, wie sehr du uns alle vermissen wirst?«

»Es bricht mir das Herz«, sagte ich.

»Dann komm öfter mal nach Hause«, sagte er mit einem Grinsen. »Wir suchen dir einen netten Neuseeländer, mit dem du zur Ruhe kommen kannst, damit du nicht mehr auf der Bühne rumwirbeln musst.«

»In fünfzig Jahren komme ich zurück.«

Jess, die ebenfalls spürte, dass mir irgendetwas Kummer bereitete, fand ihre eigene Erklärung dafür.

»Du denkst jetzt auch, dass sie das Falsche tut, nicht?«, sagte sie. Sie meinte Rose. »Jetzt, wo klar wird, was das bedeuten könnte.«

»Es spielt kaum eine Rolle, was wir denken«, sagte ich. »Sie muss sehr in Flavio verliebt sein.«

»Und Sam? Der ist wohl nur ein irrelevantes Detail.«

Sie hatte ihn seit seiner Rückkehr nach Florenz zweimal angerufen. »Wie schrecklich, wenn er dächte, wir hätten ihn vergessen!«

Es waren kurze Telefonate. Es ging ihm nur darum, ob Rose immer noch bei Flavio war. Und er schilderte sein Befinden, im Bestreben, so viel Druck wie möglich auszuüben, obwohl er Rose in wenigen Tagen sowieso sehen würde. Jess ging, wie er angenommen haben musste, in den Telefonaten mit Rose in der Rolle der Strafenden auf und erzählte ihr wiederholt, dass Sam weder essen noch schlafen konnte, dass er daran dachte, seinen Auftrag abzubrechen und nach Boston zurückzukehren. Offenbar sollten Schuldgefühlte die Liebe wiederbeleben.

Ich sagte zu Rose: »Sie macht dich auch deshalb fertig, weil du ihr noch nicht erlaubt hast, Flavio zu treffen. Du solltest ihn lieber vorführen.«

Rose hatte es nicht eilig. Am nächsten Wochenende würden wir alle abreisen. Doch sie traf keine klare Aussage, wann wir sie, geschweige denn Flavio sehen würden.

Ich ließ Ngaio und Haig und Jess gegenüber nicht durchblicken, dass ich ihn schon kennengelernt hatte. Sonst hätten sie mich ins Verhör genommen. Das war mir zu viel. Während ich selbst damit beschäftigt war, mich von Adrian zu befreien, fehlte mir die Kraft, Rose' Liebe noch länger zu verteidigen.

»Schuldgefühle werden nicht helfen, wenn sie so verrückt nach Flavio ist«, sagte Ngaio zu Jess. »Du machst ihr ganz umsonst ein schlechtes Gewissen wegen Sam. Und so meidet sie uns nur umso länger. Und geht bestimmt nicht mehr mit uns zu den Steinen. Ich will nicht abreisen, ohne sie gesehen zu haben.«

»Vielleicht kann uns einer der Einheimischen hinführen«, sagte Jess.

Sie und Ngaio und ich tranken auf dem Balkon Campari, Haig saß wieder drinnen auf dem Sofa und las, wie an dem Abend von Rose' Verschwinden.

»Wir kennen keinen von ihnen gut genug, um zu fragen«, sagte Ngaio. »Rose sollte uns hinführen. Sie hat uns hergebracht. Vielleicht würde sie uns aber auch in die Irre führen, das schamlose kleine Luder.«

»Das ist überhaupt nicht witzig«, sagte Jess. »Jeder Tag, den Rose verstreichen lässt, macht es nur noch schlimmer. Wenn sie morgen aufwacht und beschließt, nach Hause zurückzukehren, ist es wahrscheinlich schon zu spät. Sam ist verbittert. So kann man mit jemandem wie ihm nicht umgehen – ihn so schikanieren, dass er nicht mehr arbeiten kann. Ich sage euch, wenn sie heute Nacht zurückkehrt, würde er sagen: Pech gehabt, mit dir bin ich fertig.«

»Möge er seine Unnachgiebigkeit genießen«, sagte ich.

»Du sagst das so leichthin«, sagte sie erbost. »Rose hat sich obdachlos gemacht, begreifst du das denn nicht?«

»Das ist ein bisschen übertrieben«, sagte Ngaio. »Sam hat ihr gegenüber immer noch Verpflichtungen.«

»Davon wird sie nicht lange erste Klasse fliegen«, sagte Jess.

»Das wird ihr eine Lehre sein«, sagte ich. »Lebenslänglich Holzklasse. Ich wette, daran hat sie nicht gedacht.«

»Will sie mit Flavio zusammenleben?«, fragte Ngaio.

»Keine Ahnung«, sagte ich.

»Ich kann immer noch nicht fassen, dass Rose so romantische Vorstellungen hat. Sie ist wie ein Teenager!«, sagte Jess.

»Wie zum Teufel kommt denn überhaupt irgendjemand mit irgendjemandem zusammen, wenn man sich nicht ein paar Illusionen hingibt«, sagte Ngaio. Sie hatte krumm auf ihrem Stuhl gesessen und richtete sich jetzt auf, die Füße nebeneinandergestellt, die Hände auf den Knien, ihr gelbes Kleid hochgerutscht, die späte Sonne golden auf ihren Gliedern. »Sam hat Rose keine Illusionen über seine Haltung zu ihr gemacht. Sie war irgendwie notwendig, aber nicht besonders. Wisst ihr, was ich meine? Die erste Klasse wird ihr herzlich egal sein. Vielleicht bleibt sie nicht mal bei diesem Flavio. Haig meint, vielleicht ist er nur ein Ausweg, eine Fluchtmöglichkeit.«

»Wohin?«, sagte Jess. »Flucht? Wohin? Wenn sie für Sam nichts Besonderes ist, warum ist der Mann dann auf den Knien, total am Boden? Sam war jedenfalls etwas Besonderes. Vergiss nicht, wer er ist! Bei dir klingt es, als wäre Rose eifersüchtig auf ihn. So kleingeistig ist sie nicht.«

»Ich rede über das, was zwischen ihnen war, ohne das Drumherum«, sagte Ngaio. »Es kann nicht nur einen besonderen Menschen geben, wenn man zu zweit ist.«

»Es war etwas von Mum und Dad zwischen ihnen«, sagte ich.

»Oh, wie das?«, sagte Jess. »Rose ist einfach abgehauen. Sam wurde nicht von ihr vertrieben. Sie hat ihn verlassen.«

Sie warf ihren weißen Arm in die Luft, während sie sprach, als wäre Rose' »Abhauen« ein unüberlegter Reflex.

»So einfach ist das nicht. Mum dachte, sie wäre für Dad nie etwas Besonderes gewesen. Er war es aber für sie. Sie hat ihn nicht dazu gekriegt, ihr dasselbe Gefühl zu geben.«

»Ganz genau. Sie ist durchgefallen«, sagte Jess. »Fakt ist, dass sie versucht hat, ihn fertigzumachen, als sie zusammen waren, und sie hat versucht, ihn mit Schuldgefühlen fertigzumachen, nachdem er sie verlassen hatte. Wenn das ihre Art ist, ihm zu sagen, dass er so etwas Besonderes ist, wer wäre da nicht weggelaufen?«

»Sie hat nicht versucht, ihn fertigzumachen! Sie hat versucht zu sagen: Nimm mich wahr, mehr brauche ich nicht. Sie hat sich so angestrengt, ein schönes Zuhause zu schaffen, das weißt du ganz genau!«

»Du meinst, sie dachte, Familie ist das Schloss an der Tür und er kann nicht raus«, sagte Jess. »Falsch gedacht.«

Das war, in meinen Augen, ein Zerrbild dessen, was passiert war. Doch Jess hatte eine Version, die für sie taugte, und ich hatte meine. Vermutlich hatte Jess längst keine Verwendung mehr für die kleine Sippe, die wir für Mum gewesen waren. Sie hatte ihren eigenen Kreis gebildet: Mark und ihren Sohn Jonathan. Doch Mums Miniatur-Clan war der beständigste, dem ich je angehört hatte. Ich empfand immer noch eine starke Loyalität zu ihm. Und Mums Mythen waren so lebenswichtig für sie. Mit Mitte zwanzig hatte sie, auf Dads Ermutigung hin, ihre biologische Mutter ausfindig gemacht, die ihr ein Treffen verweigert hatte. Danach fehlte ihr der Mut, auch ihren Vater zu suchen. War es also überraschend, dass Familie für sie wie eine Verschwörung war, bei der sie mitmachen wollte, oder dass sie von Dad ständig die Bestätigung brauchte, dass sie eingeweiht war? Wenn sie mit seiner Zurückweisung verheiratet blieb, lange nachdem sie geschieden waren, dann, weil sie glaubte, es zu verdienen. Genauso wie sie denken musste, dass sie es verdiente, von ihrer leiblichen Mutter abgelehnt zu werden, nicht nur einmal, sondern zweimal: als Neugeborenes und erneut, als sie Kontakt aufnahm.

Unsere Mutter war mir plötzlich sehr präsent, warm und unglücklich und voller Erinnerungen. Ich wusste ganz genau, dass sie die Landminen nach einer ersten Phase ungewollter Explosionen selbst deponierte. In Wahrheit hatte es glückliche Zeiten gegeben, doch sie wählte die schmerzvollen Erinnerungen. Sie boten ihr Linderung. Als ihre Ehe scheiterte, waren sie der Beweis dafür, dass die Liebe nie existiert hatte. Denn wäre da Liebe gewesen, hätte er sie geliebt, jetzt aber nicht mehr, dann hätte das geheißen, dass die Liebe nicht gehegt worden war, und wessen Schuld wäre das gewesen? Und da ihr die Möglichkeit verwehrt wurde, mit Dad darum zu streiten, was er einst an ihr geschätzt hatte, musste die Alternative lauten, dass es nichts gab, was er je an ihr geschätzt hatte.

Für Jess und für Ngaio war sie eine Erpresserin, die ihre persönlichen Verletzungen benutzte, um Beachtung zu erzwingen. Ich sah, was sie sahen. Doch sie waren nicht dabei gewesen, als Rose und ich sie in der Morgendämmerung schlafend auf der Sonnenliege fanden, die Wange in der Hand wie ein Kind, verlassen sogar von sich selbst.

Aus dem Wohnzimmer kam ein Aufschrei, von Haig, als hätte ihn etwas gestochen, doch was er rief, war: »Rose!«

Es hatte keine Vorwarnung gegeben. Jess, Ngaio und ich sprangen auf.

Und da war Rose, da stand sie, fast noch in der Tür, Flavio neben sich.

Ich ging auf sie zu, doch Haig war schneller.

»Gut, gut«, sagte er und legte Rose seine große Hand auf die Schulter. »Schön, dich wiederzusehen!« Mit Betonung auf dem »dich«.

Neben Haigs großer, wohlproportionierter Gestalt wirkte Flavio schmächtig, sein Körper unterentwickelt.

»Gut, gut!«, sagte Haig noch einmal, während er Flavio energisch und ausgiebig die Hand schüttelte, jetzt, da er dieses mysteriöse Individuum am Wickel hatte. »Gut! Freut mich, dass ihr da seid.«

So viel plötzliche Güte! Vielleicht hätte ich den Augenblick genossen, wenn ich Jess nicht aus dem Zimmer hätte huschen sehen.

Sie würde doch keine Szene machen und sich weigern, Flavio kennenzulernen?

»Wir haben uns gedacht, dass wir euch hier finden«, sagte Rose mit ziemlich gut gespielter Beiläufigkeit.

In Wahrheit hatte sie mich an jenem Morgen gefragt, ob wir den Abend zusammen verbringen würden, angeblich aus Sorge, ich könnte zu viel Zeit allein verbringen. Es war schlau von ihr, unerwartet aufzutauchen und den Vorteil für sich und Flavio zu nutzen. Egal, welche feindseligen Gefühle sich gegen diesen Mann aufgestaut hatten, der auf so unschöne Weise über unser Leben hereingebrochen war, wir hatten keine Zeit, uns zu organisieren.

Ngaio präsentierte sich Flavio, indem sie Rose zweimal umarmte und ihr erzählte, wie sehr wir sie vermisst hatten. Erst dann wandte sie sich ihm zu, mit einer mädchenhaften Nervosität, Little Miss Modesty, obwohl ihr fast die Brüste aus ihrem tief ausgeschnittenen Sommerkleid fielen und die eine Seite ihres Rocks noch hochgerutscht war. Ich sah Flavios Blick resolut auf ihre Augen gerichtet, während sie ihm die Hand gab.

Ich wurde vorgestellt, als wären wir uns nie begegnet. Er küsste mich auf die Wangen und schenkte mir ein Lächeln, die Schwester, von der Rose gesagt haben würde, dass sie ihr besonders nahestand. Nachdem ich bei Sam gründlich in Ungnade gefallen war, stand ich in Flavios Gunst, eine kleine Entschädigung für die vielen Flunkereien und Verschleierungstaktiken, die ich für ihn und Rose aufgeboten hatte.

Jess kam zurück. Zu meiner Belustigung hatte sie ihr Kleid gewechselt, Lippenstift aufgetragen und das Haar zurückgekämmt. Mochte sie Flavio auch als Mischung zwischen jugendlichem Straftäter und Machiavelli betrachten, sie wollte ihn trotzdem beeindrucken. Natürlich ging Jess nicht auf ihn zu, sondern blieb ungefähr dort stehen, wo Sam an jenem Tag stehen geblieben war und mit einer wedelnden Handbewegung seine Orientierungslosigkeit und Bestürzung zum Ausdruck gebracht hatte – ein Bild, das ich schnell verdrängen musste. Und so zwang sie Rose, vorzutreten und zu Flavio zu sagen: »Das ist meine älteste Schwester, Jess.«

Er ging auf sie zu. Es war eine pochende Stille entstanden, die Flavio brechen musste.

»Jess«, sagte er und gab ihrem Namen eine ungewohnte Betonung, indem er den Vokal dehnte. »Rose hat dich erwähnt, ja.«

»Guten Abend«, sagte sie und berührte seine ausgestreckte Hand kaum. »Wir haben gerade auf dem Balkon etwas getrunken. Wollt ihr uns vielleicht Gesellschaft leisten?«

Das war typisch für sie, diese völlig überflüssige Einladung, denn schließlich standen die beiden schon da und hatten dazu dasselbe Recht wie sie, doch jetzt waren sie Außenseiter, denen Zutritt gewährt wurde.

»Bist du hier aus der Gegend, Flavio?«, fragte Haig mit seiner grandiosen Immunität gegen die unterschwelligen Strömungen der Familie. »Ist Wein okay? Ich kann auch schnell runter ins Dorf flitzen und Bier holen, wenn dir das lieber ist.«

»Ich nehme das, was ihr trinkt«, sagte Flavio eilig, verdutzt über diese schwanzwedelnde Freundlichkeit.

Während Jess Flavio und Rose zum Balkon dirigierte, als befände sich auf den wenigen Metern Bodenfläche, die zu überqueren waren, ein gefährlicher Abgrund – den es tatsächlich gab, nämlich sie selbst –, taxierte Ngaio im Vorbeigehen Flavios Gestalt. Sie schien die potenziellen Freuden ihrer Schwester abzuwägen, während sie wenigstens den Rock über die Knie strich. Haig und ich wurden inzwischen beauftragt, Essen und Trinken zu holen.

»Sie ist so treulos!«, sagte ich in der Küche.

»Was!«, sagte Haig, während er den Wein entkorkte. »Ich dachte, du wärst auf Rose' Seite. Denkst du, sie hat einen Fehler gemacht?«

»Ich meine Jess. Noch vor ein paar Minuten hat sie sich um Sams Angelegenheiten gekümmert, jetzt ist sie auch hinter diesem Mann her.«

Er lachte. »Ach, sie ist doch harmlos. Sie kümmert sich eben, das ist alles.«

Ich starrte auf seinen Kopf, während er geschäftig Gläser und die Weinflasche einsammelte, wie ihm geheißen. Was war da drin? Ein Filter, der seine Gelassenheit bewahrte? Er gab mir das Gefühl, schwach zu sein.

Auf dem Balkon hatte Jess schon in Erfahrung gebracht, dass Flavios Familie aus Lucca stammte und dass sie Olivenhaine besaß.

»Wie gesund!«, sagte sie.

Es war bemerkenswert, wie viel es über den Olivenanbau in Italien und in Neuseeland zu besprechen gab, über die Vorzüge von Olivenöl, innerlich angewendet oder äußerlich. Für die Haare, sagte Jess. Es war bemerkenswert, wie viel es über Orte in Italien zu sagen gab, die einen Besuch lohnten, auch über die Altstadt von Mantua, ohne dass irgendjemand, nicht einmal Ngaio, die schlüpfrigen Palasteskapaden erwähnte. Jetzt besaß Mantua nur prachtvolle alte Gebäude, in denen niemand gewohnt hatte. Wir waren erstaunlich respektabel geworden. Niemand hatte je von Leidenschaft und Intrigen gehört oder von Florenz, wo Sam das Herz verblutete, und das Einzige, was wir über Monterosso wussten – wo das frisch verliebte Pärchen auf dem Balkon sich verkuppelt und uns Höllenqualen bereitet hatte –, war, dass es dort in der Altstadt ein paar gute Restaurants gab, und eines in der Neustadt, mit einer angeblich ungemein originellen Karte.

Jess versuchte ein paar Mal, Flavio von der allgemeinen Unterhaltung abzutrennen, doch er lächelte nur und hörte weiter demjenigen zu, der gerade redete. Er und Rose strahlten die perfekte Harmonie aus. Es war absurd, als befürchteten sie, dass ein paar persönliche Bemerkungen uns darauf bringen könnten, dass sie eigenständige Individuen waren. Doch es war auch effektiv. Sie waren genauso unantastbar, wie sie es zu zweit allein in Monterosso gewesen waren.

Während ich Rose beobachtete, neben Flavio, sah ich sie, wie sie damals gewesen war, als sie Sam gerade kennengelernt hatte, eine zornige, stille junge Frau, die durch seine Liebe Selbstvertrauen gewann, ihren schüchternen Stolz auf seine Aufmerksamkeit. Ich sah das Mädchen, das den Rasen zum wartenden Auto überquert hatte. Auch sie war nicht sehr weit weg, sie war Teil dieser neuen Liebe.

Während wir dort auf dem Balkon standen und der Abend um uns herum verblasste, kam eine Frau aus der Wohnung unter uns. Sie durchquerte den Garten, um ein Badehandtuch reinzuholen, das zum Trocknen über dem Zaun hing, und blieb einen Moment stehen, um aufs Meer zu blicken, zu einem Horizont, der in der Dämmerung verschwamm. Sie erinnerte mich an die Kapelle in Monterosso, an das kleine Schiff im Netz unter der Decke und die Frauen, die auf ihre Männer warteten und beteten, dass sie zurückkamen. Welche Trauer hatte dieser Ort gesehen, um Ehemänner und Söhne, Väter und Brüder, die auf dem Meer geblieben waren. Und wir, die einander stattdessen willentlich verlieren, so wie Rose Sam verloren hatte, die wir nicht auf den Tod warten. Sind das bewusste Entscheidungen, oder treiben wir auf Trennungen zu wie ein Boot auf einer Welle? Ich konnte die Behauptung meines Vaters, dass wir unseren Bedürfnissen gegenüber ohnmächtig seien, nicht akzeptieren. Und doch hatte ich gewollt, dass Adrian die Macht fehlte, dem zu widerstehen, was zwischen uns war.

Bewusst und unbewusst.

Sie wollten nicht zum Abendessen bleiben, Flavio und Rose.

Flavio würde morgen abreisen, deshalb war dies ihr letzter gemeinsamer Abend in Monterosso. Rose würde zurückkommen und die letzten drei Tage mit uns in Corniglia verbringen.

»Und du gehst mit uns zu den Steinen«, sagte Ngaio, »denen aus dem Buch.«

»Wir haben uns darauf verlassen«, sagte Jess voller Sarkasmus, »bevor alle plötzlich ihre Pläne geändert haben.«

»Es geht um Geheimkulte«, sagte Haig zu Flavio. »Frauenverehrung. Du weißt schon, bevor die menschliche Gesellschaft ihr Gehirn eingeschaltet hat.«

Jess schluckte den Köder, und Haig provozierte sie weiter, denn jetzt, da Flavio ging, war es möglich, ja sogar nötig, ihm einen Zank vorzuführen, wenn auch nur als Komödie.

»Urteile du!«, sagte Jess und wandte sich energisch an Flavio. »Sag ihm, dass er sich irrt, dies ist das Zeitalter der Frauen, und er kann sich glücklich schätzen, dass wir die Führung übernehmen.«

»Besänftige sie ruhig, wenn du willst, Flavio«, sagte Haig. »Manchmal ist es besser, sie bei Laune zu halten.«

»Ich möchte niemanden bei Laune halten.« Auch Flavio hatte eine Vorstellung zu geben, bevor er ging. Mit einer leichten Verbeugung seines Kopfes und ohne ein Lächeln sagte er: »Ich danke euch für euren Empfang heute Abend.«

Geschickter Schachzug. Er hatte uns auf unsere vorläufig guten Manieren festgenagelt.

Rose sah keinen Anlass, unseren Bitten als Gegenleistung für unseren Empfang nachzukommen. Sie würde nicht mit uns zu den Steinen gehen. Es wäre zu viel Aufwand, einen lohnenswerten Ausflug zu planen, da sie kaum erforscht waren. »Nächstes Mal«, sagte sie unbekümmert, als würde es das je geben.

Bevor sie ging, holte sie noch ein Kleid aus ihrem Zimmer. Ich blieb in der Tür stehen und beobachtete sie, als sie die verspiegelte

Schranktür aufschob, so wie ich es in jener Nacht getan hatte, als ich nach Hinweisen auf ihren Aufenthaltsort suchte, und da stand sie, getrennt von mir durch die neue Entwicklung ihres Lebens.

»Warum hast du deinen Pass mitgenommen?«, fragte ich.

»Wie? Mein Pass ist in Florenz. Den brauche ich hier nicht.«

Sie durchforstete die Kleidungsstücke im Schrank mit deutlich weniger Sorgfalt, als ich es getan hatte.

»Wieso?«, fragte sie.

»Ich habe danach gesucht. Nach einem Hinweis, wo du sein könntest.«

»Wir wollten ja nicht durchbrennen«, sagte sie. »Komm rein und mach die Tür zu.«

Ich hatte gedacht, sie wollte sich mir anvertrauen, doch stattdessen zog sie ihr Kleid aus und das andere an.

Ich sehnte mich danach, ihr von meiner Entscheidung in Bezug auf Adrian zu erzählen. Vielleicht wollte ich, dass sie mich bestätigte. Vielleicht hoffte ich, sie würde mir raten, mich nicht zu trennen, sondern abzuwarten, was er tun würde, weil sie wusste, dass ich ihn liebte. Doch ich sagte nichts, weder dann noch an den folgenden Tagen, bevor wir Corniglia verließen, was nicht schwer war, da wir die meiste Zeit mit Ngaio und Jess verbrachten, die wir für wer weiß wie lange nicht wiedersehen würden. Nachts, wenn ich allein war, versicherte ich mir selbst, dass es richtig war, mein Vorhaben nicht zu erwähnen. Das bedeutete nicht, dass ich an meiner Entscheidung zweifelte. Solange ich sie für mich behielt, konnte ich sie ertragen. Ich hatte darauf gewartet, dass Adrian die Zukunft entschied, doch jetzt würde ich handeln. Ich musste es allein tun.

Ich rief mir wieder das Kind am Strand in Erinnerung, den kleinen perfekten Körper, die Versunkenheit in seine Tätigkeit. Er war schön, so wie Adrian mir schön vorgekommen war, doch jetzt wollte ich glauben, dass Adrian nie bewusst gewesen war, was er mir bedeutet hatte. Und was war das gewesen? Etwas an seinem Körper und der Linie seiner Schultern, ein Gefühl, dass er schon am ersten Abend, an dem er kam, um mich tanzen zu sehen, als er mich beobachtete, bevor ich ihn kannte, den Ausdruck meines inneren Selbst gewürdigt hatte. Etwas an seiner Weigerung, in Feindseligkeit zu verfallen, selbst wenn ich ihn provozierte. Es hatte mit dem Mann zu tun, der so zärtlich über seine Tochter sprach. Wenn er nicht wusste, was er mir bedeutet hatte, dann hatte ich wenigstens *etwas* von mir für mich behalten, und das war alles, was ich hatte, um stark zu bleiben.

Ich musste sehr zeitig in Corniglia aufbrechen, um den Anschlusszug nach Mailand zu bekommen, von wo der Flug zurück nach London ging. Ich hatte mich schon am Abend zuvor von Jess, Ngaio, Haig und Rose verabschiedet.

Die Morgenröte drang gerade auf den kleinen Dorfplatz, als ich ihn überquerte, und es war keine Menschenseele auf der Straße. Als ich an der Villa vorbeikam, blieb ich stehen. Haig und Ngaio schliefen hinter den grünen Fensterläden im ersten Stock über mir, Jess und Rose auf der anderen Seite des Gebäudes. Ich hatte die Liebesbeteuerungen und das *Komm bald nach Hause* des letzten Abends noch im Ohr. Sie waren gewöhnlich und zugleich außergewöhnlich, meine Schwestern. Ich war nicht in der Lage, einen sicheren Abstand zu ihnen zu halten. Ich wünschte, es gäbe einen neutralen Ort, an dem wir uns treffen könnten, der nicht von Konflikten geprägt wäre, doch so einen Ort gibt es nicht. Ich wünschte, die Fensterläden würden sich öffnen und Haig würde seine Handflächen auf die Fensterbank knallen, wie an dem Abend, als ich hergekommen war, um ihnen von Rose zu erzählen.

Durch die Stille ging ich weiter.

Die Sonne hatte gerade den Horizont zerrissen. Das blasse Meer schlug gegen das leuchtend blaue Land, und die Bäume am Hang waren schimmerndes grünes Feuer. Die Landschaft fühlte sich alt und neu zugleich an. Alt im Kreislauf der Jahreszeiten, den nichts unterbrechen konnte, nicht einmal wir, mit unserer Zerstörung und

Nichtachtung jeder anderen Lebensform auf dem Planeten. Für eine Sekunde sah ich diese fruchtbaren Hänge kahl gefressen, unfruchtbar, zerstört. Sie würden sich erneuern, im Lauf von Jahrtausenden, doch würde es je wieder Bewusstsein geben, würde es Augen geben, die Bilder an Gehirne sendeten, die in der Lage waren, zu staunen, zu fragen: Warum ist die Welt so schön? Warum?

Und dieser Tag war neu, unbefleckt, entfaltete sich fast in Stille, nur das Meer schlug träge gegen die Küste. Ich war nicht unterwegs zum Bahnhof und nach London, sondern zu einem obskuren und zugleich vertrauten Ziel, ich und nicht ich, die Vergangenheit und das Stückchen Freiheit, das sich in meiner Zukunft für mich fand. Von der ersten Kurve aus, wo Haig und ich in jener Nacht angehalten hatten, blickte ich mich um. Die Villa war nicht mehr zu sehen. Sie schliefen tief und fest. Sie ahnten nichts von meiner Reise.

Offenbarungen haben keinen Bestand, jedenfalls nicht in ihrer reinen Form.

Zurück in London, musste ich noch eine Woche durchhalten, dann durfte ich Adrian wiedersehen. Wenn ich wollte. Ich durfte ihn vor einem Café stehen sehen, wo er besorgt in alle Richtungen blickte, bis er mich entdeckte und seine Hand in die Luft flog. Ich durfte den Ausschnitt seines Gesichts sehen, wenn ich meinen Kopf an seine Schulter lehnte, die Konturen seiner Haut und das schöne glänzende Auge. Ich durfte genießen, wie er in mich eindrang und mein Körper sich ihm entgegenwölbte.

Lebe in der Gegenwart, nimm die Dinge hin, wie sie sind, schon morgen könntest du bei einem Unfall sterben. Warum geradewegs auf ein gebrochenes Herz zusteuern?

Kaum war ich wieder in meiner Wohnung, sah ich nach, ob er mir gemailt hatte. Zwei Mal hatte er mir geschrieben, während ich noch in Corniglia war, trotz meines Schweigens. Er wollte wissen, ob ich ihn über all den Familiendramen vergessen hatte. Er sprach von einem Buch, das ich ihm gegeben hatte und das er im Urlaub las. Er nahm an, dass meine Schwestern und ich alles aus unseren letzten gemeinsamen Tagen herausquetschten, einer so besonderen Zeit, dass man einen »fernen Mann« schon mal vernachlässigen konnte.

Einen fernen Mann, der sich jeden Abend neben eine Frau legte, mit der er ein Kind hatte, mit der er ein Leben teilte.

Er wurde mir von Menschen verboten, die nicht einmal wussten, dass ich existierte.

Obwohl er immer wieder zu mir zurückkehrte – in jedem Zimmer meiner Wohnung, am Eingang, in der Küche, in meinem Bett – ließ der Druck dessen, was bevorstand, nicht nach.

Ich war so oft gezwungen gewesen, ihn gehen zu lassen. Jetzt konnte ich ihn nur verlieren. Es gab keine andere Möglichkeit.

Am Mittwoch nach meiner Rückkehr schrieb er mir eine SMS: *LEBST du noch??*

Ich ließ mir mit der Antwort einen Tag Zeit. *Ja.*

Er mailte mir erneut und erkundigte sich höflich, ob ich eigentlich wieder in London sei und wie es Rose ginge.

Ich antwortete nicht.

Am Montagmorgen rief er an, etwa eine Stunde nachdem er wieder bei der Arbeit sein musste, wie ich erwartet hatte. Beim Klang seiner Stimme zog sich mein Magen zusammen, sodass sein Inhalt in Aufruhr geriet. Mein Terminplan für diese Woche war randvoll, seiner auch. Ein Treffen am Freitagnachmittag lehnte ich ab. Ich flog am Wochenende zu Rose nach Florenz.

»Willst du mich überhaupt wiedersehen?«, fragte er, und die Wucht, mit der er »willst du« sagte, quälte mich.

Ja, wollte ich.

Wir würden uns nächsten Montag zum Mittag treffen.

Den Rest der Woche rief er nicht an und meldete sich nicht. Ich suchte in früheren E-Mails nach Liebesbotschaften. Wahnsinn. Doch schon bald unmöglich.

Rose holte mich in Florenz vom Flughafen ab. Am Telefon hatte sie gesagt, wie sehr sie sich wünschte, dass ich sie besuche, es war so ein Chaos gewesen in Corniglia, könnte ich nicht kommen? Obwohl gerade erst zurück, war ich froh, aus London rauszukommen, der enger werdenden Schlinge zu entfliehen.

Wir nahmen den Flughafenbus in die Stadt. Rose plauderte angeregt über Flavios Wohnung, in der sie jetzt wohnte. Am Bahnhof dirigierte sie uns über die Straße, wo, wie ich annahm, der nächste Bus fuhr. Stattdessen führte sie uns eine schmuddelige Seitenstraße entlang. Es war ein schöner Sommerabend, doch sie brachte mich zu einer schäbigen kleinen Bar, die fast leer war, und setzte sich an einen Tisch in der hintersten Ecke.

Als sie Sams Brief auf den Tisch legte, brach sie in Tränen aus. Ich wusste, dass er ihr ein paar Stunden gegeben hatte, ihre Sachen aus der Florenzer Wohnung zu holen, und sich, entgegen ihrer Vereinbarung, geweigert hatte, sich mit ihr zu treffen. Sie hatte das als ersten Zorn verstanden und war erleichtert über den Aufschub der Konfrontation. Doch es war kein Aufschub. Stattdessen war der Brief, adressiert an Flavios Wohnung, eine formelle Aufforderung, eine Anwaltskanzlei in Boston, Sams Heimatstadt, zu benennen, um die Scheidung abzuwickeln und jede weitere Kommunikation zwischen ihnen zu erledigen. Unter keinen Umständen solle sie versuchen, ihn persönlich zu kontaktieren.

Der Bruch war bedingungslos. Sie hatte ihn zurückgewiesen – er würde alles, was sie verbunden hatte, zertrennen.

Ich konnte mir genau vorstellen, wie Sam diesen Brief diktierte, wie er handelte, um ihr die Aura seines Lebens zu entreißen.

Sie ballte eine Hand zur Faust und hielt sie an ihr nasses Gesicht, die andere Hand, leicht, liebevoll vielleicht, auf dem dicken, teuren Papier des Briefs, als wollte sie die Worte bedecken. Während ich sie beobachtete, erwog ich, Adrian eine SMS zu schreiben, mich für meine Distanziertheit zu entschuldigen und ihm zu sagen, dass ich mich darauf freute, ihn Montag zu sehen, weil Liebe so eine verdammt verzwickte Angelegenheit zu sein schien, dass man nehmen sollte, was man kriegt.

»Als gäbe es sonst nichts zu sagen«, sagte Rose.

»Wie hätte er denn sonst reagieren sollen, wenn man ihn kennt«, sagte ich. »Wahrscheinlich findet er, du hast dir ganz schön was geleistet.«

»Das weiß ich!«, sagte sie. »Aber sind die zwölf Jahre plötzlich weg? Wir könnten wie zivilisierte Menschen miteinander umgehen. Wir könnten uns so verhalten, als wären wir beide noch Menschen, nicht bloß ein juristisches Problem.«

»Er weiß, was er tut. Er weiß, so kriegt er dich dazu, in einer schmierigen kleinen Kaschemme wie dieser zu sitzen und dir die Augen auszuheulen.«

Sie lehnte sich zurück und wischte sich die Tränen mit den Handflächen weg. »Ja, vermutlich. Aber es ist nicht allein seine Schuld, dieses schreckliche Gefühl. Ich wache auf und frage mich, wie er letzte Nacht geschlafen hat. Ich sehe auf die Uhr und denke: Jetzt wird er Mittagspause machen. Er hätte mir eine Nachricht geschickt. Ich wäre mitgekommen, wenn ich Lust darauf gehabt hätte.«

Rose starrte unverwandt auf etwas am anderen Ende des Raumes, während sie sprach. Ihre Lippen und Augen waren leicht geschwollen, ihr Gesichtsausdruck der eines traurigen Kindes. Sie betrachtete einen Mann, der sich auf die Bar stützte – sein aufgeblähter Bauch wie vor den dürren Körper geschnallt, die Jeans am Hintern locker –, als wäre er ein Ausbund an Schönheit, und sie könnte Sams elegante, behände Gestalt in jedem Mann erkennen, weil sie so fundamental war.

Ich wollte das nicht sehen, und nicht nur aus Sorge, dass sie vielleicht anfing, ihre Entscheidung für Flavio zu bereuen. Auf sie stützte ich meinen Traum von der sauberen Trennung des Geliebten von allen anderen Ansprüchen, den ich in Bezug auf Adrian aufgegeben hatte, und von der Totalität des Besitzes. So wie wir ihren Körper halten, halten wir auch ihre Seele. Ich wollte nicht, dass Rose zurückblickte. Als ich sie beobachtete, schoss mir durch den Kopf, dass ich zu wenig von Adrian verlangt hatte, weil ich die Erkenntnis scheute, dass ich nie von irgendjemandem bekommen würde, was ich wirklich wollte, nämlich alles.

»Das ist Sams Art, sich zusammenzureißen«, sagte ich. »Er muss so sein, um zu funktionieren.«

»Es ist schon im Normalfall nicht so leicht, mit ihm zusammenzuarbeiten«, sagte sie mit einem Seufzer. »Ich wette, er macht seinen Assistenten das Leben zur Hölle.«

»Tja, dann kannst du dir ihretwegen auch noch Vorwürfe machen.«

Sie nahm den Brief und legte ihn wieder hin, starrte mich an, den Mann an der Bar, versetzte dem Brief einen kleinen Schubs und lehnte sich zurück.

»Das ist echt ein ekliges Lokal. Hier stinkt's.«

»Egal.«

»Ich bereue nicht, was passiert ist. Ich bereue nicht, was ich getan habe. Ich bin anders. Ich fühle mich anders. Heute früh habe ich darüber nachgedacht, dass Sam älter ist als ich und Flavio ein bisschen jünger, was irgendwie ein wenig seltsam ist, aber es ist auch, als würde ich zu einem Teil von mir zurückkehren, der nur darauf gelauert hat. Sam würde ich das nie sagen … habe es ihm nie gesagt. Aber so ist es.«

»Was sagt Flavio dazu, dass der Brief an seine Adresse ging? Ich nehme an, du hast ihm erzählt, was drinsteht?«

»Er hat gesehen, dass ich aufgebracht war, aber er konnte es verstehen.« Es gelang ihr zu lachen. »Er hat gesagt, es sei wie eine Explosion zwischen uns allen gewesen, was passiert ist, und jetzt fallen die Trümmer runter, aber wir werden es überstehen, der Staub wird sich legen. Das ist lieb, oder? Dass er es nicht missversteht, wenn ich wegen Sam traurig bin.«

Das klang für mich in meiner trostlosen Stimmung ein wenig zu großzügig, und ich fragte mich im Stillen, ob Flavio irgendwo in seiner Männerseele glaubte, sie verdiene es, für das, was sie getan hatte, zu leiden. Ganz unabhängig von der Befriedigung, die er aus diesem Brief ziehen würde. Es war der Beweis, dass er Sam, der kein geringer Rivale war, wirklich geschlagen hatte.

Doch es war tatsächlich »lieb«, dass er nicht verärgert auf ihren Kummer wegen Sam reagierte, und es war lieb, dass er sie am Wochenende mit auf die Olivenfarm seiner Familie in der Nähe von Lucca genommen hatte, wo sie für ihr Italienisch bewundert wurde und wo sie Anerkennung dafür bekam, den komplizierten dritten Sohn verzaubert zu haben.

Er sei der Sonderling, sagte Flavio, ohne einen Anflug von Humor, als wir uns später am Abend unterhielten. Doch das spiele keine Rolle, da die beiden älteren Brüder praktisch veranlagt waren und sich um den Familienbesitz kümmerten.

Am folgenden Tag zog Flavio diverse Bände aus seinem Bücherregal, um mir seine Forschungsgebiete näherzubringen, darunter Mantua und der Maler Mantegna und seine Fresken, deren prachtvolle Gestalten er mir erklärte. Ich müsse sie mit eigenen Augen sehen, Rose und er würden eines Tages mit mir hinfahren, sagte Flavio, während er die Bücher wieder ins Regal stellte, und sich über die Matratze auf dem Boden beugte, die für mich zwischen seinen Schreibtisch und das Sofa gequetscht worden war. Rose hatte eine herrschaftliche Wohnung in der Stadtmitte von Florenz gegen das hier eingetauscht – eine schiefe kleine Wohnung, in die man über eine schmale Treppe gelangte, das Schlafzimmer neben der Küche –, und es scherte sie nicht. Ihre unbeschwerte Zärtlichkeit, die Anziehungskraft zwischen ihnen, der Entdeckungsdrang schubsten meine Gedanken immer wieder in Richtung Adrian.

»Hör auf, uns zu beobachten«, sagte Rose lachend. »Du bist so ernst. Flavio hat mich schon gefragt, ob du dich mit uns nicht wohlfühlst!«

»Mit euch ja, aber nicht mit mir.«

Sie nahm meine Entscheidung als endgültig. Das tat weh. Mir wurde klar, dass ich sie auch hatte treffen wollen, weil ich hoffte, dass sie für mich noch eine andere Zukunft sah, als ich selbst es tat.

»Aber sag ihm, warum, dass du die Situation nicht erträgst«, sagte sie. »Und dass er dir nicht geben kann, was du brauchst, und deshalb gehst du.«

»Ich bin gar nicht sicher, ob ich weiß, was ich will. Will ich, dass er weniger für sein Kind da ist, was er ja wäre, wenn er mit mir zusammen ist?«

»Seine Entscheidung. Zerbrich dir nicht wieder den Kopf darüber.«

»Hat Flavio verlangt, dass du Sam verlässt? Als ihr euch in Monterosso getroffen habt?«

Sie schüttelte den Kopf. Nein.

Am Flughafen umarmte sie mich ganz fest. Sie sagte: »Ruf mich an, wenn ich kommen soll.«

Adrian und ich hatten uns in einem kleinen Restaurant verabredet, in dem wir uns oft getroffen hatten. Die Straßen, die ich auf dem Weg dorthin durchquerte, hatten ihre Vertrautheit eingebüßt. Wo ich hinging, war ich nie zuvor gewesen.

In der hintersten Ecke des Restaurants war noch ein Tisch frei, genau der, den ich für das, was bevorstand, auch ausgesucht hätte. Schicksal.

Adrian kam herein. Ich wollte am liebsten gleich wieder gehen, doch da war dieses Drehbuch in mir, an das ich mich halten musste, obwohl ich es hasste.

Er sah nur flüchtig in meine Richtung, als er den Raum durchquerte.

Er zog den Stuhl gegenüber hervor und setzte sich ohne Begrüßung.

»Nettes Wochenende mit deiner Schwester?«

Für einen kurzen Augenblick war der kleine Junge am Strand wieder da, der Augenblick, in dem ich gewusst hatte, dass ich das hier tun würde. Doch ich hatte mich getäuscht, wenn ich Adrian in ihm gesehen hatte. Adrian war nicht schwach, unwissend. Er war stark, weil er er selbst war.

»Mehr oder weniger.« Meine Stimme zitterte. Ich sehnte mich nach ihm. Dem Geruch der Haut an seinem Hals, dem Geschmack seines Mundes. Sein Blick war auf mich fixiert. Auch er hungrig.

»Ist sie glücklich?« Er blaffte die Frage.

»Mehr oder weniger.«

Er senkte den Blick, betrachtete die Wand neben uns, schüttelte den Kopf. Er wusste Bescheid.

»Na, dann erzähl mal von ihm, dem Neuen«, sagte er und wandte sich mir wieder zu, auf der Suche nach einem Thema, irgendeinem anderen als dem, das zwischen uns in der Luft hing.

»Er ist Italiener. Er ist okay. Flavio. Er interessiert sich für Malerei.«

Er verschränkte die Arme vor der Brust und lehnte sich zurück, weg von mir. Abwehrend.

Wie sind wir hier gelandet, du und ich? Bei dieser Unterhaltung? Nach so vielen Gesprächen über alles und unsere Torheit, und dich, und mich, sind wir hier gelandet. Fast sprachlos. Reduziert auf Blicke. Unfähig, wegzuschauen.

»Malerei!«

»Mantegna.«

Wir zögerten es hinaus, wir sprachen nicht aus, was nur noch ausgesprochen werden musste. Er war gekommen, um es zu bestätigen. Auch für ihn musste es persönlich gesagt werden, es war der einzige Grund, warum er gekommen war. Es war bereits zu spät. Ich könnte die Hand ausstrecken und ihn berühren, oder er könnte mich berühren, doch wir tun es nicht. Es ist zu spät. Natürlich wusste er es. Wie hätte er es nicht wissen können. Er hatte mein Schweigen, meine Distanziertheit, mein Widerstreben, ihn zu treffen, bis jetzt. Wir mussten uns verabschieden. Um seinetwillen ebenso wie um meinetwillen. Wir mussten es tun. Wir taten es.

»Wer?« Seine Stimme war geladen, wie eine Waffe.

»Renaissance.«

»Und sie ist also einfach verschwunden, in jener Nacht? Musste sie es so machen, deine Schwester, einfach vom Radar verschwinden, weil es bequemer war?«

Die Kellnerin kam.

Ich winkte ab.

Sie sagte: »Okay, bin gleich wieder da«, und verdrehte die Augen, als sie sich abwandte, weil uns die Trennungssituation ins Gesicht geschrieben stand.

Er stieß den Atem aus, und ich spürte ihn, die Wärme.

Lange Zeit habe ich gedacht, du willst mehr von mir, konntest aber wegen deines Kindes nicht darauf bestehen. Dann habe ich begriffen, du wolltest gar nicht mehr als das, was wir hatten, nicht wirklich jedenfalls, und dann musste ich dich verlassen. Lange Zeit habe ich gedacht, du wärst dir meiner nicht sicher, nicht sicher, ob ich dich so liebe, wie du es dir vorstellst, und dann habe ich gedacht, du liebst mich so, wie du es dir vorstellst, und dann musste ich dich verlassen. Ich hatte gedacht, das sei es, was ich sagen würde. Ich konnte es nicht. Ich musste ihn loslassen.

»Hör zu«, sagte er. Er war ganz blass. »Ich weiß nicht mehr, wo du bist. Ich weiß …«

Er verstummte. Er blickte an die Decke, ließ den Kopf zurücksinken. Ich konnte den beschleunigten Atem in seiner Brust sehen.

Ich hatte keine Vorstellung, was er wohl sagen würde. Wir hatten einander so wenig gesagt, im Grunde genommen. In all den Monaten so viel gesagt, und seltsam wenig. Es gibt eindeutige Statements, die eine Zukunft besiegeln, oder eben nicht. Eine Handvoll Dinge, die gesagt werden, vereinbart, oder nicht, die die Bedeutung alles anderen verändern. Wie simpel. Aber nicht für uns.

Er hatte den Blick wieder auf mich gerichtet. »Du bist so viel weiter weg.«

Es war eine Feststellung. Es war kein Protest. Es gab keinen Ausweg. Er bot mir keinen Ausweg aus meinem eigenen Entschluss.

Ich hatte gedacht, ich würde sagen, dass ich ihn liebe. War das nicht verrückt?

Ich sagte: »Wir werden uns nicht mehr treffen.«

Er sagte, leichthin, mit leichter, straffer Stimme. »*Da* bist du also.«

Sein Blick auf meinem Gesicht fühlte sich an wie eine Säge, die versuchte, es zu öffnen.

Er sagte ganz leise: »Geh noch nicht.«

Ich stand auf.

Ich hörte und sah den Atem aus seinem Brustkorb entweichen. Er legte die Hände übers Gesicht. Das war alles, was ich brauchte. Er hob den Kopf nicht, als ich ging.

Im Weichzeichner der Dämmerung sah ich die grell erleuchtete Haltestelle. Die Straße war eine Sackgasse. Sie führte nur zu dem kleinen Platz, von dem aus man losfuhr.

Frei. Ich war. Frei.

Schlimmer konnte es nicht werden.

Das ist Freiheit, das Schlimmste durchleben, es zu Ende führen. Ich schnitt die Erinnerung an seine Haut aus meiner Haut. Ich schnitt die Erinnerung an seinen Mund aus meinem Mund.

Er kam zu mir zurück.

Das ist nicht wahr.

Er war nie fort.

Alles, was ich sah, sah ich durch seinen Verlust.

Alles, was geschah, sah ich durch seinen Verlust.

Alles, was geschah, jede Kleinigkeit, die ich ihm nicht erzählen konnte, weil ich ihn verloren hatte.

Ich trug ihn in mir, den Menschen, den ich nicht haben konnte, die Wunde, die er hinterlassen hatte.

Er kam überall mit hin, in mir. Eine Krankheit.

Er kam zu mir zurück, ohne mich zu berühren.

Er kam zurück ohne Berührung, ohne eine Stimme, und stark, so stark, weil ich ihn verloren hatte.

»Du entwickelst im Moment eine gewisse Schärfe in deinen Bewegungen, sehr sauber«, sagte Ralph während einer Probe. »Bleib dabei. Sehr hübsch.«

»Du entwickelst im Moment eine gewisse hübsche Scheißtodesstimmung«, sagte Freya, die über alles Bescheid wusste, in der Umkleide, »und wenn ich diesem Mann, den du glaubst zu lieben, jemals begegne, trete ich ihm dermaßen in die Eier, dass er nie wieder gerade gehen kann.«

Am Sonntag nach dem letzten Treffen mit Adrian klingelte es spät in der Nacht an der Tür.

Das war er. Ich erstarrte dort, wo er mich überrascht hatte, im Wohnzimmer.

Er war unten. Gleich würde er wieder gehen, wenn ich mich still verhielt.

Er war gekommen, um mir zu sagen, dass er mich verließ. Er hatte es nicht sagen können, weil ich zu schnell gegangen war.

Er war gekommen, um zu sagen, dass es nicht anders ging.

Am Morgen suchte ich den Hauseingang und die Straße ab.

Irrwitzige Gedanken. Es musste doch ein Zeichen geben, dass er es gewesen war.

Es gab kein Zeichen.

Am nächsten Freitagabend klingelte es an der Tür.

Tu das nicht.

Es ist so schon schlimm genug.

Komm nicht zurück, um zu sagen, dass du froh bist, dass es vorbei ist.

Am Morgen suchte ich den Hauseingang und die Straße ab. Irrwitzige Gedanken.

Es gab kein Zeichen.

Du hast mich der Willkür eines kindischen Streichs ausgeliefert. Des kindischen Streichs meiner eigenen Fantasie.

Du bist nie zurückgekommen.

Ich lauschte. Monatelang. Zu jeder Tages- und Nachtzeit wartete ich auf den Klingelton.

Ich wusste ganz genau, dass du nicht so zurückkommen würdest. Du würdest mich nie so überfallen.

Ich wusste ganz genau, dass du nicht dort vor dem Theater warten würdest, am Ende der Vorstellung.

Und jedes Mal warst du nicht da.

Ich sehe dich in der Nacht und frage mich, warum du das, was deinen wahren Lieben gehört, für eine kleine Weile hergegeben hast.

Du streichst mich aus. Wie eine Schuld. Du hattest nie vor, sie zu begleichen.

Du hattest einen Traum von etwas, von dir, und dachtest fälschlicherweise, er hätte etwas mit mir zu tun, doch es ging die ganze Zeit nur um dich.

Ich habe von jemandem geträumt, der Herzkrebs hatte.

Das warst du.

Oder ich war's.

Ich habe dich geliebt.

Ich weiß es, weil ich nachts aufwache und horche, ob du da bist.

Denn du stehst noch immer in der Tür, wie beim ersten Mal, als du herkamst, zögernd und glücklich, wolltest gar nicht wieder gehen.

Du bist noch immer das, was du warst, von Anfang an. Und das ist das Schlimmste, was du mir je angetan hast.

Ich wusste, es war unmöglich.

Aber du bist so nahe gekommen.

Wie sollte ich wissen, dass Liebe eine Form von Sabotage sein kann, dass sie fähig ist, die Mauern einzureißen, die unsere Existenz gefährden, wenn wir sie verlieren?

Reiß mir das Herz heraus und wirf es ins Feuer.

Es würde sich besser anfühlen als das hier.

Versengt von den Flammen.

Es würde sich besser anfühlen als das hier.

In Florenz fiel Schnee, doch er blieb nicht liegen.

Rose füllte mein Weinglas nach. Wir hatten spät zu Mittag gegessen und warteten, dass Flavio vom Baumarkt zurückkam, bevor wir zu einem Spaziergang aufbrachen. Der »Sonderling« hatte in der Küche eine Pfanne mit Öl in Brand gesteckt und war nun Reinigungsmittel und Farbe besorgen, um die verkohlte Wand auszubessern.

»Warum bin ich gegangen, als Adrian gesagt hat: ›Geh noch nicht‹?«

»Weil drei Worte nach achtzehn Monaten nicht genug sind, um zu bleiben«, sagte Rose.

»Manchmal denke ich, ich wollte an dem Tag eigentlich gar nicht Schluss machen. Ich hatte es mir so fest vorgenommen, dass ich es durchziehen musste, doch irgendwo in meinem Kopf habe ich gehofft, dass er mich davon abhält.«

»Was er nicht getan hat.«

»Aber als er gesagt hat: ›Geh noch nicht‹?«

»Du bist gegangen. Du musstest gehen. Es war zu viel zerbrochen.«

Sie stand auf, um das Fenster zu öffnen und den Gestank aus der Küche zu vertreiben. Die Luft von draußen war kühl.

»Flavio ist seit über einer Stunde weg. Der Baumarkt ist zu Fuß ungefähr zehn Minuten von hier.« Während sie sprach, hob sie ihre Hand, um eine Frau im Haus auf der gegenüberliegenden Seite der schmalen Straße zu grüßen. »Er wird an einem alten Buchladen vorbeigekommen sein und mit einer vergriffenen Ausgabe über Zehennagel-Malerei in der Äußeren Mongolei zurückkommen.«

»Macht es dir nichts aus?«

»Nein! Er ist nicht dumm, keine Sorge, manchmal durchschaut er die Leute schneller als ich. Wie bei zweien meiner sogenannten Freundinnen hier, die sich gemeldet haben und mich unbedingt besuchen wollten. Er meinte zu mir, die wollen nur gucken, ob du immer noch ein Marmorbad hast.«

Die Frau gegenüber hatte jetzt ihr Fenster aufgerissen und gab eine ausgefeilte Vorstellung davon, wie sie die Kälte bemerkte, rieb sich die Arme und wackelte mit dem ganzen Körper. Sie und Rose tauschten ein paar lebhafte Sätze, bei denen es um Flavio und den Vorfall in der Küche gehen musste, und die Frau stieß einen wunderbaren heulenden Laut aus, der alles zu bedeuten schien, von »Dein Mann ist so eine Lusche« über »Alle Männer sind Luschen« bis zu »Die Natur des Lebens ist Leiden, und wir ertragen das gemeinsam«, bevor sie lachte, kurz winkte und das Fenster zuschlug.

»Und hast du dich mit diesen Frauen getroffen?«

»Nicht hier. Also ist auch nur eine von ihnen im Café aufgetaucht, und sie war total neugierig. Das habe ich ziemlich schnell abgehakt. Es gibt ein paar Freunde in den Staaten, mit denen ich Kontakt halte, die bleiben mir. Und was ist mit dir? Such dir einen neuen Liebhaber. Du verschwendest deine Zeit. Einen richtigen, nicht so eine Teilzeitgeschichte.«

»Was mir nicht aus dem Kopf geht, ist, dass es Liebe war, die uns achtzehn Monate zusammengehalten hat, nichts sonst. Er ist kein Schwindler. Es war Liebe. Kein gemeinsames Zuhause, keine Kinder, Freunde, Familie, nichts von alledem. Es waren nur wir.«

»Beurteile ihn nach seinen Taten. Den Rest hat er behalten. Zuhause, Kinder, Freunde. Aber langsam denke ich, du solltest dich bei ihm melden. Damit er aufhört, deine große, verlorene Liebe zu sein. Lass ihn die Arbeit machen.«

»Welche Arbeit?«

»Die Zurückweisung.«

»Ich weiß nicht, ob ich es ertragen kann, wenn er mich verschmäht.«

»Vielleicht hilft es dir mehr, als du denkst«, stellte sie trocken fest.

Sie war noch nicht lange aus den Staaten zurück, geschieden mit einer Geschwindigkeit, die ihr den Atem verschlagen hatte. Die Summe, die sie erhalten sollte, reichte für eine beträchtliche Anzahlung auf eine kleine Wohnung, auch wenn Flavio sich weigerte, den Kauf in Betracht zu ziehen, bis er genauso viel zusammenhatte wie Rose. Bei seinem Einkommen konnte das Jahre dauern. Doch es war eine deutlich kleinere Summe, als angesichts Sams Reichtum und der Jahre, die Rose mit ihm verbracht hatte, möglich gewesen wäre. Sie hatte seine Bedingungen ohne Widerspruch akzeptiert. Das schlechte Gewissen spielte bei ihrer Entscheidung, die Vereinbarung nicht anzufechten, eine Rolle. Doch mehr als das, so schien es mir, war sie noch immer bemüht, die Version von sich zu spielen, von der sie glaubte, dass Sam sie geliebt hatte: die Unschuldige. Selbst wenn es größere finanzielle Unsicherheit bedeutete – und sie sah sich damit konfrontiert, dass sie keinen richtigen Beruf hatte –, konnte sie keine andere sein als die, die sie während ihres gemeinsamen Lebens gewesen war, die Fügsame und Gutmütige. Es war ihr viel wichtiger als Geld, dieses Image, und selbst jetzt wollte sie es, so gut es ging, bewahren, obwohl sie sein Leben faktisch in Stücke gerissen hatte. Und daher war die Klausel, die wirklich wehtat, nicht die finanzielle Vereinbarung, sondern die Bedingung, dass sie sich niemals öffentlich zu seinem Werk äußern durfte, selbst wenn er vor ihr starb. Sie durfte niemals etwas über ihn als Mensch schreiben, über sein Leben, seine Ideen oder ihre Ehe, oder ein Interview dazu geben.

»Er hätte mir einen Brief schreiben können oder so. Aber er hat einfach nur die Schriftsätze aufgegeben. Ich war wie vor den Kopf geschlagen. Was denkt er denn, was ich sagen würde?«

Nichts Bestimmtes wahrscheinlich, dachte ich. Doch Sam wusste instinktiv, wie er sich an ihr rächen konnte, nämlich indem er ihr die Unschuld absprach. Er erklärte sie zum Feind, diese Frau, die er so nah an sich herangelassen hatte, der er sich offenbart hatte und deren eigene Selbstoffenbarung so grausam für ihn gewesen war. Auf diese Weise konnte er Genugtuung finden. Auch sie sollte bezahlen.

Rose brauchte nach der Scheidung noch viele Monate, um sich von Sam zu distanzieren. Sie rief mich an und erwähnte Neuigkeiten über ihn, die sie irgendwo gelesen hatte und nach denen sie, wie ich argwöhnte, aktiv suchte, selbst noch, nachdem er Florenz verlassen hatte und wieder in Boston war. Ich glaubte ihr, dass sie Flavio liebte, ich sah es. Doch Liebe ist nicht das einzige Gefühl von Bedeutung, nicht einmal unbedingt das stärkste. Und obwohl ich sie nicht ermutigte, über Sam zu reden, nährte es die Fantasie, dass Adrian mich auch nicht einfach so ausgemerzt hatte, obwohl es wohl unrealistisch war, eine zehnjährige Ehe mit uns zu vergleichen.

Allmählich hörte Rose auf, Sam zu erwähnen. Ich freute mich für sie, auch wenn es bedeutete, dass Adrian mich inzwischen mit ziemlicher Sicherheit vergessen hatte. Außerdem ersparte es mir weitere Enthüllungen von Rose, die mich viel gekostet hatten, wie beispielsweise die, dass es nie so leicht gewesen war, zärtlich zu Sam zu sein, wie zu der Zeit, als sie wie trunken war von ihren erwachenden Gefühlen für Flavio. Wenn ich von den willkürlichen Nebeneffekten der Liebe hörte, die aus Sehnsucht nach dem Geliebten auf den Ehemann übertragen wurden, fragte ich mich, ob Adrian sich mit seiner Frau vergnügt hatte, nachdem er sich bei mir Appetit geholt hatte. Rose hatte gewusst, wovon sie sprach. Man weiß nie, an welcher Stelle der Nahrungskette man steht.

Ganze Tage vergingen, ohne dass ich an Adrian dachte. Es waren Tage, an denen es kaum eine Rolle spielte, ob ich in meinem Leben irgendjemanden geliebt oder gehasst hatte, es bedeutete nichts. Freya, die nett sein wollte, besorgte mir zweimal eine Begleitung, was den gegenteiligen Effekt von dem hatte, was sie und auch ich erhofft hatten. Diese Unterhaltungen hatten keine innere Stimme. Ich fühlte weder Anziehung noch Abneigung. Ich fühlte nichts. Hätten sie versucht, sich mir zu nähern, wäre ich geflohen.

Geh noch nicht.

Doch selbst wenn ich mich bei Adrian meldete, konnten wir nicht zu einer Alternative zurückkehren, bei der ich blieb und zuhörte. Was er auch hatte sagen wollen, war verloren. Nichts konnte den Tag im Restaurant ersetzen. Er konnte die Gelegenheit nutzen, mich zurückzuweisen, doch es wäre ein gänzlich anderer Abschied.

An jenem Tag hatte ich darauf vertraut, dass er verstand, dass ich so, wie er und ich uns geliebt hatten, nicht weitermachen konnte und dass ich die Entscheidung für uns beide getroffen hatte. Im Nachhinein schien das eine seltsame Annahme. Für ihn musste es Bedeutungen geben, von denen ich nichts wusste, die ihn selbst betrafen, nicht mich.

Ich stellte mir vor, dass Adrian sein Leben so fortsetzte, wie es vorher gewesen war, dass die Begegnung mit mir äußerlich keine Spuren an ihm hinterlassen hatte. Es würde zu seinem Vorteil sein, dass seine Gefühle – egal, was es in ihm auslöste, dass es uns nicht mehr gab – genauso im Verborgenen bleiben mussten wie seine Liebe zu mir. Er konnte in die Zimmer zurückkehren, die am Ende des Tages auf ihn warteten, und die Tür zumachen, klick, und sein Leben war heil, vereint.

Ich begann, in Cafés zurückzukehren, in denen wir gewesen waren, diverse Orte, wo wir Zeit miteinander verbracht hatten, Gärten, Kunstgalerien, Bars. Jene Orte hatten eine Vergangenheit, in der er mich noch nicht zurückgelassen hatte.

An einem feuchten Sonntag, an dem vernünftige Eltern Spiele im Haus organisierten, ging ich in den Park, wo ich seine Tochter hatte kennenlernen sollen. Es hatte aufgehört zu regnen, doch der Himmel war griesgrämig. Die Bäume tropften, die Blätter schwer vom Gewicht der Feuchtigkeit. Unter einer Eiche fand ich eine trockene Bank. Vom Spazierengehen war mir warm, doch innerlich war mir sterbenskalt.

An jenem Abend hatte ich auf der Veranda hinterm Haus gestanden, obwohl es nass und kalt war, um dem Streit meiner Eltern zu entkommen. Die Bäume im Garten hatten genauso gebeugt und schwer ausgesehen.

Das Knallen der Haustür, wie ein Schuss, doch wir hatten keine Waffe.

Es war passiert.

In der Küche, wo sie gestritten hatten, stand Mum, vornübergebeugt, den Kopf auf den verschränkten Armen auf dem Tisch.

Dad hatte uns verlassen.

Ich konnte mich überhaupt nicht erinnern, wie er an jenem Abend gewesen war, nur an seine erhobene Stimme und das Türenknallen. Rose sagte, er sei am nächsten Abend zurückgekommen und mit zwei Koffern wieder gegangen, doch daran erinnere ich mich nicht.

Immer hast du, mein lieber Vater, genau das getan, was du

wolltest, und alles, was du getan hast, hast du aus einer absoluten Machtposition heraus entschieden. Mein steinerner Vater. Du warst da, und dann bist du gegangen. Selbst als Linda dich aus ihrem Leben geschubst hat, warst es eigentlich du, der alles entschied.

Lieber steinerner Vater, ich dachte immer, wenn ich dich in der Luft zerfetzen würde, wären dein Inneres und dein Äußeres gleich, von derselben Farbe, derselben Beschaffenheit. Stein.

Tja, hier war ich, all die Jahre später, und dachte über ihn nach, während die Bäume um mich herum stetig weitertropften. Das Tropfen des Regens von den Blättern kam mir vor wie eine Art seltsame Uhr, die die Eintönigkeit der Zeit maß, die in einem nassen, verlassenen Park verstrich. Der nächste Regen war nicht weit, füllte die Pfütze, die grau in der abgenutzten Erde vor der nächsten Bank stand, jenseits meiner schützenden Eiche.

Wie weit weg war ich von den Pinien Corniglias, von der Wärme damals, der wundervollen Wärme jener Nacht, als Rose angerufen und ich den anderen erzählt hatte, dass sie in Sicherheit war, und ich aus der Villa in die schimmernde Luft trat.

Ich dachte an Sam und den Schmerz seines Verlusts. Sein Kummer hatte mich fasziniert. Es hatte ihn geöffnet. Für eine kurze Weile hatte er gesehen, was er Rose angetan hatte, und sich selbst. Und dann hatte er es übertüncht, vor sich selbst versteckt, so wie er sich vor Rose versteckte. Was sonst konnte es bedeuten, dass er sie seit dem Tag, als sie, noch ganz seine Ehefrau, die Wohnung in Florenz verlassen hatte, um nach Corniglia zu fahren, nie wiedergesehen hatte.

Ich sah wieder die Scham in Haigs Gesicht, als Ngaio ihn geschlagen hatte, seine Hand, mit der er über die Stelle strich.

Okay, mein lieber Vater, mir ist schon bewusst, dass ich, wenn ich dich in der Luft zerreißen würde, auf Fleisch wie meines stoßen würde, von Gefühlen durchzuckt. Doch obwohl ich immer wusste, dass du nicht der einzige Mensch in der Geschichte des Universums bist, der totale Kontrolle über sich selbst hat, der sich aussuchen kann, wann er Gefühle haben und wann er zu Stein werden will, hattest du für mich insgeheim diese Macht.

Daniel erschien mir wieder, flehend. Er hatte die Party abgesagt, alle Gäste nach Hause geschickt. Sein Gesicht weiß im grellen Licht, das in den Garten fiel. Seine Stimme aufgewühlt.

»Komm rein. Oder sag mir, warum nicht. Wenigstens das. Sag mir, warum nicht.«

An jenem Abend bekam er von mir kein einziges Wort.

Zerfetz sie in der Luft, sagen die steinernen Töchter.

Ich sah Adrian, seinen Nacken, den Kopf gesenkt, als ich das Restaurant verließ.

Ich habe beschlossen, mich bei Adrian zu melden«, sagte ich zu Rose.

Wir schlenderten durch den Boboli-Garten, der Tag so still und perfekt, dass das Laub an den Bäumen wie gemeißelt wirkte.

»Ist das nötig? Jetzt noch? Was erwartest du?«

»Ehrlich gesagt frage ich mich immer noch, ob er im Publikum sitzt, wenn ich auf der Bühne bin.«

»Du bist ja besessen. Du stellst dir vor, dass er dich stalkt?«, fragte sie.

»Ich stelle mir vor, dass er sich daran erinnert, warum er mich gesucht hat.«

»Er stand auf dein Aussehen. Was ist daran so besonders? Ich würde sagen, er hat sich verrannt, und du dich auch.«

»Aber das Konzept, das wir voneinander hatten, war von Anfang an so stark, dass wir uns nicht entziehen konnten. Ich weiß nicht, wie er das auslöschen kann, selbst jetzt. Weil ich es eben nicht kann.«

»Er hat noch mehr Konzepte. Beispielsweise die beiden, die zu Hause auf ihn warten.«

Sie blieb stehen und ließ sich auf die warme Steineinfassung eines Teichs nieder. Sie war müde und blass, doch als wir meine Tasche bei ihnen zu Hause abgestellt hatten, waren sie und Flavio so zärtlich zueinander, dass ich sicher war, sie waren verliebt wie eh und je, und sie hatte all meine Fragen, ob sie krank sei, abgetan.

»Ich will nicht, dass alles so wird wie vorher«, sagte ich. »Ich will wissen, was hätte sein können, sogar, was sein könnte, auch wenn die Antwort nichts ist und immer nichts war. Ich möchte nur gern wissen, ob es ihm so viel bedeutet hat wie mir.«

Sie starrte in das grünliche Wasser.

In der Mitte des Teichs thronte die Skulptur einer klassischen Dame über ihrer eigenen Reflexion, eine Studie über die Bestürzung.

»Wer ist das? Warum sieht sie so besorgt aus?«, fragte ich.

»Andromeda«, sagte sie. »Sie war mit den Füßen an einen Felsen gekettet, splitternackt. Armes Mädchen.«

»Jemand hat sie gehasst.«

»Es war die Rache eines Gottes für etwas, das ihre Mutter getan hat, wenn ich mich richtig erinnere.«

»Harte Rechtsprechung«, sagte ich.

»Mit Rechtsprechung hat das nichts zu tun. Ein Held hat sie gerettet. So war das damals. Es war Perseus, glaube ich.«

»Von Männern geschriebene Geschichten.«

Rose stand auf. »Ich kann das Wasser riechen, eklig. Was Adrian angeht, hast du eigentlich keine Wahl, wenn er noch immer in deinem Kopf ist. Aber stell dich darauf ein, dass du keine Antwort bekommst oder eine Abfuhr.«

Der Grund für ihren Zustand wurde im Laufe des Wochenendes klar. In der Wohnung kochte Flavio eine einfache Mahlzeit und sorgte sich, ob sie auch genug aß. Früh am nächsten Morgen, als ich in ihrem Wohnzimmer aufwachte, hörte ich, wie sie sich im Bad übergab. Morgenübelkeit.

»Es sind erst sechs Wochen«, sagte sie. »Da ist nichts sicher, deshalb wollte ich es noch nicht erzählen.«

Sie und Flavio standen immer noch ein bisschen unter Schock, dass es so schnell gegangen war. Mit Sam hatte sie nicht verhütet, und die beiden hatten beschlossen, geschehen zu lassen, was auch immer geschehen mochte. Das Ganze war so real und körperlich und willkommen, dass es mich irre glücklich machte.

Zurück in London, war es schwieriger, mich bei Adrian zu melden, als es gewesen war, die Beziehung zu beenden.
Er würde sich von der Strömung seiner Fantasie zurückgezogen haben, die mich einst nur aufgrund eines Fotos begehrt hatte. Und was genau sollte ich sagen, wenn ich plötzlich wiederauftauchte? Der erste Satz – vielleicht der einzige, den er hören würde oder lesen, sobald er begriff, von wem er war –, sollte es eine Entschuldigung sein, eine Erklärung oder etwas Lockeres? Die Tatsache, dass ich mich überhaupt bei ihm meldete, schien die eigentliche Botschaft zu sein.

Stopp.

Freya legte ihre Hände an beide Seiten meines Gesichts.

»Stopp.«

Sie drehte mein Gesicht sanft von einer Seite zur anderen.

Sie erinnerte mich an Jess, nur dass ihre Berührung freundlich war. »Halt dich fern. Vergiss die Fragen. Hirn hat Hausarrest. Kein Ausgang nach Einbruch der Dunkelheit. Lenk deinen kleinen Kopf ab. Keine Träume. Er böse. Du gut. Aus und vorbei.«

Dann gingen wir aus und betranken uns, Freya und ich, um Rose' Schwangerschaft zu feiern.

Ich hielt mich nicht an das Ausgangsverbot. Zweimal schrieb ich Adrian E-Mails und löschte sie wieder. Einmal ging ich zu seinem

Bürogebäude und – als ich eine andere Frau in meinem Alter sah, die mit einem Kind auf der Treppe wartete, obwohl das Mädchen zu klein war, um seine Tochter zu sein – auf wackligen Beinen vorbei.

»Wenn dich das Leben mit seinen Widersprüchen konfrontiert« –

Ich nahm den Brief meines Vaters aus dem kleinen Schildpattkästchen, das meine Mutter mir gegeben hatte, bevor ich Neuseeland verließ.

– »wirst du die Machtlosigkeit des menschlichen Herzens erkennen, sich selbst zu verleugnen, so traurig das manchmal ist. Es ist gut, die menschlichen Grenzen zu kennen.«

Mein Vater hatte nicht sehen wollen, was Sam sah, nämlich dass wir unsere eigenen Widersprüche sind, da wir gleichzeitig lieben und leugnen, und das ist das Traurige. Vermutlich hatte er versucht, mich zu trösten, indem er behauptete, das Ende unserer Familie sei unausweichlich gewesen. Doch mir gefiel der Anspruch auf Unschuld nicht, den ich in seiner »Machtlosigkeit« hörte. Er hätte vielleicht lieber von der Macht des menschlichen Herzens, sich selbst um jeden Preis Genüge zu tun, schreiben sollen.

Ich legte den Brief in die Küchenspüle und suchte nach Streichhölzern.

Vielleicht hatte ich ihn all die Jahre aufbewahrt, um wütend auf ihn zu bleiben, verletzt, wie ich war, von Jess' unredlicher Behauptung, er hätte lieber Daniel behalten. Vielleicht war ich jetzt weniger wütend, weil ich ahnte – obwohl er sich kaum etwas hatte anmerken lassen –, dass er gelitten hatte, nicht so wie Sam, doch auf seine eigene, persönliche Weise. Es war leicht für mich gewesen, zu glauben, dass er, als er Mum verließ, alles bekam, was er wollte. Ich hatte es glauben wollen. Mum war am Boden zerstört, Rose wegen eines Babys halb tot. Jemand musste etwas davon haben, und er war der einzige Verdächtige. Damals hatte ich nicht gewusst, dass Leid gleich verteilt sein konnte und es keine Gewinner geben musste.

Ich erkannte jetzt, dass er, indem er einst mit Mum hatte zusammen sein wollen, eine Frau gewählt hatte, deren Verlangen nach ihm erbittert war. Vielleicht war es das, was ihn angezogen hatte, die Art, wie sie darum kämpfte, ihm nahezukommen. Und er hatte dagegen angekämpft, wollte sie und wollte sie nicht, aus Angst vor dem eigenen Verlangen. Mit Mum war er in der Lage gewesen, das Bedürfnis, sich zu entziehen, zu rechtfertigen, da sie ihn immer wieder an seine Unfähigkeit erinnerte, ihre Traurigkeit zu lindern.

Ich würde versuchen, mehr Zeit mit ihm zu verbringen, wenn ich nächstes Mal nach Hause fuhr. Ich würde aufmerksamer zuhören.

Ich zündete das Streichholz an und ließ den Brief brennen.

Er würde nicht plötzlich anders sein. Doch ich fühlte mich ihm näher, ich fühle mich mehr wie er, weil ich nach Intensität strebte und sie zugleich fürchtete.

Als ich an einem Donnerstag gegen Mittag durch die Maddox Street ging, sah ich etwa zwei Meter vor mir in der Menge einen Mann. Bei seinem Anblick fuhr ein Ruck, ein richtiger nervöser Impuls durch meinen Körper. Ich eilte weiter, sodass immer ein paar Leute zwischen uns waren.

Adrian schien allein zu sein.

Jedes Gefühl, das ich je für ihn empfunden hatte, schien in meinen Körper zurückzuströmen, auf einen Schlag.

Ich konnte ihn einholen und ansprechen. Ich konnte ihm folgen, bis er sich umdrehte und mich sah, in einem Laden, beim Einsteigen in einen Bus oder eine Bahn, an einer Straßenecke.

Er verlangsamte seinen Schritt. Er bog von der Straße in einen Elektroladen. Im Buchladen nebenan antwortete ich niemandem, sah nichts.

Mir war gereicht worden, was ich wollte. Ich konnte mich ihm unter dem Vorwand eines harmlosen Zufalls nähern.

Ich starrte aus dem Ladenfenster auf die Straße.

Er würde wiederauftauchen, ich würde hinaustreten.

Er konnte sich augenblicklich abwenden. Er konnte stehen bleiben. Er konnte zögern und dann weitergehen.

Minuten vergingen, sehr lange Minuten.

Im ersten Gang des Elektroladens fand ich keine Spur von ihm. Gestapelte Kartons mit technischem Zubehör versperrten mir die Sicht auf den zweiten Gang. Ich durchstreifte das gesamte Stockwerk, nahm die Treppe nach unten ins Kellergeschoss und rannte wieder nach oben.

Auf der Straße war er auch nicht.

Die kurze Sequenz, als er direkt vor mir gegangen war, tauchte vor meinem inneren Auge auf. Er war unverkennbar.

Ich hastete wieder in den Laden.

»Suchen Sie etwas?«, fragte mich ein Verkäufer mittleren Alters.

»Hier war vor einer Minute ein Mann.«

»Eine ganze Menge sind immer noch hier«, sagte er mit einem Grinsen.

»Nein. In einem grauen T-Shirt.«

»Wir verkaufen sie nicht, wissen Sie, die T-Shirts auch nicht.«

Ein blonder junger Mann, der gerade dabei war, Kartons gerade zu rücken, drehte sich zu uns um.

»Graues T-Shirt? Der war vor einer Minute hier, wir hatten nicht, was er suchte.«

Ich ging in die Richtung, aus der Adrian und ich gekommen waren, huschte an Menschengruppen vorbei, verzweifelte an den Ecken, er konnte in jede Richtung gegangen sein. Ich dachte an seinen Arbeitsplatz. Ich konnte dort nach ihm fragen, wie ich es nie getan hatte, zu ihm sagen: »Ich habe dich auf der Straße gesehen, ich musste dich wiedersehen.«

Ich eilte weiter, unfähig, still zu stehen, halb in dem Glauben, dass er, weil er in Reichweite gewesen war, wiederauftauchen musste. Dann verlangsamte ich meinen Schritt und schlenderte weiter, immer noch unfähig, anzuhalten, aber nicht mehr hektisch. Weil ich nun sicher war, dass wir uns wiedersehen würden. Ich würde einen Weg finden. Wenn er mit mir sprechen würde, was würden er und ich zueinander sagen?

Würde er danach fragen, was ich glaubte, was uns getrennt hatte? Seine Situation, meine Phobien?

Oder etwas Tieferes, Wahrhaftigeres.

Wir waren in unserem eigenen flackernden Bewusstsein gefangen, schwankend wie Lichter auf dem Wasser.

In der Erwartung, dass uns jemand das Herz brach.

Mir schien es, als hätten er und ich vereinbart, uns am Rand der Ungewissheit zu treffen, so wie das Meer und der Himmel in Corniglia.

Zwei Menschen voller Angst vor den Grenzen, die ihre Furcht verbargen.

Ich musste Adrian nicht sagen, dass es die ständige Suche nach einer Atempause war, die uns einander in die Arme getrieben hatte. Er wusste es.

Doch ich wollte ihm sagen, wenn er lang genug zuhörte, dass Ungewissheit in der Liebe vielleicht nicht ihr Versagen ist, sondern ihre Kraft.

Ich musste annehmen, dass sich sein Leben mit Frau und Kind nicht verändert hatte. Und war sicher, dass ich nicht zu der kompromittierten Liebe zurückkehren würde, die er und ich gehabt hatten.

Doch wären wir uns unter anderen Umständen begegnet, würden wir das je, könnten er und ich einander jede Sicherheit geben. Und vielleicht ist es eine größere Sicherheit, zu wissen, dass wir einander halten dürfen, doch dass es nur vorübergehend sein wird, immer.